Mr Norris
change de train

CHRISTOPHER
ISHERWOOD

———

*Mr Norris
change de train*

Bernard Grasset
Paris

Titre original :

MR NORRIS CHANGES TRAINS

Photo de couverture : © The Granger Collection NYC/Rue des Archives

ISBN : 978-2-246-81139-8
ISSN : 0756-7170

Christopher Isherwood / Mr Norris change de train

Christopher Isherwood naît le 26 août 1904 à Disley, dans le nord-ouest de l'Angleterre. Il grandit dans une famille conservatrice. Mère au foyer, père militaire (« Il m'a encouragé et m'a inculqué l'idée que l'écriture était une sorte de jeu. Et j'ai l'impression que l'écriture est effectivement un jeu auquel je n'ai jamais cessé de jouer »). En pension, il rencontre Wystan Hugh Auden, qui deviendra un de ses meilleurs amis et un des plus grands poètes anglais du XXᵉ siècle. Ayant volontairement quitté Cambridge, il en fait de même au King's College de Londres, et se consacre à la littérature. Il fréquente de jeunes écrivains talentueux comme Stephen Spender, rencontré grâce à Auden pendant ses années à Cambridge ; cette vie intellectuelle ne l'empêche pas d'être mal à l'aise dans une société anglaise puritaine qui tolère difficilement l'homosexualité. En 1929, il s'établit à Berlin, capitale de la République de Weimar, centre de toutes les audaces de l'Europe occidentale entre les deux guerres. Avant-garde artistique, fête, liberté sexuelle... Pendant trois ans, il passe ses nuits dans les cabarets, se lie d'amitié avec des militants communistes, vit librement son homosexualité et rencontre Heinz Neddermeyer, son premier grand amour. En 1933, le couple fuit l'Allemagne nazie ; ils séjournent dans plusieurs pays d'Europe, vont jusqu'en Afrique du Sud, pour finalement se séparer en 1937. Isherwood retrouve son vieil ami W.H. Auden avec qui il voyage en Chine au début de la Guerre sino-japonaise. Il rentre en Angleterre, puis repart presque aussitôt pour les États-Unis, qu'il ne quittera plus, et dont il deviendra citoyen en 1946. Les Anglais tiennent cet exil pour un abandon avant l'entrée en guerre du pays. Isherwood s'installe en Californie, où il travaille comme scénariste pour les studios de Hollywood, et y retrouve des intellectuels exilés d'Allemagne, comme Thomas Mann et Bertolt Brecht. En 1940, marqué par sa rencontre avec le sage indien Swami Prabhavananda, il se convertit à l'hindouisme ; un an après, il s'engage volontairement dans une communauté quaker en Pennsylvanie afin de s'occuper des réfugiés politiques allemands. En 1953 commence sa dernière histoire d'amour, avec le jeune portraitiste Don Bachardy. Christopher Isherwood meurt des suites d'un cancer le 4 janvier 1986 en Californie.

Dès son premier roman, Tous les conspirateurs *(All the Conspirators, 1928), il est remarqué par Virginia Woolf, qui publiera trois de ses livres dans sa maison d'édition, la Hogarth Press :* À Quatre temps *(The Memorial, 1932),* Mr Norris change de train *(Mr Norris Changes Trains, 1935), et* Le Lion et son ombre *(Lions and Shadows, 1928). En 1938 paraît* Journal de guerre en Chine *(A Journey to a War), coécrit avec W.H. Auden, avec qui il avait déjà signé trois pièces de théâtre.* Adieu à Berlin *(Goodbye to Berlin, 1939), son chef-d'œuvre, fait le portrait du Berlin des années 1920. Dans* La Violette du Prater *(Prater Violet, 1945), il s'inspire de son expérience de scénariste pour décrire la réalisation d'un film dans le Londres des années 1930.* Un Homme au singulier *(A Single Man), paru en 1964, dépeint la solitude et le mal-être d'un professeur homosexuel vieillissant dans une société conformiste. C'est un de ses grands livres.* Rencontre au bord du fleuve, *son dernier roman, paraît en 1967. Il a écrit des œuvres autobiographiques, racontant la vie de ses parents dans* Kathleen et Frank *(Kathleen and Frank, 1972), consacrant un livre à son arrivée aux États-Unis et à sa conversion à l'hindouisme,* Mon Gourou et son disciple *(My Guru and his disciple, 1980). Son journal intime a paru posthume, en trois volumes (Diaries, 1996, 2010 et 2012).*

Christopher Isherwood est un des écrivains anglais les plus marquants du XXᵉ siècle. Il est le premier à avoir transformé sa biographie en fiction, avec un art achevé de l'allusion et de l'ellipse, disant sans peser, évoquant

*la tragédie sans l'étaler. Les fracas de l'histoire et les déchirements
intimes sont là, mais sans insister. On est anglais, tout de même (et
même si on a été naturalisé).*

Paru en 1935, traduit pour la première fois en 1964, Mr Norris
change de train *(Mr Norris changes Trains), est, comme* Adieu
à Berlin, *inspiré par le séjour de Christopher Isherwood dans le Berlin
de la République de Weimar entre 1929 et 1933. Dans le train qui
l'emmène en Allemagne, William Bradshaw (noms intermédiaires de
Christopher* William Bradshaw *Isherwood), le narrateur rencontre un
homme élégant, nerveux et sympathique. À Berlin, il devient l'ami de cet
Arthur Norris. Celui-ci dépense beaucoup d'argent, mais sans en expliquer la provenance ; entretient une relation sado-masochiste avec une
jeune femme, mais a des rapports ambigus avec son secrétaire ; travaille
pour le Parti communiste, mais fréquente des responsables nazis. Volu-
bile, snob, élégant, érudit, Arthur Norris séduit tout le monde mais ne
convainc personne. Qui est vraiment Arthur Norris ?*

Dans une interview à la Paris Review *(1974), Isherwood dit : « Créer
un personnage de fiction revient à décrire un individu tel qu'il vous
apparaît, ce qui exclut de reproduire toutes les contradictions insépa-
rables d'un être humain. La dernière chose à faire est de vouloir donner
une image d'ensemble d'un personnage, puisque, si vous essayez, vous
n'y arriverez pas. » En s'attachant moins au mystère de la vie d'Arthur
Norris qu'aux détails de son comportement, Isherwood transforme ce qui
pourrait apparaître comme un roman policier en une variation sur les
postures et les impostures. Comme dans toute son œuvre, il transforme
ses expériences en fiction ; et d'un homme qu'il avait rencontré, il crée un
personnage. Arthur Norris devient le symbole de ces créatures interlopes,
à la fois écrivains, politiciens, collectionneurs, hommes d'affaires, séduisant et douteux, qui fleurissent dans les périodes pourrissantes qui précè-
dent les guerres.*

I

Ma première impression fut que les yeux de l'inconnu étaient d'un bleu extraordinairement clair. Hébétés, effrayés à coup sûr, ils restèrent posés sur les miens durant plusieurs secondes vides. Saisis, méchants avec innocence, ils me rappelaient vaguement un incident que j'étais incapable de localiser avec précision : quelque chose qui avait eu lieu de longues années auparavant, et qui concernait la classe de quatrième supérieure. C'était le regard d'un écolier surpris en train d'enfreindre un règlement. Non qu'apparemment je l'eusse pris à rien d'autre qu'à s'abandonner à ses propres pensées ; mais peut-être s'imaginait-il que je les pouvais lire. En tout cas, il semblait ne m'avoir pas entendu ni vu traverser le compartiment depuis mon coin jusqu'au sien, car le son de ma voix le fit sursauter violemment ; si violemment, à la vérité, que son geste nerveux de recul m'affecta par contrecoup : d'instinct, je fis un pas en arrière.

Tout se passait exactement comme si nos deux personnes s'étaient heurtées l'une à l'autre dans la rue : nous étions tous deux confus, tous deux prêts à nous excuser. Souriant, anxieux de le rassurer, je renouvelai ma question :

« Puis-je vous demander une allumette ? »

Même alors, il ne répondit pas immédiatement. Il paraissait absorbé dans une espèce de rapide calcul mental, tandis que ses doigts, nerveusement actifs, esquissaient un certain nombre de mouvements effarés autour de son gilet : par tout ce qu'ils évoquaient, il pouvait aussi bien être sur le point de se déshabiller, de sortir un revolver, ou simplement de s'assurer que je n'avais pas volé son argent. Puis cette agitation disparut de son regard à la façon d'un petit nuage, laissant un ciel clair et bleu : il avait enfin compris ce que je désirais.

« Oui, oui... Euh... certainement... bien sûr... »

Tout en parlant, il toucha du bout des doigts, avec délicatesse, sa tempe gauche, toussa, et brusquement sourit. Son sourire avait beaucoup de charme, mais découvrait les plus vilaines dents que j'eusse jamais vues : on aurait dit des rocs brisés.

« Certainement, répéta-t-il. Avec plaisir. »

D'un geste délicat, il fouilla du pouce et de l'index dans la poche du gilet de son costume gris tendre, d'aspect coûteux ; il en sortit un briquet d'or à essence. Ses mains étaient blanches, petites, admirablement soignées.

Je lui tendis mes cigarettes.

« Euh... merci. Merci.

— Après vous, monsieur.

— Non, non. Je vous en prie. »

La minuscule flamme du briquet vacillait entre nous, aussi fragile que l'atmosphère créée par notre excès de politesse : le plus léger souffle eût éteint la première ; le moindre mouvement, la moindre parole imprudente eussent dissipé la seconde. Maintenant, nos deux cigarettes étant allumées, nous nous rencognâmes au fond de nos places respectives. L'inconnu continuait à se méfier de moi, se demandant s'il n'était pas allé trop loin, s'il ne s'était pas livré pieds et poings liés soit à un fâcheux, soit à un filou. Son esprit timide souhaitait ardemment se replier sur lui-même. Quant à moi, je n'avais rien à lire, et, devant la perspective d'un voyage de sept ou huit heures passé dans le plus complet silence, j'étais bien résolu à parler.

« Savez-vous quand nous arrivons à la frontière ? »

Lorsque je me reporte à cette conversation, une telle question ne me semble pas avoir été particulièrement insolite. Il est vrai que la réponse ne m'intéressait point : tout ce que je voulais, c'était demander quelque chose qui pourrait être à l'origine d'un bavardage, et qui ne serait, en même temps, ni indiscret ni impertinent. L'effet sur l'inconnu de mon interrogation fut néanmoins remarquable : j'étais parvenu sans conteste à éveiller son intérêt ; il m'adressa un coup d'œil appuyé, bizarre, et ses traits parurent quelque peu se durcir ; c'était là l'expression d'un joueur de poker devinant soudain que son adversaire possède un « flush droit », et qu'il ferait mieux d'ouvrir l'œil. Il répondit enfin, s'exprimant avec lenteur et circonspection :

« J'ai bien peur de ne pouvoir vous renseigner exactement. Dans une heure environ, je pense. »

Son regard, qui demeura vide quelques instants, s'était embrumé de nouveau. Une pensée désagréable semblait le harceler comme une guêpe ; il secoua légèrement la tête afin de la chasser. Puis, avec un étrange mouvement d'humeur, il ajouta :

« Toutes ces frontières… c'est si assommant ! »

Je n'étais pas absolument certain de la façon dont il convenait de prendre cette déclaration. L'idée me traversa l'esprit qu'il s'agissait peut-être d'une espèce de doux internationaliste, membre de la Ligue pour l'union des nations. D'un ton de voix encourageant, je risquai :

« On devrait bien les supprimer.

– Je suis tout à fait d'accord avec vous. Tout à fait d'accord. »

Impossible de se méprendre sur la chaleur de ses sentiments. Il avait un grand nez large, charnu, et un menton qui semblait avoir été tordu de côté : on aurait dit un accordéon cassé ; quand il parlait, ce menton se projetait de travers le plus curieusement du monde, et une fossette aussi profonde qu'une blessure apparaissait de manière surprenante à son côté. Au-dessus de joues rouges comme des fruits mûrs, le front présentait la blancheur sculpturale du marbre. Il était barré par une frange de cheveux gris sombre, bizarrement taillée, compacte, épaisse et lourde. Après quelques moments d'examen, je me rendis compte avec un extrême intérêt que l'inconnu portait perruque.

« En particulier (je poursuivais mon avantage), toutes ces formalités paperassières : passeports, etc. »

Mais non. Ce n'était point là ce qui convenait. Je vis aussitôt, à l'expression de l'inconnu, que, d'une manière ou d'une autre, je venais de faire une nouvelle fausse note. Nous parlions deux langues similaires, mais distinctes. Cette fois, néanmoins, la réaction du voyageur ne fut plus de méfiance. D'un air dont m'intrigua la franchise et la curiosité non dissimulée, il demanda :

« Vous-même, avez-vous jamais eu des ennuis par ici ? »

Ce n'était pas tant la question qui me paraissait insolite, que le ton sur lequel elle était posée. Je souris afin de cacher mon embarras.

« Oh ! non. Bien au contraire. Souvent, ils ne se donnent même pas la peine d'ouvrir quoi que ce soit ; quant au passeport, c'est tout juste s'ils le regardent.

– Je suis si content de ce que vous me dites là ! »

Il dut lire ma pensée sur mon visage, car il se hâta d'ajouter :

« Cela peut vous paraître absurde, mais j'ai une telle horreur qu'on me fasse des histoires et des embêtements !

– Bien sûr. Je comprends parfaitement. »

Je m'épanouis, car je venais de parvenir à m'expliquer d'une manière satisfaisante la conduite de l'inconnu : ce vieux bonhomme se livrait à une petite fraude innocente de caractère privé ; probablement une pièce de soie destinée à sa femme, ou quelque boîte de cigares pour un ami. Et maintenant, bien entendu, il commençait à se sentir effrayé. Certes, il avait l'air assez prospère pour être en mesure de payer n'importe quels droits de douane. Les riches ont des plaisirs étranges.

« Ainsi, c'est la première fois que vous passez cette frontière ? »

Je me sentais bienveillant, protecteur, supérieur : je l'encouragerais et, si le pire se produisait, lui soufflerais quelque mensonge plausible afin d'attendrir le cœur du douanier.

« Récemment, oui : je passe d'ordinaire par la Belgique ; pour toutes sortes de raisons, oui. »

Il reprit son expression vague, fit une pause et se gratta le menton d'un geste solennel. Soudain, quelque chose parut lui rendre conscience de ma présence :

« Peut-être, au point où nous en sommes, conviendrait-il de me présenter : Arthur Norris, gentleman ; ou, dirons-nous plutôt : "de moyens d'existence indépendants" ? »

Il eut un rire étouffé, nerveux, puis, alarmé, s'écria :

« Restez assis, je vous en prie. »

Trop éloignés l'un de l'autre pour nous serrer la main sans nous déplacer, nous recourûmes au compromis d'une inclinaison polie, mais assise, du buste.

« Je me nomme William Bradshaw, déclarai-je.

– Grand Dieu ! Seriez-vous par hasard un des Bradshaw du Suffolk ?

– Je pense que oui : avant guerre, nous demeurions près d'Ipswich.

– Non ? Vraiment ? Il fut un temps où j'étais invité chez une Mrs. Hope-Lucas. Elle avait une jolie maison près de Matlock. Avant son mariage, c'était une demoiselle Bradshaw.

– Oui, c'est exact. C'était ma grand-tante Agnès. Elle est morte il y a environ sept ans.

– Non ? Mon Dieu, mon Dieu !… Je suis désolé de l'apprendre… Bien sûr, je la connaissais à l'époque où j'étais encore un tout jeune homme, et c'était déjà une dame d'un certain âge : je parle en ce moment, notez-le bien, de quatre-vingt-dix-huit. »

Durant tout ce temps, j'étudiais en secret sa perruque : jamais auparavant je n'en avais vu d'aussi habilement faite ; à l'arrière du crâne, là où elle se mêlait à la chevelure véritable, elle était admirablement assortie ; seule, la raie la trahissait au premier coup d'œil ; mais cela même serait passé inaperçu à trois ou quatre mètres de distance.

« Eh bien, eh bien, observa Mr Norris, Dieu me pardonne, le monde est vraiment minuscule !

– Je suppose que vous n'avez jamais rencontré ma mère ? Ni mon oncle l'amiral ? »

J'étais désormais tout à fait résigné à jouer le jeu des relations : c'était assommant, mais peu fatigant, et cela pouvait durer des heures ; j'entrevoyais déjà devant moi toute une série de coups faciles : oncles, tantes, cousins, leurs mariages, leurs biens, droits de succession, hypothèques, ventes ; de là nous passerions aux études secondaires, à l'université, aux mérites comparés de la nourriture, et nous échangerions des anecdotes sur les professeurs, les matches fameux, les chahuts célèbres. Je savais quel ton exact il était séant d'adopter.

Mais, à ma surprise, Mr Norris, tout compte fait, ne paraissait pas désireux de jouer ce jeu. Il répondit précipitamment :

« Je crains que non ; non : depuis la guerre, j'ai plutôt perdu contact avec mes amis anglais ; mes affaires m'ont fait beaucoup voyager. »

Ce mot de « voyager » nous poussa l'un et l'autre, tout naturellement, à regarder par la fenêtre. Sous nos yeux, la Hollande se déroulait dans la calme torpeur d'un rêve de sieste : paysage placide, marécageux, limité par un tram électrique longeant une digue.

« Connaissez-vous bien ce pays ? » demandai-je.

Depuis que j'avais remarqué la perruque, je ne savais pourquoi, mais il m'était impossible de continuer d'appeler mon compagnon monsieur. Et, de toute manière, s'il portait de faux cheveux dans l'intention de se rajeunir, c'eût été manquer à la fois de tact et de gentillesse que d'insister par là sur notre différence d'âge.

« Je connais fort bien Amsterdam. »

Mr Norris frotta son menton d'un geste nerveux et furtif : c'était une manie chez lui, comme d'ouvrir la bouche en une espèce de grimace hargneuse, d'ailleurs sans la moindre férocité, de vieux lion captif.

« Oui, fort bien.

— J'aimerais beaucoup y aller. Ce doit être si calme, si paisible.

— Au contraire, je puis vous assurer que c'est une des plus dangereuses villes d'Europe.

— Vraiment ?

— Oui. Si profond que soit mon attachement pour Amsterdam, je soutiendrai toujours que cette ville a trois inconvénients funestes. En premier lieu, les escaliers sont si abrupts dans nombre de maisons qu'il faut louer un montagnard professionnel pour en effectuer l'ascension sans risque d'arrêt du cœur ou de se casser le cou. Ensuite il y a les cyclistes, lesquels infestent littéralement les rues, et semblent se faire un point d'honneur de rouler sans témoigner la moindre considération pour la vie humaine. Pas plus tard que ce matin, je n'y ai échappé que d'extrême justesse. Troisièmement, enfin, il y a les canaux. En été, vous savez... des plus malsains... Oui, des plus malsains... Je ne saurais vous exprimer ce que j'en ai souffert : les maux de gorge me duraient des semaines d'affilée. »

Le temps d'atteindre Bentheim, et Mr Norris m'avait fait un cours complet sur les désavantages de la plupart des principales cités européennes. J'étais étonné de découvrir combien il avait voyagé. À Stockholm, il avait souffert de rhumatismes, et de courant d'air à Kaunas ; à Riga, il s'était ennuyé ; à Varsovie, on l'avait traité avec la discourtoisie la plus insigne ; à Belgrade, il n'avait pu se procurer sa marque préférée de dentifrice ; à Rome, il avait été gêné par des insectes, par des mendiants à Madrid, par des avertisseurs de taxis à Marseille ; à Bucarest, il avait eu une mésaventure excessivement pénible avec un water-closet ; quant à Constantinople, il lui reprochait sa cherté de vie et son mauvais goût. Deux capitales seulement suscitaient son approbation chaleureuse : Paris et Athènes. Athènes surtout. Athènes était sa patrie spirituelle.

Entre-temps, le convoi s'était arrêté. De gros hommes pâles, en uniforme bleu, faisaient les cent pas le long du quai, avec cet air un peu sinistre de désœuvrement que revêtent les allées et venues des employés aux stations frontalières. Ceux-ci n'étaient pas sans ressemblance avec des gardiens de prison. On les aurait crus capables de nous interdire à tous de continuer notre voyage. Au loin, dans le couloir du wagon, une voix répétait en écho : « *Deutsche Pass-Kontrolle.* »

« Je crois, dit Mr Norris en me souriant avec urbanité, que l'un de mes souvenirs les plus agréables est celui des matinées que j'avais coutume de passer à flâner dans ces curieuses vieilles rues situées derrière le temple de Thésée. »

Il était nerveux à l'extrême. Ses doigts fins et blancs ne cessaient de tourmenter la chevalière qu'il portait à l'auriculaire ; ses yeux bleus, mal à l'aise, lançaient à tout instant de brefs regards de coin en direction du corridor ; sa voix sonnait faux : haut perchée, se forçant à simuler une gaieté malicieuse, elle ressemblait à la voix d'un personnage de comédie de salon d'avant la guerre ; il parlait si fort que les gens du compartiment voisin ne pouvaient manquer de l'entendre.

« De façon tout à fait inattendue, on découvre les endroits les plus fascinants : une simple colonne, dressée au milieu d'un tas d'ordures…

– *Deutsche Pass-Kontrolle.* Vos passeports, s'il vous plaît. »

Un contrôleur était apparu sur le seuil de notre compartiment. Sa voix fit faire à Mr Norris un saut léger, mais perceptible. Voulant lui donner le temps de rassembler ses esprits, je me hâtai de tendre mon propre passeport. Selon mes prévisions, il n'y fut jeté qu'un coup d'œil.

« Je me rends à Berlin », déclara Mr Norris en remettant son passeport avec un charmant sourire – si charmant, à la vérité, qu'il semblait quelque peu outré.

L'employé ne réagit pas, se bornant à grogner, à tourner les pages avec une expression de vif intérêt, puis, ayant emporté le livret dans le couloir, à l'élever dans la clarté de la fenêtre.

« C'est un fait bien digne de remarque, me confia Mr Norris du ton de la conversation, que nulle part dans la littérature classique vous ne trouverez la moindre allusion au mont Lycabette. »

J'étais stupéfait de voir dans quel état il se trouvait : ses doigts avaient des crispations nerveuses, et c'est à peine s'il gardait la maîtrise de sa voix ; à la lettre, la sueur perlait sur son front d'albâtre. Si c'était là ce qu'il appelait « des histoires et des embêtements », si telles étaient les tortures qu'il endurait chaque fois qu'il transgressait un règlement, peu surprenant que ses nerfs l'eussent rendu prématurément chauve. Il jeta vers le corridor un coup d'œil rapide exprimant une souffrance aiguë. Un autre fonctionnaire était arrivé. Nous tournant le dos, lui et son collègue examinaient ensemble le passeport. En vertu de ce qui représentait manifestement un effort héroïque, Mr Norris parvint à conserver son ton d'informateur bavard.

« Pour autant que nous le sachions, il paraît avoir été infesté de loups. »

Maintenant, c'était l'autre employé qui détenait le passeport. Il semblait sur le point de l'emporter. Le premier se référait à un petit carnet noir et luisant. Levant la tête, il demanda de manière abrupte :

« Vous résidez bien actuellement 168 Courbieres-trasse ? »

Un instant, je crus que Mr Norris allait s'évanouir.

« Euh... oui... C'est exact... »

Pareils à ceux d'un oiseau devant un cobra, ses yeux étaient rivés en une fascination impuissante sur celui qui l'interrogeait. On aurait pu supposer qu'il s'attendait à être arrêté sur-le-champ. De fait, tout ce qui se produisit fut que le contrôleur inscrivit une note dans son carnet, grogna derechef, et tournant les talons, passa au compartiment suivant. Son acolyte rendit le passeport à Mr Norris en disant : « Merci, monsieur », salua poliment et suivit le premier.

Mr Norris retomba contre le dur dossier de bois en exhalant un profond soupir. Durant un moment, il parut incapable de parler. Il sortit un grand mouchoir de soie blanche, et se mit à se tamponner le front en prenant soin de ne pas déranger sa perruque.

« Auriez-vous l'extrême obligeance d'ouvrir la fenêtre ? proféra-t-il enfin d'une voix faible. On dirait qu'il fait tout d'un coup terriblement étouffant dans ce wagon. »

Je m'empressai de m'exécuter.

« Y a-t-il quelque chose que je puisse aller vous chercher ? demandai-je. Un verre d'eau ? »

D'un geste sans force il écarta mon offre.

« Fort aimable à vous… Non. Je serai remis dans un instant. Mon cœur n'est plus tout à fait ce qu'il était. »

Il soupira :

« Je me fais trop vieux pour ce genre de chose. Tous ces voyages… très mauvais pour ma santé.

— Vous savez, vous ne devriez vraiment pas vous mettre dans des états pareils. »

À ce moment, j'éprouvais plus que jamais des sentiments protecteurs à son égard. Ces sentiments de protection affectueuse, qu'il faisait naître en moi si facilement et si dangereusement, devaient colorer toutes nos relations ultérieures.

« Vous vous tracassez pour des riens.

— Vous appelez cela un rien ! s'exclama-t-il en une protestation assez pathétique.

– Bien sûr. De toute façon, les choses devaient nécessairement s'arranger au bout de quelques minutes. Cet homme vous a simplement pris pour une autre personne du même nom.

– Vous croyez vraiment ? »

Il se montrait puérilement anxieux d'être rassuré.

« Quelle autre explication possible y aurait-il ? »

De cela, Mr Norris ne semblait pas aussi persuadé que moi, et c'est dubitativement qu'il répondit :

« Eh bien… euh… aucune, j'imagine.

– D'ailleurs, cela se produit souvent, vous savez. Les gens les plus innocents sont pris à tort pour de célèbres voleurs de bijoux. On les déshabille ; on les fouille des pieds à la tête. Voyez-vous qu'on vous en ait fait autant !

– Non ? Réellement ? s'écria Mr Norris en poussant de petits rires. Cette seule pensée fait monter le rose à ma modeste joue. »

Nous rîmes tous les deux. J'étais content d'être parvenu à le remonter aussi bien. Mais, grand Dieu ! me demandais-je, qu'arriverait-il quand le douanier se présenterait ? Car c'était là, si j'avais deviné juste en ce qui concernait les cadeaux de contrebande, la véritable cause de toute la nervosité de Mr Norris. Si le petit malentendu au sujet du passeport l'avait à ce point bouleversé, il y avait les plus grandes chances pour que le contrôleur des douanes lui donnât une attaque. Je m'interrogeai : ne valait-il pas mieux aborder la question sans plus attendre, et proposer de cacher les objets dans ma propre valise ? Mais Mr Norris paraissait tellement serein, tellement inconscient de la moindre contrariété imminente, que je n'eus pas le cœur de troubler sa quiétude.

Or je me trompais du tout au tout. L'examen de la douane, lorsqu'il eut lieu, sembla positivement réjouir mon compagnon, qui ne trahit point le plus léger signe de gêne ; d'ailleurs, on ne découvrit dans ses bagages rien qui fût passible de droits de douane. En un allemand aisé, il plaisanta et rit avec l'employé à propos d'un grand flacon de parfum Coty :

« Oh ! oui, c'est pour mon usage personnel, je peux vous le certifier. Je ne m'en séparerais pas pour tout l'or du monde. Je vous en prie, permettez-moi d'en mettre une goutte sur votre mouchoir. C'est si délicieusement rafraîchissant ! »

Enfin, tout fut terminé. Dans un cliquetis métallique, le train fit avec lenteur son entrée en Allemagne. Le garçon du wagon-restaurant passa dans le couloir en agitant sa clochette.

« Et maintenant, mon cher enfant, dit Mr Norris, après ces voyages d'agrément, après ces alarmes et votre soutien moral d'un si grand prix, pour lequel je vous suis plus reconnaissant que je ne puis l'exprimer, j'espère que vous me ferez l'honneur d'être mon hôte à déjeuner. »

L'ayant remercié, je lui répondis que j'en serais enchanté.

Lorsque nous fûmes installés confortablement dans le wagon-restaurant, Mr Norris commanda un petit cognac :

« Je me suis fait une règle générale de ne jamais boire avant les repas, mais il est des circonstances qui paraissent l'exiger. »

On servit le potage. Il en prit une cuillerée, puis appela le garçon, auquel il s'adressa d'un ton de reproche bénin.

« Vous tomberez sûrement d'accord avec moi sur le fait qu'il y a trop d'oignon ? demanda-t-il avec anxiété. Voulez-vous me faire une faveur personnelle ? J'aimerais que vous goûtiez vous-même ce potage.

– Oui, monsieur », répondit le garçon, lequel, extrêmement occupé, escamota l'assiettée avec une déférence quelque peu insolente.

Mr Norris en fut chagrin.

« Vous avez vu ? Il n'a pas voulu le goûter. Il n'a pas voulu reconnaître que quelque chose n'allait pas. Mon Dieu, que certains êtres sont donc obstinés ! »

Toutefois, quelques instants plus tard, il avait oublié ce petit désappointement causé par la nature humaine, et s'était mis à scruter la carte des vins avec une grande attention.

« Voyons… voyons… Que diriez-vous d'un vin du Rhin ? Oui ? C'est une loterie, je vous préviens. En chemin de fer il faut toujours s'attendre au pire. Mais je crois que nous allons tenter notre chance. Non ? »

Arriva le vin du Rhin, qui fut une réussite. Mr Norris, à ce qu'il m'apprit, n'en avait pas goûté d'aussi bon depuis son déjeuner avec l'ambassadeur de Suède à Vienne, l'année précédente. En outre il y avait des rognons, son plat favori.

« Dieu ! remarqua-t-il avec satisfaction, je m'aperçois que j'ai un de ces appétits ! Si vous voulez manger des rognons cuisinés dans la perfection, allez à Budapest. Pour moi, ce fut une révélation… Mais je dois avouer que ceux-ci sont véritablement délicieux ; n'est-ce pas votre avis ? Véritablement délicieux. Au début, je croyais y reconnaître le goût de cet odieux poivre rouge, mais ce n'était que l'effet d'une imagination surexcitée. »

Il appela de nouveau le garçon.

« Voulez-vous, je vous prie, transmettre au chef mes compliments, et lui dire que je tiens à le féliciter d'un déjeuner tout à fait excellent. Merci. Et maintenant, apportez-moi un cigare. »

Les cigares furent apportés, flairés, soupesés entre le pouce et l'index. Enfin Mr Norris choisit le plus grand du plateau.

« Eh quoi, mon cher enfant, vous ne fumez pas le cigare ? Oh ! mais vous devriez ! Allons, allons, peut-être avez-vous d'autres vices ? »

Il était maintenant de la meilleure humeur.

« Je dois dire que plus je vieillis, plus j'en viens à faire cas des petits conforts de l'existence. En règle générale, je me fais un devoir de voyager en première classe : on en est toujours récompensé, car on vous y traite avec tellement plus de considération ! Prenez le cas d'aujourd'hui, par exemple : si je n'avais pas été dans un compartiment de troisième, ils n'auraient jamais songé à me faire des ennuis. Vous voyez là le fonctionnaire allemand dans toute sa splendeur. "Une race de sous-officiers" : ne les a-t-on pas surnommés ainsi ? Que cela est excellent ! Et combien juste !… »

Pendant quelques instants de silence méditatif, mon compagnon se cura les dents.

« Ma génération fut éduquée à considérer le luxe d'un point de vue esthétique. Mais, depuis la guerre, les gens n'ont plus l'air de sentir ces choses : trop souvent, ils ne sont plus que grossièreté ; ils prennent leurs plaisirs sans raffinement, ne trouvez-vous pas ? Parfois, l'on se sent personnellement responsable de tant de chômage et de détresse partout. Les conditions d'existence à Berlin sont très mauvaises. Oh ! oui, très mauvaises… ainsi que sans nul doute vous le savez vous-même. Dans mon humble mesure, je fais ce que je puis pour aider, mais c'est une si petite goutte dans l'Océan ! »

Mr Norris, après avoir soupiré, toucha du bout des lèvres sa serviette.

« Et nous voici au sein même du luxe. Il n'est pas douteux que les réformateurs sociaux nous condamneraient. Aussi bien, je suppose que, si quelque voyageur s'abstenait de venir au wagon-restaurant, tous ces ouvriers n'en chômeraient pas moins... Mon Dieu, mon Dieu, les choses sont si terriblement complexes, de nos jours ! »

Nous nous séparâmes à la gare du Zoo. Mr Norris garda longtemps ma main dans les siennes au milieu de la bousculade des arrivants.

« *Auf Wiedersehen*, mon cher enfant. *Auf Wiedersehen*. Je me refuse à vous dire adieu, car j'espère bien que nous allons nous revoir dans un très proche avenir. Quels qu'aient été les petits désagréments que je puis avoir endurés au cours de cet odieux voyage, je m'en estime amplement dédommagé par le grand plaisir d'avoir fait votre connaissance. Je me demande si vous accepteriez de venir prendre le thé chez moi un jour de cette semaine ? Mettons samedi ? Voici ma carte. Je vous en prie, dites que vous viendrez. »

Je le promis.

II

L'appartement de Mr Norris avait deux portes d'entrée, situées l'une à côté de l'autre. Chacune était pourvue d'un petit judas rond percé dans le panneau central, ainsi que de boutons et de plaques de cuivre reluisant. Sur la plaque de gauche, on pouvait lire, gravé : *Arthur Norris. Privé.* À droite : *Arthur Norris. Exportation, importation.*

Après avoir hésité quelques instants, je pressai le bouton de la sonnette gauche. Elle retentit si fort que j'en sursautai ; elle devait être distinctement audible à travers tout l'appartement. Néanmoins, rien ne se produisit ; aucun bruit ne se fit entendre à l'intérieur. J'allais tout juste resonner, quand je m'aperçus qu'un œil m'examinait par le judas. Depuis combien de temps, je l'ignorais. Je me sentis embarrassé, incertain si je devais regarder l'œil fixement jusqu'à le déloger de son trou, ou seulement faire semblant de ne l'avoir pas vu. Avec ostentation, je considérai le plafond, le plancher, les murs, puis risquai furtivement un nouveau regard afin de m'assurer que l'œil avait disparu. Mais il n'en était rien. Vexé, je tournai purement et simplement le dos à la porte. Près d'une minute s'écoula.

Lorsque enfin je me retournai, ce fut parce que l'autre porte, la porte marquée *Exportation, importation* s'était ouverte. Un jeune homme se tenait sur le seuil.

« Mr Norris est-il là ? » demandai-je.

Le jeune homme me toisa soupçonneusement. Il avait des yeux larmoyants, jaune clair, un teint marbré de la couleur du porridge, et sa tête énorme, ronde, surmontait bizarrement un corps gras et court. Il portait un élégant complet veston et des souliers vernis. Son aspect ne me plaisait pas du tout.

« Avez-vous rendez-vous ?

– Oui. »

Mon ton de voix était extrêmement sec.

Aussitôt, la face du jeune homme s'arrondit encore en sourires mielleux.

« Oh ! vous êtes Mr Bradshaw ? Un instant, je vous prie. »

À ma surprise, il me ferma la porte de droite au nez, mais pour reparaître une seconde après à la porte de gauche, s'effaçant afin de me livrer passage vers l'intérieur de l'appartement. Cette conduite me sembla d'autant plus extraordinaire que – je le remarquai dès que je fus entré – le côté dit *Privé* de l'antichambre n'était séparé du côté dit *Exportation* que par une épaisse tapisserie.

« Mr Norris me prie de vous dire qu'il vous rejoindra dans un instant », déclara le jeune homme à grosse tête en traversant délicatement l'épais tapis sur la pointe de ses souliers vernis.

Il parlait à voix très douce, comme s'il eût craint d'être entendu. Ouvrant la porte d'un vaste salon, il me fit silencieusement signe de prendre un siège, et se retira.

Resté seul, je regardai autour de moi, quelque peu déconcerté. Tout était de bon goût : le mobilier, le tapis, l'harmonie des teintes. Mais la pièce manquait étrangement de caractère. On eût dit un décor de théâtre ou la vitrine d'un luxueux magasin de meubles : élégance, somptuosité, discrétion. Or je m'étais attendu à voir vivre Mr Norris dans une atmosphère somme toute plus exotique ; quelque chose de chinois, avec dragons d'or et d'écarlate, lui aurait mieux convenu.

Le jeune homme avait laissé la porte entrebâillée. De tout près je l'entendis annoncer, vraisemblablement par téléphone :

« Ce monsieur est là, monsieur. »

Alors, plus distincte encore, me parvint la voix de Mr Norris tandis qu'il répondait, de derrière une porte pratiquée dans le mur opposé du salon :

« Ah ! vraiment ? Merci. »

J'eus envie de rire. Cette petite comédie s'imposait si peu qu'elle en paraissait légèrement sinistre. Un instant plus tard, Mr Norris en personne entra dans la pièce, frottant l'une contre l'autre avec nervosité ses mains manucurées.

« Mon cher enfant, c'est un véritable honneur que vous me faites ! Ravi de vous souhaiter la bienvenue à l'ombre de mon humble toit. »

« Il n'a pas l'air en forme », pensai-je : son visage, ce jour-là, n'était pas aussi rose, et des cernes lui soulignaient les yeux. Il s'assit un instant dans un fauteuil, mais aussitôt se releva comme s'il n'eût pas été d'humeur à rester tranquille. Il devait porter une perruque différente, car les limites de celle-ci se voyaient comme le nez au milieu du visage.

« Je suppose qu'il vous amuserait de visiter l'appartement ? me demanda-t-il en se tapotant nerveusement, du bout des doigts, les tempes.

— Oui, beaucoup. »

Je souris, intrigué de ce que Mr Norris fût visiblement très pressé, pour une raison que j'ignorais. Avec une hâte cérémonieuse, il me prit par le coude, me conduisant vers la porte du mur opposé, par où lui-même venait d'entrer.

« Commençons par ce côté-ci. Oui. »

Mais à peine avions-nous fait deux pas qu'un brusque éclat de voix nous parvint depuis le hall d'entrée.

« Non. Impossible », disait le jeune homme qui m'avait introduit dans l'appartement.

Une voix forte, étrange, irritée, lui répondit :

« Vous mentez effrontément ! Je vous dis qu'il est ici ! »

Mr Norris, aussi brusquement que s'il avait reçu un coup de revolver, s'arrêta.

« Mon Dieu !... souffla-t-il à voix presque imperceptible. Mon Dieu !... »

Indécis, inquiet, il se tenait immobile au milieu du salon, comme s'il eût réfléchi désespérément au chemin qu'il convenait de prendre. Sa main se resserra sur mon bras, soit qu'il y cherchât un soutien, soit plus simplement pour me supplier de ne pas faire de bruit.

« Mr Norris ne rentrera pas avant ce soir, tard. »

Le jeune homme ne s'exprimait plus sur un ton d'excuse ; sa voix était assurée.

« Inutile d'attendre. »

Il semblait avoir changé de position et se trouver tout près, peut-être en train de barrer l'accès du salon. D'ailleurs, l'instant qui suivit, la porte de la pièce fut fermée doucement, dans un cliquetis de clef qu'on tourne. Nous étions verrouillés à l'intérieur.

« Il est là-dedans ! » cria la voix bizarre, menaçante.

Une bousculade eut lieu, suivie d'un choc pesant, comme si le jeune homme avait été jeté violemment contre la porte. Ce bruit fit passer Mr Norris à l'action.

D'un geste unique et d'une étonnante agilité, il m'entraîna dans son sillage en direction de la chambre contiguë, au seuil de laquelle nous demeurâmes tous deux, prêts à effectuer d'un moment à l'autre un plus ample mouvement de retraite. À côté de moi, j'entendis mon compagnon haleter lourdement.

Pendant ce temps, l'étranger secouait avec fracas la porte du salon, comme s'il avait eu l'intention de la défoncer.

« Espèce de sale filou ! hurlait sa voix terrible. Attends un peu que je te mette la main dessus ! »

La scène était si insolite que j'en oubliai totalement d'avoir peur, bien qu'il fût tout à fait vraisemblable que la personne qui se trouvait de l'autre côté de la porte était soit un ivrogne en furie, soit un malade mental. Je lançai un coup d'œil interrogatif à Mr Norris, qui murmura de façon rassurante :

« Il va s'en aller dans une minute, je pense. »

Le bizarre était que Mr Norris, bien qu'effrayé, ne semblait pas le moins du monde surpris de ce qui se passait. L'on aurait pu croire, au ton de sa voix, qu'il faisait allusion à quelque phénomène naturel, désagréable à coup sûr, mais qui se produisait souvent – par exemple, un violent orage. Aux aguets, ses yeux bleus trahissaient le malaise et la circonspection. Sa main reposait sur la poignée de la porte, prête à claquer celle-ci derrière nous en un clin d'œil.

Mais Mr Norris avait vu juste : l'étranger ne tarda guère à se lasser d'agiter ainsi la porte du salon ; sur une explosion de jurons berlinois, sa voix battit en retraite, et, l'instant d'après, nous entendîmes la porte d'entrée se refermer dans un claquement formidable.

Mr Norris exhala un long soupir de soulagement.

« Je savais bien que cela ne pouvait durer », observa-t-il avec satisfaction.

Il tira distraitement de sa poche une enveloppe, avec laquelle il se mit à s'éventer.

« C'est si déplaisant ! murmura-t-il. Certains êtres semblent n'avoir pas la moindre notion du respect... Mon cher enfant, je vous dois véritablement des excuses pour ce dérangement – tout à fait imprévu, je vous assure. »

J'éclatai de rire.

« Je vous en prie. C'était plutôt amusant. »

Mr Norris parut content.

« Je suis très heureux que vous preniez cela si bien. Il est tellement rare de rencontrer quelqu'un de votre âge qui soit exempt de ces ridicules préjugés bourgeois ! Je sens que nous avons en commun beaucoup de choses.

– Oui, je le crois », répliquai-je, sans néanmoins comprendre clairement quels préjugés au juste il trouvait ridicules, ni en quoi ils concernaient le visiteur en colère.

« Au cours d'une existence longue et qui n'a point manqué d'aventures, je puis sans mentir affirmer que, pour la stupidité pure ainsi que pour les embarras, je n'ai jamais rencontré personne qui rivalise avec le petit commerçant berlinois. Attention : je ne parle pas des plus grandes firmes, qui se montrent toujours raisonnables ; plus ou moins... »

Manifestement en veine de confidence, il aurait pu me communiquer nombre d'informations intéressantes, si la porte du salon n'avait été ouverte à ce moment, et si le jeune homme à grosse tête n'avait reparu sur le seuil. Sa vue sembla brouiller sur-le-champ les idées de Mr Norris, dont le maintien devint à la fois un comportement d'excuse et de vague appréhension, comme si nous avions été surpris, lui et moi, en train d'accomplir un acte socialement ridicule, qu'on ne pouvait faire admettre que grâce au déploiement d'une étiquette raffinée.

« Permettez-moi de vous présenter : Herr Schmidt, Mr Bradshaw. Herr Schmidt est mon secrétaire et mon bras droit. Toutefois, dans le cas présent, ajouta Mr Norris avec un petit rire étouffé, je puis vous assurer que le bras droit sait parfaitement ce que fait le bras gauche. »

Émettant plusieurs petites quintes de toux nerveuse, il essaya de traduire en allemand sa plaisanterie. Herr Schmidt, qui, de toute évidence, n'y comprenait goutte, ne fit même pas l'effort de prétendre s'en divertir. Il m'adressa néanmoins un sourire furtif, m'invitant de la sorte à m'unir avec lui dans un sentiment de mépris tolérant et protecteur envers les tentatives humoristiques de son patron. Je ne répondis pas à ces avances, ayant déjà pris Schmidt en aversion. Il s'en aperçut, et, sur le moment, je m'en réjouis.

« Puis-je vous parler un instant seul à seul ? » demanda-t-il à Mr Norris d'un ton qui se voulait clairement insultant à mon égard.

Sa cravate, son col et son costume étaient aussi nets que jamais ; je n'y pouvais distinguer la moindre trace des violences qu'il venait apparemment de subir.

« Oui… euh… oui… certainement… bien sûr… »

Le ton de Mr Norris était irrité, mais soumis.

« Vous voudrez bien m'excuser quelques secondes, n'est-ce pas, mon cher enfant ? Je déteste faire attendre mes invités, mais cette petite affaire est assez urgente. »

Il traversa le salon en toute hâte, et disparut par une troisième porte, suivi de Schmidt. Schmidt allait lui apprendre les détails de la dispute, cela ne faisait pas l'ombre d'un doute. J'envisageai la possibilité d'écouter à la porte, mais conclus que cela serait trop risqué. De toute façon, je pourrais savoir la vérité de la bouche même de Mr Norris, le jour où je le connaîtrais mieux, car il ne donnait pas l'impression d'être discret.

Promenant les yeux autour de moi, je m'aperçus que la pièce où j'avais passé tout ce temps était une chambre à coucher de dimensions assez réduites, dont l'espace disponible était presque entièrement occupé par un lit à deux places, une armoire volumineuse et une coiffeuse compliquée avec miroir à trois faces, sur laquelle s'alignaient flacons de parfum, lotions, antiseptiques, crèmes de beauté, onguents et poudres, en quantité suffisante pour monter une pharmacie. Ayant ouvert à la dérobée un des tiroirs, je n'y trouvai qu'un crayon à sourcils et deux bâtons de rouge. Mais je ne pus mener plus avant mes investigations, car j'entendis s'ouvrir la porte qui donnait dans le salon.

Mr Norris refit son entrée avec mille façons.

« Et maintenant, après un intermède aussi fâcheux, poursuivons notre visite, accompagnés par le monarque en personne, des appartements royaux. Vous voyez devant vous ma chaste couche. Je l'ai fait exécuter à Londres spécialement ; je trouve toujours les lits allemands si ridiculement petits... Celui-ci est muni des meilleurs ressorts. Ainsi que vous pouvez le remarquer, je suis assez conservateur pour demeurer attaché à mes couvertures et à mes draps anglais : les édredons allemands me donnent les plus affreux cauchemars. »

Il parlait vite, avec un grand étalage d'animation, mais je vis au premier regard que l'entretien qu'il venait d'avoir avec son secrétaire l'avait déprimé. Il me paraissait plus délicat de ne pas faire plus ample allusion à la visite de l'étranger : Mr Norris désirait visiblement qu'il n'en fût pas question. Ayant extrait une clef de son gousset, il ouvrit grande l'armoire.

« Je me suis toujours fait une règle d'avoir un costume pour chacun des jours de la semaine. Peut-être me taxerez-vous de frivolité, mais vous seriez surpris de savoir ce que pour moi cela put représenter, à certains moments critiques de ma vie, d'être vêtu en parfaite harmonie avec mon humeur : j'estime que cela donne une telle confiance en soi... »

De l'autre côté de la chambre à coucher, il y avait une salle à manger.

« Admirez les chaises, je vous prie », dit Mr Norris, lequel ajouta – de manière assez bizarre, me sembla-t-il à l'époque : « Je puis vous confier que cet ensemble a été estimé quatre mille marks. »

De la salle à manger, un couloir menait vers la cuisine, où me fut présenté un jeune homme au visage austère, qui s'activait dans la préparation du thé.

« Voici Hermann, mon majordome. Il partage, avec un boy chinois que j'avais il y a des années à Shanghai, cette distinction d'être le meilleur cuisinier que j'aie jamais eu à mon service.

– Que faisiez-vous à Shanghai ? »

Mr Norris prit une expression vague.

« Mon Dieu, que fait-on jamais en quelque lieu que ce soit ? Je suppose que l'on pourrait appeler cela : pêcher en eau trouble. Oui... Je parle en ce moment, notez-le bien, de l'année 1903. Les choses sont aujourd'hui très différentes, à ce qu'on me dit. »

Nous retournâmes au salon, suivis de Hermann chargé du plateau.

« Eh oui, eh oui, remarqua Mr Norris en remuant son thé, nous vivons des temps agités ; agités comme ce thé. »

Je souris gauchement. Plus tard, quand je connus mieux Mr Norris, je m'aperçus que les plaisanteries de ce genre (il en avait tout un répertoire) ne visaient pas même à provoquer le rire. Elles servaient uniquement d'accompagnement à certaines circonstances de son train-train quotidien. N'avoir pas fait l'une d'entre elles, c'eût été comme omettre le bénédicité.

Ayant de la sorte accompli son rite, Mr Norris retomba dans le silence. Il devait à nouveau se tourmenter au sujet du bruyant visiteur. Comme d'habitude lorsqu'il m'abandonnait à moi-même, je me mis à examiner sa perruque. Je devais écarquiller les yeux de façon très inconvenante, car il releva brusquement les siens et surprit la direction de mon regard. Je sursautai lorsque avec simplicité il me demanda :

« Elle est de travers ? »

Je devins écarlate. Je me sentais atrocement gêné.

« Peut-être un tout petit peu. »

Puis j'éclatai de rire. Nous rîmes tous deux. À ce moment-là, j'aurais pu l'embrasser. Nous avions enfin parlé de la chose, et tel était notre soulagement que nous ressemblions à deux êtres qui viennent de se déclarer mutuellement leur amour.

« Elle devrait descendre un tout petit peu plus à gauche, dis-je en avançant une main secourable. Permettez-moi... »

Mais c'était dépasser les bornes.

« Dieu non ! » cria Mr Norris, en se reculant avec une expression involontaire d'épouvante.

Un instant plus tard, il était redevenu lui-même et souriait de façon lugubre.

« Je crains bien qu'il ne s'agisse là d'un de ces... euh... mystères de la toilette auxquels il est plus séant de se livrer dans l'intimité du boudoir. Je dois donc vous prier de m'excuser une fois de plus. »

« J'ai peur que celle-ci n'aille pas très bien, continua-t-il en revenant de sa chambre quelques minutes plus tard. Je n'en ai jamais été fou. Ce n'est d'ailleurs que ma perruque numéro deux.

– Combien en avez-vous donc ?

– Trois en tout. »

Mr Norris examinait ses ongles d'un air de propriétaire modeste.

« Et combien de temps durent-elles ?

– Fort peu, je dois l'avouer : je suis contraint d'en acheter une neuve environ tous les dix-huit mois, et elles sont excessivement coûteuses.

– Combien en gros ?

– Entre trois et quatre cents marks, répondit-il du ton sérieux d'une personne qui fournit des renseignements instructifs. L'homme qui me les fait habite Cologne, et je suis obligé de m'y rendre en personne pour les essayages.

– Quel ennui ce doit être !

– Certes.

– Une dernière question : comment diable arrivez-vous à les faire tenir ?

– Il y a une petite bande enduite de colle forte… »

Mr Norris baissa légèrement la voix, comme s'il me confiait le secret des secrets :

« Ici.

– Et ça suffit ?

– Pour les aléas de l'existence ordinaire, oui. Néanmoins, je dois reconnaître qu'il s'est présenté, dans ma carrière mouvementée, diverses occasions – occasions dont je rougis quand j'y pense – où tout s'est perdu corps et biens. »

Après le thé, Mr Norris me montra son cabinet de travail situé derrière la porte qui s'ouvrait de l'autre côté du salon.

« Je possède ici des livres de grande valeur, m'apprit-il. Des livres très *amusants*. »

Son ton de voix soulignait pudiquement les mots. Je me baissai pour lire les titres : *la Fille au fouet d'or, la Chambre des tortures de Miss Smith, Prisonnier d'une école de filles, ou Journal intime de Montague Dawson, flagellant.* Ce fut là mon premier aperçu des goûts sexuels de Mr Norris.

« Un jour, quand j'aurai le sentiment de vous connaître assez, je vous ferai voir certains autres trésors de ma collection », ajouta-t-il avec un air espiègle.

Il me conduisit dans un petit bureau. Je me rendis compte que c'était là que le visiteur importun devait avoir attendu lors de ma propre arrivée. La pièce était étrangement nue. Il y avait une chaise, une table, un classeur, et, contre le mur, une grande carte d'Allemagne. Schmidt n'était visible nulle part.

« Mon secrétaire est sorti », m'expliqua Mr Norris, dont les yeux inquiets erraient sur les murs avec un certain dégoût, comme si la pièce lui rappelait de mauvais souvenirs. « Il est allé faire nettoyer la machine à écrire. C'était pour cela qu'il voulait me voir, tout à l'heure. »

Un pareil mensonge semblait si totalement dépourvu de nécessité que j'en fus plutôt froissé. Je ne m'attendais certes pas à ce que Mr Norris eût déjà confiance en moi, mais il n'avait aucune raison de me traiter comme un imbécile. Je me sentais délié de tous les scrupules qui pouvaient me retenir de poser des questions précises, et demandai donc, avec une curiosité non dissimulée :

« Qu'est-ce, au juste, que vous exportez et importez ? »

Il prit la chose avec le plus grand calme. Mais son sourire était doucereux, sans franchise.

« Mon cher enfant, qu'ai-je bien pu *ne pas* exporter, à une époque ou une autre ? Je crois pouvoir prétendre avoir exporté tout ce qui est... euh... exportable. »

D'un geste de démonstrateur, il ouvrit l'un des tiroirs du classeur.

« Notre dernier modèle, comme vous voyez. »

Le tiroir était absolument vide.

« Citez-moi l'une des choses que vous exportez », insistai-je en souriant.

Mr Norris parut réfléchir.

« Des pendules, répondit-il enfin.

— Et dans quel pays les exportez-vous ? »

Il se frotta le menton d'un mouvement furtif et nerveux. Cette fois, ma taquinerie avait atteint son but. Il était déconcerté, quelque peu vexé.

« En vérité, mon cher enfant, si vous souhaitez entrer dans un grand nombre d'explications techniques, vous devrez les demander à mon secrétaire. Je n'ai pas le temps de m'en occuper. Je me décharge sur lui de tous les détails les plus... euh... sordides. Oui... »

III

Quelques jours après Noël j'appelai Arthur au téléphone (désormais, nous nous nommions par notre prénom) et proposai que nous passions le *Silvesterabend* ensemble.

« J'en serai bien sûr enchanté, mon cher William. Tout à fait enchanté... Je ne peux imaginer compagnie plus charmante ni de meilleur augure pour célébrer la naissance d'une année qui se présente sous de singulièrement mauvais auspices. Je vous prierais bien de dîner avec moi, mais hélas ! je suis déjà pris. Et maintenant, où suggérez-vous que nous nous rencontrions ?

– Que diriez-vous de *la Troïka* ?

– Très bonne idée, mon cher enfant. Je remets mon sort entre vos mains. Toutefois, je crains de me sentir un peu déplacé parmi tant de jeunes visages : pensez donc ! un barbon qui a déjà un pied dans la tombe... Que quelqu'un dise : "Non ! non !" tout de suite. Las ! nul ne le dit. Que la jeunesse est donc cruelle ! Eh bien, tant pis. Ainsi va la vie... »

Une fois Arthur lancé dans une conversation téléphonique, il était malaisé de l'arrêter. J'avais coutume, souvent, de poser le récepteur sur la table durant quelques minutes, sachant bien qu'au moment où je le remettrais à mon oreille Arthur serait en train de jacasser avec autant de volubilité que jamais. Ce jour-là, néanmoins, l'un de mes élèves attendant sa leçon d'anglais, je dus couper court aux bavardages de mon ami.

« Très bien. À *la Troïka*. Onze heures.

— Voilà qui me conviendra parfaitement. D'ici là, je vais surveiller mon alimentation, me coucher de bonne heure et, de façon générale, m'apprêter à passer joyeusement une soirée de *Wein, Weib, und Gesang*. Plus particulièrement de *Wein*. Mais oui. Dieu vous garde, mon cher enfant. Au revoir. »

Le 31 décembre, je dînai chez moi en compagnie de ma logeuse et de ses autres pensionnaires. Je devais être ivre déjà quand j'arrivai à *la Troïka* : je me souviens d'avoir éprouvé un choc au moment où, voyant mon reflet dans le miroir du vestiaire, je m'aperçus que je portais un faux nez. Il y avait foule. Il était difficile de dire qui dansait et qui se tenait simplement debout. Après quelque temps de recherches, dans un coin je tombai sur Arthur attablé avec un autre personnage plutôt plus jeune que lui, portant monocle et cheveux bruns lissés.

« Enfin, vous voici, William ! Nous commencions à redouter que vous ne nous eussiez désertés. Qu'il me soit permis de présenter l'un à l'autre deux de mes amis les plus chers : Mr Bradshaw, baron von Pregnitz. »

Mielleux, doucereux, le baron inclina la tête. Se penchant dans ma direction, comparable à quelque morue en train de monter à la surface de la mer, il me demanda :

« Excusez-moi, je vous prie. Connaissez-vous Naples ?

— Non. Je n'y suis jamais allé.

— Alors, pardonnez-moi. Je regrette. J'avais l'impression que nous nous étions déjà rencontrés.

– C'est très possible », répondis-je avec politesse, tout en me demandant comment il s'arrangeait pour sourire sans laisser tomber son monocle.

Ce dernier, dépourvu de monture et de ruban, semblait avoir été vissé, moyennant quelque affreuse opération chirurgicale, dans sa face rose et rasée de près.

« Peut-être étiez-vous à Juan-les-Pins l'an dernier ?

– Je crains bien que non.

– Je vois… je vois… »

Il eut un sourire exprimant le regret poli.

« En ce cas, il me reste à vous demander pardon.

– Il n'y a vraiment pas de quoi », dis-je.

Nous rîmes de fort bon cœur l'un et l'autre. Arthur, visiblement content que je fisse au baron bonne impression, se joignit à nous. J'avalai d'un seul trait une coupe de champagne. Un petit orchestre, composé de trois musiciens, jouait : *Grüss' mir mein Hawai, ich bleib' Dir treu, ich hab' Dich gerne.* Les danseurs, comme congelés ensemble, oscillaient avec des soubresauts de paralysie partielle, sous un gigantesque parasol qui pendait du plafond, se balançant doucement à travers la fumée de cigarette et l'air chaud qui s'élevait.

« Ne trouvez-vous pas que cela manque un petit peu d'air, ici ? » s'enquit Arthur avec anxiété.

L'embrasure des fenêtres était ornée de bouteilles remplies de liquides colorés – vermillon, émeraude, magenta – brillamment illuminés par-dessous et qui paraissaient éclairer la salle entière. La fumée me piquait les yeux jusqu'aux larmes. Constamment la musique s'éteignait, puis renaissait avec une violence effrayante. Je passai la main le long des rideaux de toile cirée luisante et noire, dans l'espèce d'alcôve creusée derrière ma chaise. Fait assez bizarre, ils étaient glacés. Les lampes ressemblaient aux cloches des troupeaux alpins.

Un singe blanc, pelucheux, perchait au-dessus du bar. D'un instant à l'autre, quand j'aurais bu l'exacte quantité de champagne nécessaire, j'aurais une vision. J'aspirai une petite gorgée. Alors, avec une absolue clarté, sans passion ni malice, je vis ce qu'était réellement l'Existence. Je me souviens qu'elle avait quelque chose de commun avec le parasol tournant par-dessus nos têtes.

« Oui, me murmurai-je à moi-même, qu'ils dansent. Ils sont en train de danser. Je suis content. »

« Savez-vous ? Eh bien, j'aime cet endroit. Je l'aime extraordinairement », déclarai-je avec enthousiasme au baron qui n'en parut pas surpris.

Arthur étouffait solennellement un rot.

« Cher Arthur ! N'ayez pas l'air aussi triste. Vous sentez-vous fatigué ?

— Non, pas fatigué, William. Seulement d'humeur un peu contemplative, peut-être. Une circonstance pareille à celle-ci n'est pas sans présenter quelque solennité. Vous autres, jeunes gens, vous avez parfaitement raison de vous amuser. Pas un seul instant je ne songe à vous en blâmer. J'ai mes propres souvenirs.

— Nos souvenirs sont les plus précieux de nos biens », approuva sentencieusement le baron.

Plus s'accentuait l'intoxication, plus son visage paraissait lentement se désintégrer.

Une zone rigide de paralysie se formait autour du monocle, qui maintenait ensemble les diverses parties de la face. Les muscles s'y accrochaient désespérément. Le sourcil libre se relevait ; les coins de la bouche tombaient un peu ; de minuscules perles de transpiration naissaient le long de la raie partageant les fins cheveux sombres, de la douceur du satin. Surprenant mon regard, le baron nagea dans ma direction, vers la surface de l'élément qui semblait nous séparer.

« Excusez-moi. M'est-il permis de vous poser une question ?

– Bien sûr.

– Avez-vous lu *Winnie the Pooh*, d'A.A. Milne ?

– Oui.

– Dites-moi, je vous prie : l'avez-vous aimé ?

– Infiniment.

– J'en suis très content. Oui, j'ai beaucoup aimé cela, moi aussi. Beaucoup. »

Maintenant, nous nous tenions tous debout. Qu'était-il arrivé ? Minuit. Nos verres se heurtèrent.

« Tchin-tchin », dit le baron, du ton d'une personne qui fait une citation particulièrement heureuse.

« Permettez-moi, dit Arthur, de vous souhaiter à l'un et l'autre, pour l'année mil neuf cent trente et un, tous les succès, toutes les joies possibles. Tous les succès... »

Sa voix s'amenuisa, gênée, jusqu'au silence. Il vérifia nerveusement du bout des doigts sa lourde frange de cheveux. L'orchestre explosa dans un fracas épouvantable, et comme un wagon qui lentement, laborieusement, parvient au sommet de la voie ferrée montagnarde, nous plongeâmes tête baissée dans la nouvelle année.

Les événements des deux heures qui suivirent furent empreints d'une certaine confusion. Nous étions dans un petit bar ; je ne me souviens que du plumage rebroussé d'une guirlande en papier cramoisi, très belle, se mouvant dans le courant d'un ventilateur à la façon d'une algue. Nous errâmes à travers des rues pleines de filles qui nous lançaient des attrapes à la figure. Au buffet des premières classes de la *Friedrichstrasse Station*, nous mangeâmes des œufs au jambon. Arthur avait disparu. Le baron se montrait à ce sujet plutôt mystérieux et sournois ; je n'arrivais pas à comprendre pourquoi. M'ayant prié de l'appeler Kuno, il me dit combien il admirait le caractère des couches supérieures de la société britannique. Nous roulions en taxi, seuls. Mon compagnon me parla d'un de ses amis, jeune étudiant d'Eton, qui venait de passer deux années aux Indes. Le lendemain matin de son retour, il avait rencontré dans Bond Street son plus ancien condisciple, et, bien qu'ils ne se fussent pas vus depuis si longtemps, le camarade avait dit seulement :

« *Hello*. J'ai bien peur de ne pas pouvoir causer avec toi pour le moment : je dois aller faire des courses avec ma mère. »

« Je trouve cela tellement remarquable ! conclut le baron. Voyez-vous, c'est un excellent exemple de votre *self-control* anglais. »

Le taxi traversa plusieurs ponts, dépassa une usine à gaz. Me pressant la main, le baron me fit un long discours sur la merveille d'être jeune. Mais il était devenu plutôt difficile à suivre et son anglais se détériorait rapidement.

« Voyez-vous, ne m'en veuillez pas, mais j'ai passé la soirée entière à observer vos réactions. J'espère que vous ne vous en offensez pas ? »

Je retrouvai mon faux nez dans ma poche et le remis, bien qu'il fût un peu froissé. Le baron parut impressionné.

« Tout cela m'intéresse tellement, voyez-vous ! »

Peu de temps après, je dus faire arrêter le taxi sous un lampadaire afin de vomir.

Nous roulions le long d'une rue bordée par un haut mur sombre, au-dessus duquel j'avisai soudain une croix ornementale.

« Grand Dieu ! m'écriai-je. Est-ce au cimetière que vous m'emmenez ? »

Le baron se contenta de sourire. Nous avions fait halte, arrivés, semblait-il, au plus ténébreux de la nuit. Je trébuchai sur quelque chose, et le baron me prit obligeamment le bras. Il paraissait être déjà venu dans cet endroit. Nous franchîmes une voûte et débouchâmes dans une cour. Là, de plusieurs fenêtres éclairées nous parvenaient des bouffées de gramophone, des rires. Découpées en silhouette, une tête et des épaules se penchèrent à l'une des croisées, criant : « *Prosit Neujahr !* » et crachant vigoureusement. Le crachat s'écrasa contre le pavé, tout à côté de mon pied, dans un doux clapotis. D'autres têtes émergèrent d'autres fenêtres.

« C'est toi, Paul, espèce de gros cochon ? braillla quelqu'un.

– Front populaire ! » beugla une voix, suivie d'un flac bruyant.

Cette fois, je crois que c'était un pot de bière que l'on venait de vider.

Alors intervint l'une des phases inconscientes de ma soirée. Comment le baron me fit monter l'escalier, je l'ignore. En tout cas, ce fut sans la moindre peine. Nous nous tenions dans une pièce emplie de gens qui dansaient, criaient, chantaient, buvaient, nous serraient les mains, nous frappaient les omoplates. Des festons de papier enguirlandaient une énorme suspension à gaz équipée d'ampoules électriques. Mes yeux vacillaient à travers la salle, y cueillant des objets grands ou minuscules – un bol de vin rouge et sucré dans quoi flottait une boîte d'allumettes vide ; une perle cassée tombée d'un collier ; un buste de Bismarck au sommet d'un buffet gothique – les retenant un instant, puis les perdant à nouveau dans un chaos général et bigarré. C'est ainsi que brusquement j'entrevis un étonnant spectacle : la tête d'Arthur, bouche ouverte, perruque chue au-dessus de l'œil gauche. M'étant mis à la recherche du corps, je chancelai et m'écroulai confortablement sur un sofa,

tenant dans mes bras la moitié supérieure d'une fille.
Mon visage était enfoncé dans des coussins de dentelle
qui sentaient la poussière. Le bruit que faisait l'assem-
blée éclatait au-dessus de moi comme un ressac toni-
truant. C'était curieusement apaisant.

« T'endors pas, chéri, disait la fille entre mes bras.

– Bien sûr que non », répliquai-je, me redressant et
remettant mes cheveux en ordre.

Je me sentais soudain tout à fait dégrisé.

Face à moi, dans un grand fauteuil, Arthur était assis,
tenant sur ses genoux une fille mince, brune, à l'expression maussade. Il avait enlevé son veston, son gilet ; sa
tenue était fort négligée ; il portait des bretelles rayées de
couleurs vives ; ses manches de chemise étaient
retroussées par des élastiques. À l'exception d'un léger
duvet couronnant la base du crâne, il était absolument
chauve.

« Que diable *en* avez-vous fait ? m'exclamai-je. Vous
allez attraper froid.

– L'on ne m'a pas demandé mon avis, William. C'est
toutefois un hommage assez gracieux, ne trouvez-vous
pas, au Chancelier de fer ? »

Il avait maintenant l'air de bien meilleure humeur
qu'au début de la soirée, et, fait assez étrange, ne
semblait pas le moins du monde ivre. Sa tête était remarquablement solide. Levant les yeux, je vis la perruque,
perchée avec désinvolture sur le casque de Bismarck,
pour lequel elle était beaucoup trop grande.

Me détournant, je découvris le baron assis à mon côté
sur le sofa.

« *Hello*, Kuno, lui dis-je. Comment avez-vous fait
pour arriver jusqu'ici ? »

Il ne répondit pas, mais sourit de son sourire étincelant
et rigide, en haussant désespérément le sourcil, l'air à la

limite extrême de l'effondrement. Un instant de plus, et ce serait la chute de son monocle.

Le gramophone éclata en une grosse musique braillarde. La plupart des gens qui se trouvaient dans la salle se mirent à danser. Presque tous étaient jeunes, les garçons en manches de chemise, les filles, la robe dégrafée. Poussière, parfum bon marché, transpiration alourdissaient l'atmosphère. Une énorme femme se fraya des coudes un chemin à travers la foule, portant un verre de vin dans chaque main. Elle était habillée d'un corsage en soie rose et d'une jupe blanche plissée, très courte ; ses pieds se tassaient dans des souliers à hauts talons, petits jusqu'à l'absurde, hors de quoi se gonflaient des bourrelets de chair ensachés dans la soie des bas. Ses joues étaient de cire rose, et ses cheveux teints en or de pacotille, si bien qu'ils s'harmonisaient avec l'éclat de la demi-douzaine de bracelets décorant ses bras poudrés. Elle avait l'aspect bizarre et sinistre d'une poupée grandeur naturelle. De la poupée elle possédait au surplus les yeux écarquillés, d'un bleu de porcelaine et qui ne riaient pas, quoique ses lèvres fussent entrouvertes sur un sourire qui révélait plusieurs dents d'or.

« C'est Olga, notre hôtesse, m'expliquait Arthur.

– *Hello, Baby !* »

Olga me tendit un verre et pinça la joue d'Arthur.

« Alors, ma petite tourterelle ?... »

Le geste était si professionnel qu'il m'évoqua celui du vétérinaire en présence d'un cheval. Arthur eut un gloussement.

« On ne peut dire que l'image soit des plus appropriées, ne trouvez-vous pas ? Tourterelle... Qu'en penses-tu, Anni ? »

Il s'adressait à la sombre fille assise sur ses genoux.

« Sais-tu que tu es bien silencieuse ? Tu ne fais pas d'étincelles, ce soir. À moins que ce ne soit la présence, en face de nous, de ce jeune homme extrêmement séduisant qui te trouble l'esprit ? William, je crois que vous venez de faire une conquête. Je le crois vraiment. »

Anni sourit d'un léger sourire très contrôlé de prostituée, puis se gratta la cuisse et bâilla. Elle était vêtue d'une petite jaquette noire élégamment coupée ainsi que d'une jupe noire, les jambes gainées de longues bottes noires, lacées jusqu'au genou, dont un curieux motif doré décorait le sommet, et qui conféraient à l'ensemble de sa tenue un aspect d'uniforme.

« Ah ! vous admirez les bottes d'Anni, dit Arthur avec satisfaction. Mais c'est son autre paire que vous devriez voir : cuir écarlate et talons noirs. Je les ai fait exécuter moi-même à son intention. Mais Anni refuse de les porter dans la rue, prétendant qu'elles la font trop remarquer. Parfois cependant, lorsqu'elle se sent d'humeur particulièrement *énergique*, elle les met pour venir me voir. »

Entre-temps, un certain nombre de garçons et de filles, s'étant arrêtés de danser, avaient fait cercle autour de nous, bras entrelacés, fixant des yeux la bouche d'Arthur avec un naïf intérêt de sauvages, comme s'ils se fussent attendus à voir les mots, matérialisés, lui jaillir des lèvres. Un des garçons se mit à rire.

« *Aoh ! yes*, imita-t-il. *I'spik you Englisch, no ?* »

Le long de la cuisse d'Anni s'égarait distraitement la main d'Arthur. Anni, se levant, la frappa d'un coup sec avec une impersonnelle perversité de chatte.

« Oh ! Dieu, je crains bien que tu ne sois d'humeur très *cruelle*, ce soir, et je devine que tu vas me *châtier* de ce que j'ai fait. Anni est une jeune personne excessivement *sévère* », ricana tout haut Arthur. Puis il ajouta plus bas, en anglais : « Ne trouvez-vous pas que son visage est d'une exquise beauté ? La perfection même, en son genre. Une vraie madone de Raphaël. J'ai composé l'autre jour une épigramme où je disais du teint d'Anni qu'il était fleur du *péché*. J'espère que c'était original ? L'était-ce ? Riez, je vous prie.

– Je trouve ça tout à fait excellent.

– Fleur de *péché*... Je suis content que cela vous plaise. Ma première pensée fut : "Il faudra que je dise cela à William." Savez-vous que vous m'inspirez véritablement ? Vous me faites étinceler. Je dis toujours que je ne me souhaite pour amis que trois catégories de gens : ceux qui sont très riches, ceux qui sont très spirituels et ceux qui sont très beaux. Vous, mon cher William, appartenez à la deuxième espèce. »

Il était aisé de deviner à laquelle appartenait le baron von Pregnitz, et je détournai le regard afin de voir s'il avait écouté. Mais notre baron fouettait d'autres chats : il gisait à l'autre extrémité du sofa, sous l'étreinte d'un adolescent puissamment bâti portant un maillot de boxeur et qui lui faisait descendre, graduellement et de force, un plein pot de bière au fond de la gorge. Le baron, tout inondé, protestait avec faiblesse.

Je m'aperçus que j'entourais du bras une fille. Peut-être avait-elle été là tout le temps. Elle se blottissait contre moi tandis qu'un garçon, de l'autre côté, jouait à mes dépens les pickpockets amateurs. J'ouvris la bouche afin de me plaindre, puis me ravisai : à quoi bon terminer par une scène une aussi agréable soirée ? Qu'il me prenne donc mon argent ! Tout au plus, d'ailleurs, me restait-il trois marks, et le baron, quoi qu'il arrivât, paierait pour l'ensemble. À cet instant, je vis la face de Kuno presque aussi distinctement qu'au microscope. Il venait (je m'en aperçus pour la première fois) de subir un traitement de bains de soleil artificiels. Autour de son nez la peau commençait tout juste à peler. Quel chic type ! Je levai mon verre à sa santé. Son œil de poisson lança une lueur faible au-dessus du bras du boxeur ; il fit de la tête un léger mouvement. Mais il était au-delà du langage. Quand je me retournai, Arthur et Anni avaient disparu.

Dans la vague intention de les chercher, je me levai tout chancelant, mais ce ne fut que pour m'empêtrer dans la danse, qui s'était à nouveau déchaînée avec un surcroît de vigueur. Je fus saisi par le cou, par la taille, étreint, embrassé, chatouillé, à demi déshabillé ; je dansai avec des filles, avec des garçons, avec à la fois deux ou trois partenaires. Cinq ou dix minutes s'écoulèrent peut-être avant que je n'atteignisse la porte à l'autre extrémité de la pièce. Passé la porte, il y avait un corridor où il faisait noir comme dans un four, à l'exception, tout au bout, d'un interstice lumineux. Ce couloir était tellement encombré de meubles qu'on ne pouvait que se glisser le long des parois. Trébuchant, me faufilant, j'avais couvert à peu près la moitié du chemin lorsque, depuis la chambre éclairée qui s'ouvrait devant moi, me parvint un cri déchirant.

« *Nein ! nein !* Pitié ! Oh ! Dieu ! *Hilfe ! Hilfe !* »

La voix ne laissait aucun doute : on avait enfermé là-dedans Arthur, que l'on était en train de rouer de coups et de voler. J'aurais pu le prévoir. Nous étions fous d'avoir jamais mis les pieds dans un endroit pareil, et ne devions nous en prendre qu'à nous. L'alcool me rendait brave. M'étant démené pour arriver jusqu'à la porte, je la poussai.

La première personne que je vis fut Anni, debout au milieu de la pièce. Arthur se recroquevillait sur le sol, à ses pieds. Il avait encore ôté un certain nombre de vêtements et se trouvait maintenant habillé, légèrement bien qu'avec une décence parfaite, d'un ensemble de sous-vêtements en soie mauve, d'une ceinture abdominale en caoutchouc, et d'une paire de chaussettes. D'une main il tenait une brosse, et de l'autre un chiffon jaune à chaussures. Olga le dominait comme une tour en brandissant un lourd fouet de cuir.

« Tu appelles ça propre, espèce de cochon ! clamait-elle d'une voix terrible. Recommence-moi ça tout de suite ! Et si je trouve un seul grain de poussière, je t'administrerai une si belle raclée que tu ne pourras pas t'asseoir d'une semaine ! »

Tout en parlant, elle avait appliqué un bon coup de fouet sur les fesses d'Arthur. Il émit un cri perçant de douleur et de volupté, puis commença de brosser, de polir les bottes d'Anni avec une hâte fébrile.

« Grâce ! Grâce ! »

La voix d'Arthur était joyeuse et haut perchée, comme celle d'un enfant qui ment.

« Arrête ! Tu me tues !

— Te tuer serait encore trop bon, rétorqua Olga en lui administrant un autre coup de fouet. Je vais t'écorcher vif !

— Oh ! Oh ! Arrêtez ! Grâce ! Oh ! »

Ils faisaient tant de bruit qu'ils n'avaient pas entendu celui de la porte que je venais d'ouvrir. À ce moment, ils m'aperçurent, mais ma présence ne parut déconcerter le moins du monde aucun d'entre eux. À la vérité, il sembla même qu'elle ajoutait au plaisir d'Arthur un certain piment.

« Mon Dieu ! Mon Dieu ! Sauvez-moi, William ! Vous ne voulez pas ? Vous êtes aussi cruel que les autres. Anni, mon amour !… Olga !… Regardez seulement comme elle me traite. Dieu sait ce qu'elles ne me feront pas faire dans une minute !

– Entre, *Baby !* s'écria Olga, avec une jovialité de tigresse. Tu ne perds rien pour attendre ! Après, ça sera ton tour, et grâce à moi tu appelleras ta mère. »

Elle fit claquer par jeu le fouet dans ma direction, ce qui me renvoya ventre à terre dans le corridor où je battis en retraite, poursuivi par les clameurs d'angoisse et de ravissement d'Arthur.

Quelques heures plus tard, je me retrouvai roulé en boule sur le plancher, la face écrasée contre le pied du sofa. J'avais une fournaise au lieu de tête, et des douleurs dans chacun de mes os. La fête était finie. Une demi-douzaine de personnes gisaient sans connaissance à travers la salle sens dessus dessous, dans des attitudes variées mais qui toutes reflétaient le plus extrême incon-fort. La lumière du jour traversait les fentes des stores vénitiens.

Après m'être assuré qu'Arthur ni le baron n'étaient au nombre des victimes, je me frayai un chemin parmi les corps, sortis de l'appartement, descendis l'escalier, franchis le porche et me retrouvai dans la rue. L'immeuble entier semblait plein de gens ivres morts. Je ne rencontrai personne.

J'étais dans une des rues écartées avoisinant le canal, non loin de la *Möckernbrücke Station*, à une demi-heure de marche environ de mon domicile. Je n'avais pas d'argent pour prendre le train électrique et, de toute façon, marcher me ferait du bien. Je boitai donc jusque chez moi, longeant de mornes rues où des serpentins de papier pendaient aux fenêtres des maisons humides, sans vie, ou s'accrochaient aux rameaux poisseux des arbres. Quand j'arrivai, ma logeuse m'accueillit avec la nouvelle qu'Arthur avait déjà téléphoné trois fois pour savoir comment j'allais.

« Un monsieur qui s'exprime si bien, comme je dis toujours… Et si plein d'égards… »

J'en tombai d'accord et me mis au lit.

IV

Frl. Schroeder, ma logeuse, raffolait d'Arthur. Au téléphone elle lui donnait toujours du *Herr Doktor*, ce qui
pour elle représentait le plus haut témoignage d'estime.

« Ah ! c'est vous, *Herr Doktor* ?... Mais naturellement que je reconnais votre voix ; je la reconnaîtrais
entre mille. Vous paraissez très fatigué ce matin ; vous
vous serez encore couché tard ?... *Na, na*, n'essayez pas
de faire croire ça à une vieille femme comme moi : je
sais ce que sont des messieurs qui font la fête...
Qu'est-ce que vous dites ?... Tutt-tutt !... Flatteur !...
Là, là... Vous autres hommes, vous êtes bien tous les
mêmes ; de dix-sept à soixante-dix ans... *Pfui !* Je
n'aurais pas cru ça de vous... Non, je ne le ferai certainement pas ! Ha ! ha !... Vous voulez parler à Herr
Bradshaw ? Mais bien sûr ; j'avais complètement oublié.
Je vous l'appelle tout de suite. »

Quand Arthur venait prendre le thé chez moi,
Frl. Schroeder mettait sa robe décolletée en velours noir,
son rang de perles acheté à Prisunic, et c'était avec du
rouge aux joues et du noir aux paupières qu'elle lui
ouvrait la porte ; elle évoquait alors une caricature de
Marie Stuart. Je le fis observer à mon ami, qui s'en
montra enchanté.

« Vraiment, William, vous êtes d'une malveillance...
Vous dites des choses tellement dures... Ma parole, je
commence à redouter votre langue. »

Mais dans la suite il adopta l'habitude, en parlant de
Frl. Schroeder, de la nommer Sa Majesté. « *La divine*[1]
Schroeder » était son autre surnom favori.

Qu'il fût ou non pressé, toujours il trouvait le temps de
flirter quelques minutes avec elle, lui portant bonbons,
fleurs, cigarettes, compatissant aux moindres fluctua-
tions de la délicate santé de Hanns, son canari. Lorsque à
la fin Hanns mourut et que Frl. Schroeder pleura, je crus
qu'Arthur allait aussi verser des larmes ; il était sincèrement bouleversé.

« Mon Dieu ! mon Dieu !... répétait-il à tout instant.
La nature est véritablement bien cruelle. »

Quant à mes autres amis, ils éprouvaient moins
d'enthousiasme à l'égard d'Arthur. Ainsi le présentai-je
à Helen Pratt, mais l'entrevue ne fut pas un succès. En ce
temps-là, Helen était correspondante à Berlin d'un
hebdomadaire politique de Londres ; elle augmentait ses
revenus en faisant des traductions et en donnant des
leçons d'anglais. Il nous arrivait de nous passer des
élèves l'un à l'autre. Jolie fille aux cheveux blonds, à
l'aspect fragile, elle était en réalité d'une dureté de fer.
Elle avait fait ses études à l'université de Londres, et
prenait au sérieux les questions sexuelles ; elle avait
accoutumé de passer ses jours et ses nuits dans la société
des hommes, n'ayant que faire de celle des autres
femmes. Apte à voir rouler sous la table avant elle, en
buvant, la majorité des journalistes anglais, elle en faisait
parfois la démonstration, mais plus pour le principe que

---

1. Les mots ou expressions en italique suivis d'un astérisque sont
en français dans le texte. *(N.d.T.)*

pour le plaisir. Dès la première rencontre elle vous appelait par votre prénom, et vous informait que ses parents
tenaient bureau de tabac-confiserie à *Shepherd's Bush* ;
c'était là sa façon de « tester » les caractères : votre réaction devant cette nouvelle vous condamnait ou vous
sauvait à ses yeux sans rémission. Par-dessus tout, Helen
avait en abomination qu'on lui rappelât qu'elle était
femme ; sauf au lit.

Arthur – je m'en aperçus trop tard – manquait absolument de technique en ses relations avec des personnes de
cet acabit. Dès l'abord, il fut évident qu'elle l'effrayait ;
d'un geste, elle écarta tous les petits raffinements de
courtoisie derrière lesquels il abritait la timidité de son
âme.

« Salut, vous deux », dit-elle en tendant une main
négligente au-dessus du journal qu'elle était en train de
lire.

(Nous nous étions donné rendez-vous dans un petit
restaurant situé derrière l'église du Mémorial.)

Arthur, circonspect, prit la main qu'on lui présentait ;
s'attarda, gêné, près de la table ; s'agita, attendant le rite
auquel il était habitué. Mais rien ne vint. Alors il
s'éclaircit la gorge, toussa.

« Me permettez-vous de prendre un siège ? » Helen,
qui s'apprêtait à lire un passage du journal à voix haute,
leva les yeux vers lui comme si elle avait oublié son existence et s'étonnait de le voir encore là.

« Qu'est-ce qui se passe ? demanda-t-elle. Il n'y a pas
assez de chaises ? »

Nous en vînmes à parler de la vie nocturne à Berlin.
Arthur étouffa de petites rires, se fit mutin. Helen, qui se
vautrait dans les statistiques et dans la terminologie des
psychanalystes, le considéra, surprise et réprobatrice.

Arthur finit par émettre une allusion voilée à « la spécialité de la *Kaufhaus des Westens* ».

« Oh ! vous voulez parler des putains de ce coin-là, qui se déguisent pour exciter les fétichistes des bottes ? » lança Helen, du ton direct et précis de la maîtresse d'école en train de faire un cours de sciences naturelles.

« Eh bien, eh bien, Dieu me pardonne, ha ! ha ! je dois avouer, dit Arthur en ricanant, toussant et portant vivement les doigts à sa perruque, qu'il ne m'est pas arrivé souvent de rencontrer une jeune personne aussi – passez-moi l'expression –... euh... *avancée*, ou devrais-je plutôt dire... euh... *moderne* ?

– Grand Dieu ! »

Helen rejeta la tête en arrière et fit entendre un rire désagréable.

« Je n'avais pas été appelée "jeune personne" depuis l'époque où j'aidais ma mère à la boutique, le samedi après-midi.

– Êtes-vous... euh... à Berlin depuis longtemps ? » se hâta d'interroger Arthur.

Vaguement conscient d'avoir commis un impair, il croyait devoir changer de conversation. Mais, surprenant le coup d'œil qu'Helen lui lança, je sus que tout était consommé.

« Si tu veux mon avis, Bill, me dit-elle quand nous nous rencontrâmes la fois suivante, ne fais jamais confiance à ce gars-là.

– Mais je ne lui fais pas confiance, répondis-je.

– Oh ! je te connais : tu es un tendre, comme la plupart des hommes ; tu bâtis des romans à propos des gens au lieu de les voir comme ils sont ; as-tu seulement remarqué sa bouche ?

– Oui, souvent.

– Pouah ! elle est dégoûtante ; j'avais du mal à la supporter ; flasque et bestiale comme celle d'un crapaud.

– Eh bien, déclarai-je en riant, je suppose que j'ai un faible pour les crapauds. »

Ne me tenant pas pour battu, j'essayai mon ami sur Fritz Wendel, jeune Germano-Américain de la ville, qui consacrait ses loisirs à la danse et au bridge. Nourrissant une étrange passion pour la compagnie des écrivains et des peintres, il avait acquis droit de cité parmi leurs groupes en travaillant chez un marchand de tableaux à la mode ; ce commerçant ne le payait pas mais Fritz, étant riche, pouvait ainsi donner libre cours à sa manie. En outre, il était doué pour les cancans au point que l'on pouvait parler d'un talent véritable, et qu'il eût pu faire un détective privé de premier ordre.

Nous prîmes tous trois le thé dans l'appartement de Fritz. Arthur et lui s'entretinrent de New York, de peinture impressionniste et des inédits du groupe de Wilde. Arthur, en verve, se révélait étonnamment documenté. Les yeux noirs de Fritz étincelaient tandis qu'il enregistrait les bons mots afin de les resservir ensuite. Quant à moi, je souriais, fier et satisfait, me sentant personnellement responsable du résultat de l'entrevue, et puérilement anxieux qu'Arthur emportât l'approbation de Fritz ; peut-être parce que je voulais être moi aussi définitivement, totalement convaincu.

Nous nous dîmes au revoir en nous promettant de nous rencontrer à nouveau dans un proche avenir. Le lendemain ou le surlendemain, dans la rue, je tombai par hasard sur Fritz. Le plaisir avec lequel il me salua m'apprit aussitôt qu'il avait quelque chose de particulièrement venimeux à me dire. Pendant un quart d'heure il bavarda gaiement de bridge, de boîtes de nuit, de sa dernière conquête, une femme sculpteur en renom ;

cependant, son malicieux sourire s'élargissait de plus en plus à la pensée du morceau de choix qu'il tenait en réserve et produisit enfin.

« Revu ton ami Norris ?

— Oui, répondis-je. Pourquoi ?

— Pour rien, dit Fritz en affectant la négligence, mais ses yeux mauvais fichés dans les miens. Tout bien réfléchi, si j'étais toi je me méfierais, voilà tout.

— Que diable veux-tu dire par là ?

— J'ai entendu raconter sur lui des choses bizarres.

— Pas possible !

— Peut-être qu'elles sont fausses, remarque ; tu sais comme les gens parlent.

— Oui, Fritz, et je sais comme tu les écoutes. »

Il sourit de toutes ses dents ; je ne l'avais pas le moins du monde offensé.

« Des bruits courent, d'après quoi Norris ne serait en définitive qu'une espèce d'escroc de bas étage.

— Je dois avouer que "de bas étage" est une expression que je n'aurais jamais eu l'idée de lui appliquer. »

Fritz eut un sourire indulgent, supérieur.

« J'imagine que ça te surprendrait de savoir qu'il a fait de la prison ?

— Tu veux dire que ça me surprendrait de savoir *que tes amis prétendent* qu'il a fait de la prison. Eh bien, tu fais erreur : ça ne me surprend pas du tout… tes amis racontent n'importe quoi. »

Fritz ne répliqua point, se bornant à continuer de sourire.

« Et pour quel motif est-il censé avoir fait de la prison ? demandai-je.

— On ne me l'a pas dit, répondit Fritz en traînant sur les mots. Mais il est possible que je le devine.

— En ce cas, tu es plus fort que moi.

– Écoute, Bill. »

Il avait changé de ton ; sa voix était grave. Il posa la main sur mon épaule.

« Je tiens à te dire ceci. Nous deux, tout compte fait, nous fichons du Bien comme de l'an quarante. Mais il y a d'autres gens que nous sur la terre, non ? Suppose que Norris mette le grappin sur un pauvre type quelconque et le plume jusqu'au dernier centime.

– Ce serait affreux. »

Fritz renonça. Mais sa flèche du Parthe fut :

« En tout cas, tu ne pourras pas dire que je ne t'avais pas prévenu.

– Non, Fritz, je ne le dirai certainement pas. »

Nous nous quittâmes en excellents termes.

Helen Pratt avait peut-être eu raison dans son jugement sur moi. Étage après étage, j'échafaudais un décor de roman pour y placer Arthur, et veillais jalousement à ce qu'on ne me le démolît pas. Certes, cela m'amusait assez de caresser l'idée qu'en fait Arthur était un dangereux criminel ; mais je suis persuadé que jamais, au grand jamais, je n'y crus sérieusement. Presque tous les gens de ma génération sont des snobs du crime. Et d'ailleurs, l'opiniâtreté renforçait mon affection pour Arthur. Si mes amis ne l'aimaient pas en raison de sa bouche ou de son passé, tant pis pour eux ; je me flattais quant à moi d'être plus profond, plus humain, beaucoup plus fin psychologue. Et si, dans les lettres que j'envoyais en Angleterre, je parlais parfois de lui comme d'« un vieux filou des plus étonnants », cela voulait dire uniquement que je me plaisais à l'imaginer sous les traits d'un glorieux personnage ; audacieux, confiant en soi-même, intrépide et serein. Toutes vertus, à la vérité, qu'il ne possédait en aucune façon – ce n'était, hélas ! que trop évident.

Pauvre Arthur, en effet ! J'ai rarement rencontré d'être aux nerfs si peu solides. Il m'arrivait de le croire affligé d'une forme bénigne du délire de la persécution ; tandis que j'écris ces lignes, je le revois tel qu'il avait l'habitude de s'asseoir en m'attendant, au coin le plus retiré de notre restaurant favori, distrait, en proie à l'ennui, mal à l'aise, les mains repliées sur ses genoux avec une désinvolture étudiée, la tête inclinée selon un angle bizarre, attentif comme s'il se fût tenu prêt, d'un instant à l'autre, à ce qu'un bruit très violent le fît sursauter ; je l'entends encore au téléphone, s'exprimant avec prudence, aussi près de l'appareil que possible et n'élevant guère la voix plus haut qu'un chuchotement :

« Allô… Oui, c'est moi… Ainsi, vous étiez à cette réception ?… Bon. Et maintenant, quand nous voyons-nous ?… Disons donc à l'heure habituelle, chez qui vous savez. Et, s'il vous plaît, demandez à l'autre personne de s'y trouver aussi… Non, non : Herr D… C'est d'une importance capitale. Au revoir. »

J'éclatai de rire.

« À vous entendre, on vous prendrait pour un conspirateur endurci.

— *Très* endurci, dit Arthur avec un gloussement. Non, cher William. Je puis vous assurer que je ne discutais rien de plus grave que la vente d'un vieux mobilier, vente à laquelle il se trouve que je suis… euh… financièrement intéressé.

— Dans ce cas, pourquoi diable tous ces mystères ?

— On ne sait jamais qui peut écouter.

— Mais il est bien certain que, de toute façon, ça ne pourrait guère intéresser les indiscrets.

— Par les temps qui courent, on ne saurait agir avec trop de précaution », dit vaguement Arthur.

J'avais emprunté, puis lu presque tous les livres « amusants ». Mais ils étaient pour la plupart extrêmement décevants : leurs auteurs adoptaient un ton curieusement prude, snob, petit-bourgeois, et, malgré leurs efforts sincères pour être pornographiques, devenaient d'une irritante imprécision dans les plus importants passages. Mon ami possédait, dédicacée, la série des volumes de *Ma vie et mes amours ;* je lui demandai s'il avait connu Frank Harris.

« Un peu, oui. Cela fait maintenant des années. La nouvelle de sa mort m'a violemment ému. C'était un génie en son genre. Si spirituel ! Je me souviens qu'il me dit un jour, au Louvre : "Ah ! mon cher Norris, vous et moi sommes les derniers chevaliers d'industrie." Il pouvait se montrer fort caustique, vous savez. Les gens n'oubliaient jamais ce qu'il avait dit sur eux.

« Cela me rappelle, continua pensivement Arthur, une question qui me fut un jour adressée par feu Lord Disley : "Mr Norris, est-il exact que vous soyez un aventurier ?"

– Voilà bien une étrange interrogation ! *Ça*, je ne le trouve pas spirituel. Ce n'était que bigrement mal élevé.

– Je lui répliquai : "Nous sommes tous aventuriers : la vie est une aventure." Assez bien envoyé, vous ne pensez pas ?

– Exactement le genre de réponse qu'il avait mérité. » Arthur examina modestement ses ongles.

« C'est à la barre que je suis en général au meilleur de ma forme.

– Voulez-vous dire que la scène se passait au cours d'un procès ?

– Pas un procès, William ; non : une action en justice ; j'attaquais l'*Evening Post* en diffamation.

– Pourquoi ça ? Qu'avait-on dit contre vous ?

– L'on avait émis certaines insinuations concernant la gestion de fonds publics à moi confiés.

– Et, bien entendu, vous avez eu gain de cause ? »

Mon ami se caressa le menton soigneusement.

« L'on ne put justifier ces accusations. J'obtins cinq cents livres de dommages-intérêts.

– Avez-vous intenté souvent des procès en diffamation ?

– Cinq fois, reconnut Arthur avec humilité. En trois autres occasions, l'affaire s'est conclue à l'amiable.

– Et vous avez toujours obtenu des dommages-intérêts ?

– Oui, toujours un petit quelque chose ; oh ! trois fois rien, mais l'honneur était sauf.

– Ce doit être une vraie source de revenus. »

Arthur eut un mouvement de protestation.

« N'exagérons pas. »

L'heure me semblait avoir enfin sonné de poser ma question :

« Dites-moi, cher Arthur : avez-vous jamais fait de la prison ? »

Il se frotta lentement le menton, découvrant ses dents ruinées. Dans son bleu regard absent parut une expression bizarre : de soulagement, peut-être ; ou même, imaginai-je, de vanité satisfaite.

« Ainsi donc, l'on vous a parlé de cette affaire ? »

Je mentis :

« Oui.

– À l'époque, elle a fait beaucoup de bruit. »

Mon ami disposa modestement ses mains sur la poignée de son parapluie.

« Auriez-vous lu, par hasard, le compte rendu complet des débats ?

– Hélas ! non.

— Dommage. Je vous aurais bien volontiers prêté les coupures de presse, mais je les ai malheureusement égarées dans l'un de mes nombreux déménagements. J'eusse aimé connaître votre avis impartial... J'estime que le jury, dès le départ, était injustement prévenu contre moi. Si j'avais eu l'expérience que je possède aujourd'hui, j'aurais été sans aucun doute acquitté. Mon avocat m'avait donné des conseils absolument néfastes ; moi, j'aurais plaidé non coupable, mais lui m'avait certifié qu'il serait tout à fait impossible de se procurer les témoignages nécessaires. Le juge fut très dur à mon égard ; au point d'insinuer que je m'étais livré à un genre de chantage.

— Rien que ça ! Il allait un peu fort, vous ne trouvez pas ?

— Certes. »

Arthur hocha tristement la tête.

« En Angleterre, l'esprit des gens de loi manque, hélas ! parfois de finesse : il est inapte à distinguer les subtilités d'un comportement.

— À combien... à combien de temps vous a-t-on condamné ?

— Dix-huit mois. À Wormwood Scrubs.

— J'espère au moins qu'on vous a traité décemment ?

— L'on m'a traité selon le règlement ; je ne saurais me plaindre... Néanmoins, depuis ma remise en liberté je me suis intéressé vivement aux réformes pénales : je me fais un point d'honneur de m'affilier aux différentes sociétés fondées à cet effet. »

Il y eut un silence, durant lequel Arthur s'abandonna de toute évidence à des souvenirs pénibles. Il reprit enfin :

« Je crois pouvoir à bon droit prétendre qu'au cours de toute ma carrière j'ai très rarement, sinon jamais rien fait que j'aie su contraire à la loi... D'autre part, je soutiens et soutiendrai toujours qu'il incombe aux éléments riches mais moins doués mentalement de la communauté de pourvoir aux besoins des gens de mon espèce. J'espère en cela que vous partagez mes idées ?

– Ne faisant point partie des "éléments riches", oui, je partage vos idées, répondis-je.

– J'en suis si content ! Savez-vous, William ? Je sens que nous pourrions en arriver, le temps aidant, à considérer du même œil bien des choses... Il est tout à fait étonnant de penser à la quantité de bon argent sonnant et trébuchant, lequel attend, de-ci de-là, que quelqu'un le ramasse. Oui, je dis bien : le ramasse. Même aujourd'hui. Seulement, il faut des yeux pour voir. Et des capitaux. Une certaine quantité de capitaux est indispensable. Il faut absolument qu'un jour je vous raconte mes démêlés avec un Américain, qui se prenait pour un descendant direct de Pierre le Grand ; c'est une histoire des plus instructives. »

Il arrivait qu'Arthur me parlât de son enfance. Jeune garçon de santé délicate, il n'avait jamais été mis à l'école. Fils unique, il vivait seul en compagnie de sa mère veuve, qu'il adorait. Ensemble ils étudiaient la littérature et l'art, visitaient Paris, Bade, Rome, évoluant toujours au sein de la société la plus choisie, de *Schloss* en palais, de palais en *château**, doux, charmants, appréciateurs, dans un perpétuel état de tendre anxiété sur la santé l'un de l'autre. Étendus, malades, en des chambres à porte communicante, ils demandaient qu'on déplaçât leurs lits de façon qu'il leur fût possible de se parler sans élever la voix ; se contant des histoires, faisant gaiement de petites plaisanteries, chacun relevait ainsi le courage de l'autre au long des pénibles nuits d'insomnie.

Convalescents, on les propulsait côte à côte, dans des fauteuils roulants, à travers les jardins de Lucerne.

Mais cette idylle entre invalides, de par sa nature même, était condamnée à se terminer rapidement : pour Arthur, il fallut grandir, aller à Oxford ; pour sa mère, il fallut mourir. Mais, son amour le protégeant jusqu'au bout, elle refusa d'accorder à ses domestiques l'autorisation de télégraphier à son fils aussi longtemps qu'elle resterait consciente. Lorsque enfin ils lui désobéirent, c'était trop tard : à son enfant trop sensible fut épargnée, ainsi qu'elle l'avait voulu, l'épreuve des adieux au chevet d'un lit de mort.

Après ce deuil, la santé du jeune homme s'améliora grandement car il dut voler de ses propres ailes. Ce nouvel et désagréable exercice, néanmoins, lui fut considérablement facilité par la petite fortune qu'il avait héritée : il disposait d'assez d'argent pour vivre, selon les standards de la société londonienne des années quatre-vingt-dix, pendant au moins dix ans. Or, cet argent, il mit un peu moins de deux ans à le dépenser.

« C'est à cette époque, disait-il, que j'appris pour la première fois ce que signifie le mot *luxe*. Depuis, j'ai le regret de l'avouer, je me suis trouvé contraint d'en ajouter d'autres à mon vocabulaire ; certains d'une laideur affreuse. » « Je voudrais bien, remarqua-t-il avec simplicité dans une autre occasion, posséder aujourd'hui cet argent : je saurais à quoi l'employer. »

Mais au temps dont je parle, âgé de vingt-deux ans seulement, il ne le savait pas. Son argent s'engloutissait avec une rapidité prodigieuse dans la bouche des chevaux et le bas de laine des filles d'opéra. Les doigts des serviteurs se refermaient dessus avec une onction mielleuse, mais une force d'acier. Il se métamorphosait en habits magnifiques, mais qu'au bout d'une ou deux semaines, dégoûté, Arthur offrait à son valet ; en bibelots d'Orient qui trouvaient moyen, quand il les déballait dans son appartement, de n'être plus que vieux pots de ferraille rouillée ; en paysages du dernier génie impressionniste, desquels, à la lumière du lendemain matin, ne subsistaient qu'enfantins barbouillages. Tiré à quatre épingles, spirituel, de l'argent plein les poches, il doit avoir été l'un des plus séduisants jeunes célibataires du vaste cercle auquel il appartenait ; mais ce furent les juifs, et non les dames, qui finirent par le prendre dans leurs filets.

Un oncle sévère, auquel il eut recours, le secourut en rechignant mais posa des conditions : son neveu devait se ranger, faire son droit.

« Et je puis dire en toute honnêteté que j'essayai. Mais je ne saurais vous exprimer le martyre que j'endurai. Au bout d'un mois ou deux je fus contraint de prendre un parti. »

Quand je demandai quel était ce parti, mon ami se fit beaucoup moins communicatif, et tout ce que je parvins à tirer de lui, c'est qu'il avait découvert un moyen de mettre à profit ses relations sociales.

« On trouvait cela très sordide à l'époque, ajouta-t-il de manière énigmatique. Vous savez, j'étais un jeune homme tellement sensible !... J'en souris aujourd'hui quand j'y pense.

« C'est à ce moment-là que je situe le début de ma carrière. Contrairement à la femme de Loth, je n'ai jamais regardé derrière moi. J'ai connu des hauts, des bas... des hauts, des bas... Les hauts sont liés à l'histoire européenne ; quant aux bas, je préfère ne pas me les rappeler. Mais oui... mais oui. Ainsi que disait l'Irlandais du proverbe : "J'ai posé la main sur le manche de la charrue, et maintenant je dois appuyer." »

Ce printemps et ce début d'été-là, les hauts et les bas d'Arthur, à ma connaissance, alternèrent suivant un rythme rapide. Ce n'était jamais très volontiers qu'il en parlait, mais son humeur indiquait toujours avec assez de précision l'état de ses finances. La vente du « vieux mobilier » (ou de ce dont il était véritablement question) parut apporter un répit temporaire. En mai, mon ami revint d'un court voyage à Paris dans des dispositions d'esprit excellentes, ayant, selon sa prudente expression, « plusieurs petits fers au feu ».

À l'arrière-plan de toutes ces transactions évoluait la silhouette sinistre à tête de citrouille de Schmidt. Mon ami ne cachait nullement l'effroi que lui inspirait son secrétaire, et cet effroi n'avait rien d'étonnant : Schmidt était infiniment trop utile, ayant identifié les intérêts de son maître avec les siens propres ; il appartenait à cette espèce de gens qui montrent non seulement des aptitudes, mais encore un véritable goût pour accomplir les basses besognes de leur employeur. D'après des remarques de hasard émises par Arthur en des moments où sa discrétion se relâchait, je devins progressivement à même de me former une idée exacte des attributions et talents du secrétaire.

« Il est très pénible, pour quiconque appartient à notre milieu, de dire à certains individus certaines choses : cela blesse la délicatesse de notre sensibilité ; il faut quelquefois se montrer si grossier... »

Schmidt, semblait-il, n'éprouvait nullement ces scrupules : tout prêt à dire à n'importe qui n'importe quoi, il affrontait les créanciers avec le courage et la technique d'un torero, suivait de près le résultat des coups les plus insensés d'Arthur, et rapportait les profits comme un chien de chasse un canard.

Il avait la haute main sur l'argent de poche de son maître, et ne le lui distribuait qu'au compte-gouttes. Arthur, pendant longtemps, refusa de reconnaître le fait, mais cela crevait les yeux. Certains jours, il n'avait pas même assez pour payer sa place dans l'autobus ; d'autres fois il me disait :

« Un petit instant, William : je vais être obligé de faire un saut jusque chez moi pour y chercher quelque chose que j'ai oublié. Vous ne m'en voudrez pas, n'est-ce pas, de m'attendre une minute ici ? »

En de telles circonstances, il me rejoignait dans la rue au bout d'un quart d'heure environ, parfois profondément déprimé, parfois radieux comme un écolier qui vient de recevoir une somme inespérée.

Une autre phrase dont je pris l'habitude était :

« Je crains bien de ne pouvoir vous prier de monter ces temps-ci : l'appartement est dans un si grand désordre !... »

Je ne tardai pas à découvrir que cela signifiait : « Schmidt est là. » Arthur, qui redoutait les scènes, s'efforçait constamment d'empêcher notre rencontre. En effet, depuis ma première visite, notre antipathie réciproque avait augmenté dans des proportions considérables. Schmidt, à ce que je crois, non seulement ne m'aimait pas, mais désapprouvait sans rémission ma présence, en raison de l'influence inquiétante, hostile, que j'exerçais sur son patron. Jamais cependant il ne se montra positivement agressif, se bornant à m'adresser un sourire insultant, à se divertir en pénétrant soudain, sur ses semelles silencieuses, dans la pièce où nous nous trouvions, à s'y tenir à notre insu quelques secondes, puis à prendre la parole, faisant tressaillir Arthur qui poussait un petit cri. Quand il avait fait cela deux ou trois fois d'affilée, les nerfs d'Arthur étaient dans un tel état qu'il

ne pouvait plus s'exprimer sur quelque sujet que ce fût
de façon cohérente, et que nous devions battre en retraite
jusqu'au café le plus proche afin d'y continuer notre
conversation. Schmidt alors aidait son maître à enfiler
son pardessus, et nous expulsait de l'appartement avec
force révérences d'une ironie cérémonieuse, à part soi
ravi d'être arrivé à ses fins.

En juin nous passâmes un long week-end chez le baron
von Pregnitz, qui nous avait invités dans sa maison de
campagne au bord d'un lac de Mecklembourg. La plus
grande pièce de la villa était un gymnase équipé de la
façon la plus moderne, le baron étant maniaque de sa
propre silhouette et se torturant quotidiennement au
moyen d'un cheval électrique, d'un appareil à ramer,
d'une ceinture à massage rotatif. Comme il faisait très
chaud, nous nous baignions tous, et même Arthur, qui
portait alors un bonnet de bain en caoutchouc soigneusement ajusté dans l'intimité de sa chambre à coucher. La
maison regorgeait de beaux jeunes gens au corps bronzé,
développé superbement, qu'ils barbouillaient d'huile et
faisaient cuire au soleil durant des heures. Ils avaient des
appétits de loups, et leur façon de se tenir à table chagri-
nait profondément Arthur ; la majorité d'entre eux
parlaient avec l'accent berlinois le plus prononcé. À la
plage ils luttaient, boxaient, faisaient le saut périlleux en
plongeant du tremplin dans le lac. Le baron prenant part
à tout, il n'était point rare qu'il reçût un traitement
sévère : avec une brutalité pleine de bonne humeur, ces
garçons se livraient sur sa personne à des jeux de mains
qui pulvérisaient ses monocles de rechange, et qui
auraient pu sans difficulté lui rompre le cou. Mais il
endurait tout avec un sourire glacé de héros.

Le deuxième soir de notre séjour, leur ayant échappé,
il fit une promenade en ma compagnie dans les bois, tous

deux seuls. Le matin même, ces garçons l'avaient lancé en l'air dans une couverture ; il avait atterri sur l'asphalte et s'en trouvait encore un peu commotionné. Sa main s'appuyait pesamment à mon bras.

« Quand vous aurez mon âge, me dit-il avec tristesse, je pense que vous découvrirez que les plus belles choses de l'existence appartiennent à l'Esprit ; la Chair seule ne saurait nous donner le bonheur. »

En soupirant, il exerça sur mon bras une pression légère.

« Notre ami Kuno est un homme des plus remarquables, me fit observer Arthur alors que nous étions tous deux assis dans le train qui nous ramenait à Berlin ; d'aucuns estiment que devant lui s'ouvre une grande carrière, et je ne serais pas du tout surpris qu'il se vît offrir un poste important dans le prochain gouvernement.

— Vous ne parlez pas sérieusement ?

— Je crois… » Arthur me lança du coin de l'œil un regard discret. « … je crois qu'il s'est pris pour vous d'une grande affection.

— Vous croyez ?

— Il m'arrive de penser, William, qu'avec vos talents il est dommage que vous n'ayez pas plus d'ambition ; un jeune homme doit profiter de ses chances ; Kuno peut vous aider en bien des façons. »

J'éclatai de rire.

« Vous voulez dire : *nous* aider ?

— Mon Dieu oui, si vous préférez ; je reconnais volontiers que je prévois dans un tel arrangement certains avantages personnels ; quels que soient mes défauts, du moins j'espère n'être pas hypocrite… Par exemple, Kuno pourrait vous engager en qualité de secrétaire…

— Mille regrets, Arthur, répondis-je, mais je craindrais de trouver mon service trop chargé. »

V

Vers la fin d'août, Arthur quitta Berlin. Un climat de mystère enveloppa ce départ ; Arthur ne m'avait pas même dit qu'il songeait à s'en aller. Je téléphonai chez lui deux fois, à des moments où j'étais absolument certain que Schmidt n'y serait pas. Hermann, le cuisinier, savait seulement que son maître était absent pour une période indéterminée. La seconde fois, je demandai où il était parti ; l'on me répondit : Londres. Je me pris à redouter qu'Arthur eût quitté définitivement l'Allemagne. Nul doute qu'il avait pour agir ainsi les raisons les meilleures.

Cependant, un jour de la deuxième semaine de septembre, le téléphone sonna. Arthur en personne était à l'autre bout du fil.

« C'est vous, cher enfant ?... Me voici de retour, enfin ! J'ai tant de choses à vous dire ! Je vous en supplie, ne me répondez pas que votre soirée est déjà prise !... Elle ne l'est pas ? Dans ce cas, voulez-vous venir ici vers six heures et demie ?... Je crois pouvoir ajouter que j'ai pour vous une petite surprise... Non, je ne vous en dirai pas davantage. Il faut que vous veniez la chercher vous-même. *Au revoir**. »

Quand j'arrivai chez lui, je le trouvai d'excellente humeur.

« Mon cher William, que je suis content de vous revoir ! Que devenez-vous ? »

Il eut son petit rire nerveux, se gratta le menton, promena rapidement autour de la pièce un regard inquiet, comme s'il n'avait pas encore été tout à fait persuadé que le mobilier occupait toujours sa place exacte.

« Comment avez-vous trouvé Londres ? » demandai-je.

En dépit de ce qu'il avait annoncé par téléphone, il ne semblait pas dans des dispositions particulièrement communicatives.

« Londres ? »

Il avait l'air ahuri.

« Ah ! oui, Londres… Pour être absolument sincère avec vous, William, je n'étais pas à Londres. J'étais à Paris. Pour le moment, il est souhaitable qu'une légère incertitude, quant au lieu où je me trouvais, existe dans l'esprit de certaines gens d'ici. »

Après un temps de pause, il ajouta cette impressionnante déclaration :

« Je crois pouvoir vous dire, en tant qu'ami très cher et très intime, que mon voyage n'était pas sans rapport avec le parti communiste.

— Entendez-vous par là que vous êtes devenu communiste ?

— En tout sauf en titre, William, oui. En tout sauf en titre. »

Il observa un instant de silence afin de savourer mon étonnement.

« Qui plus est, je vous ai prié de venir ce soir afin d'assister à ce que je puis bien appeler ma *confessio fidei :* dans une heure, je dois prendre la parole à un meeting organisé pour protester contre l'exploitation des paysans chinois ; j'espère que vous me ferez l'honneur de vous y trouver.

— Quelle question ! »

La réunion devait se tenir à Neuköln. Arthur insista pour faire en taxi tout le chemin ; il était en veine d'extravagances.

« Je sens, déclara-t-il, que je me rappellerai cette soirée comme un des tournants de ma carrière. »

Visiblement nerveux, il tournait et retournait dans ses doigts sa liasse de papiers ; de temps en temps, il jetait un coup d'œil éploré par la fenêtre du taxi, comme s'il eût voulu prier le chauffeur d'arrêter.

« Je croirais volontiers que votre carrière a connu de nombreux tournants », remarquai-je afin de l'arracher à ses pensées.

La flatterie implicite aussitôt l'épanouit.

« C'est vrai, William. Très vrai. Si ma vie devait prendre fin ce soir (ce qu'à Dieu ne plaise !) je pourrais affirmer en toute exactitude : "Du moins, j'ai vécu…" Je souhaiterais que vous m'eussiez connu jadis, à Paris, juste avant la guerre : je roulais en voiture et mon appartement donnait sur le Bois ; c'était d'ailleurs un modèle du genre ; la chambre à coucher, je l'avais décorée moi-même ; entièrement cramoisie et noire ; quant à ma collection de fouets, elle était sans doute unique. »

Il émit un soupir.

« Je suis de nature sensible, et réagis tout de suite à ce qui m'entoure. Quand sur moi luit le soleil, je fleuris ; si vous désirez me voir le plus à mon avantage, il faut me voir dans l'atmosphère qui me convient : table choisie ; bonne cave ; art ; musique ; beaux objets ; société charmante et spirituelle ; alors seulement je commence à briller ; cela me métamorphose. »

Le taxi s'arrêta. Arthur, en faisant mille manières, paya le chauffeur. Nous traversâmes une vaste terrasse, pour lors obscure et vide, puis entrâmes dans un restaurant désert ; là, un garçon âgé nous informa que la réunion se déroulait à l'étage.

« Pas la première porte, ajouta-t-il ; c'est le Club du jeu de quilles.

– Mon Dieu ! s'écria mon ami, je crains que nous ne soyons très en retard ! »

Effectivement, la séance était déjà commencée : tandis que nous montions le large escalier branlant, nous pouvions entendre une voix d'orateur se répercuter à travers le long corridor misérable. Deux adolescents puissamment bâtis, portant brassard à faucille et marteau, gardaient la double porte. Arthur ayant chuchoté des explications précipitées, l'on nous laissa passer. Il me pressa nerveusement la main.

« Alors, à tout à l'heure. »

Je m'assis sur la chaise libre la plus proche.

La salle était grande et froide ; ornée en un baroque surchargé, elle pouvait avoir été construite une trentaine d'années plus tôt sans que depuis on l'eût repeinte ; au plafond, une énorme fresque or, rose et bleue, pelée, tachée d'humidité, figurait des roses, des chérubins et des nuages ; tout autour, les murs étaient drapés de bannières écarlates, portant des inscriptions en lettres blanches : *Arbeiterfront gegen Fascismus und Krieg.*

Wir fordern Arbeit und Brot. Arbeiter aller Länder, vereinigt euch.

Sur la scène, le président se tenait assis devant une longue table. Derrière, une toile de fond en lambeaux représentait une clairière. Se trouvaient là deux Chinois ; une fille qui prenait des notes sténographiques ; un homme décharné, aux cheveux crêpelés, la tête entre les mains comme s'il eût écouté de la musique. Devant eux, dangereusement rapproché du bord de l'estrade, l'orateur était debout, court, large d'épaules, roux ; il agitait une feuille de papier, comme un drapeau, dans notre direction.

« Voilà les chiffres, camarades. Vous avez bien entendu. Ils parlent d'eux-mêmes, n'est-ce pas, et je n'ai besoin de rien ajouter. Demain vous les verrez imprimés dans le *Welt am Abend*. Mais inutile de les chercher dans la presse capitaliste, car ils n'y seront pas : les patrons les écarteront de leurs journaux parce que, s'ils étaient publiés, ils risqueraient de bouleverser les cours de la Bourse, ce qui serait vraiment dommage, vous ne trouvez pas ? Mais n'ayez crainte : les ouvriers les liront ; les ouvriers sauront ce qu'il faut en penser. Lançons un message à nos camarades chinois : les ouvriers du parti communiste allemand protestent contre les outrages des assassins japonais, et demandent assistance pour les centaines de milliers de paysans chinois désormais sans abri. Camarades, la section chinoise de l'I.A.H. fait appel à nous pour obtenir des fonds destinés à combattre l'impérialisme japonais et l'exploitation européenne. Il est de notre devoir de l'aider, et nous l'aiderons. »

L'homme aux cheveux roux souriait en parlant : un sourire triomphant de militant ; ses dents blanches, bien rangées, brillaient dans la lumière artificielle. Ses mouvements étaient limités mais d'une étonnante énergie ; par instants, l'on aurait cru que la force immense emmagasinée dans sa silhouette brève et trapue le pouvait projeter à bas de la plate-forme ainsi qu'une motocyclette excessivement puissante. J'avais vu deux ou trois fois sa photographie dans le journal, mais son nom m'échappait. De ma place, il était malaisé d'entendre tout ce qu'il disait : sa voix se perdait, remplissant d'échos orageux la vaste salle humide.

C'est à ce moment qu'Arthur effectua son entrée en scène, serrant hâtivement la main des Chinois, s'excusant, gagnant sa chaise avec mille embarras. La salve d'applaudissements que provoqua la péroraison de l'homme aux cheveux roux le fit manifestement tressaillir. Il s'assit avec précipitation.

Pendant qu'on applaudissait, je m'avançai de plusieurs rangs pour entendre mieux, me faufilant jusqu'à un siège inoccupé que j'avais remarqué. Tandis que je m'asseyais, je sentis que l'on me tirait par la manche. C'était Anni, la fille aux bottes. À son côté, je reconnus le garçon qui faisait ingurgiter la bière à Kuno chez Olga lors du réveillon de fin d'année. Tous deux paraissaient contents de me voir. Le garçon me serra la main, d'une poigne telle que je fus bien près de hurler.

La salle était très pleine. Le public y portait ses vêtements de tous les jours, maculés de taches. La majorité des hommes étaient en culotte, bas de grosse laine, pullover et casquette en pointe. Ils suivaient des yeux l'orateur avec une curiosité vorace. Je n'avais jamais assisté de ma vie à une réunion communiste, et ce qui me frappa le plus, ce fut la fixité attentive des rangées de visages levés ; visages de la classe ouvrière berlinoise, pâles, prématurément ridés, souvent hagards, ascétiques, pareils à ceux des érudits – aux fins cheveux blonds brossés en arrière à partir du front large. Ils n'étaient venus ni dans l'intention de se voir, ni dans le dessein d'être vus, ni même afin d'accomplir un devoir social. Ils étaient attentifs, non passifs ; ce n'étaient pas des spectateurs ; ils *prenaient part* avec une étrange passion contenue au discours de l'homme aux cheveux roux ; ce dernier parlait en leur nom, exprimait leurs pensées ;

c'était leur propre voix collective qu'ils écoutaient. De temps en temps, ils l'applaudissaient avec une violence brusque et spontanée. Leur passion, la puissance de leur conviction m'exaltaient. Mais moi j'étais en dehors. Un jour, peut-être, serais-je *avec*, mais jamais je ne participerais. Pour le moment je me contentais d'être assis à cette place, renégat sans entrain de ma propre classe, mes sentiments brouillés par les discussions anarchistes de Cambridge, par des slogans datant de ma confirmation, par les airs que jouait la musique du régiment de mon père en marche vers la gare, dix-sept ans plus tôt. Alors, le petit homme acheva son discours et regagna sa place à la table au milieu d'un tonnerre d'applaudissements.

« Qui est-ce ? demandai-je.

– Comment ! vous ne le savez pas ? s'écria stupéfait l'ami d'Anni. Mais c'est Ludwig Bayer ! Un des meilleurs types que nous ayons. »

Otto : tel était le nom du garçon. Anni fit les présentations, et je fus gratifié d'un second broiement de main. Otto changea de place avec Anni pour pouvoir me parler :

« Vous étiez au Palais des Sports, l'autre soir ? Mon vieux, fallait l'entendre ! Il a causé deux heures et demie de suite sans même avaler une gorgée d'eau. »

À ce moment, un délégué chinois se leva, fut présenté. Il parlait un allemand précautionneux, académique. En des phrases qui ressemblaient à la vibration faible et plaintive d'un instrument de musique asiatique, il nous entretint de la famine, des grandes inondations, des raids aériens des Japonais sur les cités impuissantes.

« Camarades allemands, je vous apporte un triste message de mon malheureux pays.

– Ma parole ! chuchota Otto, impressionné. Ça doit être encore pire là-bas que chez ma tante de la Simeonstrasse. »

Il était déjà neuf heures un quart. À ce Chinois succéda l'homme aux cheveux crépelés. Arthur s'impatientait, ne cessait de regarder sa montre et de vérifier sa perruque à la dérobée. Puis vint le second Chinois, dont l'allemand ne valait pas celui de son collègue ; l'auditoire n'en suivit pas moins ses propos avec autant d'intérêt que jamais. Arthur, à ce que je pouvais voir, était presque fou. Finalement il se leva, se dirigea vers le dossier de la chaise occupée par Bayer, et, se penchant, se mit à parler à voix basse, mais avec agitation. Bayer, en souriant, fit un geste amical, apaisant ; il avait l'air amusé. Arthur, peu convaincu, rejoignit sa place ; là, il ne tarda guère à donner de nouveaux signes de nervosité.

Le Chinois conclut enfin. Bayer aussitôt se leva, prit par le bras Arthur d'un geste encourageant comme s'il se fût agi d'un enfant, et le conduisit au-devant de la scène.

« Voici le camarade Arthur Norris, qui vient nous parler des crimes de l'impérialisme britannique en Extrême-Orient. »

Voir là mon ami me paraissait tellement insensé que j'avais peine à garder mon sérieux. J'avais du mal à comprendre, même, pourquoi tous les gens qui se trouvaient dans la salle n'éclataient pas de rire. Mais non : il était évident que l'assistance ne jugeait pas Arthur amusant le moins du monde ; même Anni, laquelle aurait eu plus de raisons que n'importe qui pour le considérer sous un angle comique, conservait un sérieux parfait.

Arthur toussa, froissa ses papiers et commença de parler dans son allemand aisé, recherché – un peu trop vite :

« Depuis ce fameux jour où les chefs des gouvernements alliés crurent bon, dans leur infinie sagesse, de rédiger ce document sans aucun doute inspiré des dieux et connu sous le nom de Traité de Versailles ; depuis, dis-je, ce fameux jour... »

Un frémissement léger, comme de gêne, parcourut les rangs du public. Mais les faces levées, pâles, graves, n'étaient pas ironiques. Elles acceptaient sans discuter ce monsieur bourgeois si plein d'urbanité, sa mise élégante, son esprit gracieux de rentier : il était venu les aider ; Bayer avait répondu de lui ; c'était leur ami.

« ... L'impérialisme britannique a consacré ses efforts, durant les deux derniers siècles, à répandre sur ses victimes les douteux bienfaits des trois B : la Bible, la Bouteille et la Bombe. Or, de ces trois B, me permettra-t-on d'ajouter que la Bombe a été de beaucoup le moins néfaste ? »

Il y eut ici des applaudissements, mais longs à venir, hésitants, comme si les auditeurs d'Arthur approuvaient le fond de son discours, mais doutaient encore de sa forme. Il continua, visiblement encouragé :

« Cela me rappelle l'histoire de cet Anglais, de cet Allemand et de ce Français, lesquels avaient parié à qui d'entre eux pourrait abattre en un jour le plus grand nombre d'arbres. Le Français essaya le premier... »

La fin de cette anecdote fut saluée d'applaudissements bruyants et de rires. Otto, de ravissement, m'assena dans le dos un coup violent.

« *Mensch ! Der spricht prima, nicht wahr ?* »

Puis il se pencha derechef en avant pour écouter, les yeux intensément fixés sur l'estrade, le bras entourant l'épaule d'Anni. Arthur, échangeant son ton d'aimable raillerie contre un sérieux de rhéteur, en arrivait au point culminant de son allocution :

« Les cris affamés de la paysannerie chinoise nous résonnent ce soir aux oreilles, tandis que nous nous tenons tranquillement assis dans cette salle. Ces cris ont traversé la terre entière afin d'arriver jusqu'à nous. Bientôt, souhaitons-le, ils retentiront plus fort encore, étouffant les oiseux bavardages des diplomates et les accents des orchestres de danse dans les hôtels de luxe, où les femmes des marchands de canons jouent avec des perles achetées au prix du sang d'enfants innocents. Oui, nous devons veiller à ce que ces cris soient distincte- ment perçus de tout homme conscient, de toute femme consciente, en Europe aussi bien qu'en Amérique. Alors en effet, et seulement alors, sera mis un terme à cette inhumaine exploitation, à ce trafic d'âmes vivantes... »

Arthur acheva son discours au moyen d'un vigoureux coup de cymbales. Sa face était tout empourprée. Des salves successives d'applaudissements firent trembler la salle. Nombreux, dans le public, étaient ceux qui accla- maient. Tandis que les bravos étaient encore à leur comble, mon ami descendit de l'estrade et me rejoignit à la double porte. Des têtes, afin de nous regarder sortir, se tournaient. Otto et Anni avaient quitté le meeting en notre compagnie. Otto luxait littéralement la main d'Arthur et lui donnait à l'épaule, de sa lourde paume, des claques terrifiantes :

« Arthur, espèce de vieux salaud ! C'était du tonnerre !

– Merci, cher enfant, merci... »

Mon ami grimaçait de douleur, mais était très content de soi.

« Comment ont-ils pris cela, William ? Plutôt bien, je crois ? J'espère avoir été tout à fait précis dans l'exposé de mes arguments ? Je vous en prie, répondez que oui.

– Honnêtement, Arthur, j'en étais abasourdi.

– Que c'est charmant de me dire cela ! Un éloge émanant d'un critique aussi féroce est une vraie musique à mes oreilles.

– Je n'avais pas la moindre idée que vous possédiez à ce point la pratique de la chose.

– À mes heures, admit modestement Arthur, j'ai eu l'occasion de prendre un grand nombre de fois la parole en public, bien que ce n'eût pas été tout à fait sur le même thème. »

À l'appartement nous mangeâmes un souper froid. Schmidt et Hermann étaient sortis ; Otto et Anni firent du thé, mirent le couvert. Ils avaient l'air absolument chez eux dans la cuisine et connaissaient la place de chaque objet.

« Otto, c'est le protecteur qu'Anni s'est choisi, m'expliqua mon ami tandis que le couple était hors de la pièce. Dans une autre carrière, on le nommerait son imprésario. Je crois qu'il prélève un certain pourcentage sur ce qu'elle gagne, mais je préfère n'y pas regarder de trop près. C'est un gentil garçon, quoique jaloux à l'excès. Heureusement, pas des clients d'Anni. Je regretterais infiniment d'être mal dans ses papiers : si je ne m'abuse, il est champion des poids moyens à son club de boxe. »

Enfin le repas fut prêt. Arthur, distribuant des instructions, s'agitait autour de la table.

« La camarade Anni consentirait-elle à nous apporter des verres ?... C'est vraiment gentil de sa part... J'aimerais que nous célébrions l'événement. Peut-être, grâce à l'amabilité du camarade Otto, pourrions-nous même avoir un peu de brandy. Mais je ne sais si le camarade Bradshaw boit du brandy. Vous feriez mieux de lui poser la question.

– En des instants aussi historiques, camarade Norris, je boirais n'importe quoi. »

Mais Otto revint nous informer qu'il ne restait plus de brandy.

« Tant pis, dit Arthur. Et, d'ailleurs, le brandy n'est pas un breuvage de prolétaires. Nous boirons donc de la bière. »

Il emplit nos verres.

« À la révolution mondiale !

— À la révolution mondiale ! »

Nos verres se touchèrent. Anni sirotait à petites gorgées délicates, tenant le pied de son verre entre le pouce et l'index, le petit doigt recourbé de façon mignarde. Otto, lui, vida sa bière d'un trait puis reposa bruyamment, chaleureusement, sa timbale sur la table. Arthur avala de travers, s'étrangla, toussa, cracha, plongea à la recherche de sa serviette.

« Je crains bien que ce ne soit un mauvais présage », plaisantai-je.

Mais Arthur avait l'air absolument bouleversé.

« Je vous en supplie, ne dites pas des choses pareilles, William ! Je n'aime pas que l'on dise des choses de ce genre, fût-ce en plaisantant. »

C'était la première fois que je prenais Arthur en flagrant délit de superstition. J'en fus amusé, mais assez impressionné. Il semblait avoir pris la chose au tragique. Était-il possible qu'il fût passé par une espèce de conversion religieuse ? Difficile à croire.

« Ça fait longtemps que vous êtes communiste, Arthur ? » demandai-je en anglais tandis que nous commencions à dîner.

Il s'éclaircit un peu la gorge, et lança du côté de la porte un regard inquiet.

« De cœur, William, oui. Je crois pouvoir affirmer que j'ai toujours eu le sentiment que nous étions tous frères, au sens le plus profond du mot. Les distinctions de classes n'ont jamais présenté pour moi la moindre signification. La haine de la tyrannie coule dans mes veines.

Dès ma plus tendre enfance, je ne pouvais supporter l'injustice, quelle qu'elle fût ; elle est une offense à mon sens du beau ; elle est tellement stupide, tellement inesthétique ! Je me souviens de ce que j'éprouvai la première fois que ma nurse me punit injustement : ce n'était pas de la punition même que je lui faisais grief, mais de la grossièreté, du manque d'imagination que je devinais derrière ; cela, je me le rappelle, m'affecta profondément.

– Dans ce cas, pourquoi ne pas vous être inscrit au Parti depuis longtemps ? »

Mon ami prit soudain l'air vague et se caressa du bout des doigts les tempes.

« L'heure n'avait pas encore sonné. Non.

– Et que dit Schmidt de tout ça ? » demandai-je avec malice.

Arthur jeta sur la porte un second coup d'œil rapide : ainsi que je l'avais soupçonné, il appréhendait que son secrétaire ne nous tombât brusquement dessus.

« Je crains que, pour l'instant, Schmidt et moi n'envisagions pas la question tout à fait du même œil. »

J'eus un large sourire.

« Je ne doute pas que vous le convertissiez, le moment venu.

– Vos gueules ! Assez d'anglais, vous deux ! cria Otto, me donnant dans les côtes un vigoureux coup de coude. Moi et Anni, on veut savoir pourquoi vous vous marrez. »

Notre dîner fut arrosé d'une bonne quantité de bière, et mes pieds doivent avoir été plutôt incertains car, lorsque à la fin du repas je me levai, je renversai ma chaise. Sous le siège une étiquette était collée, portant imprimé le numéro 69.

« C'est pour quoi faire ? demandai-je.

– Oh ! cela ? se hâta de répondre Arthur, qui semblait très décontenancé. Ce n'est que le numéro du catalogue de la vente où j'ai acheté cette chaise. Il y sera resté depuis… Anni, mon amour, aurais-tu l'obligeance, ainsi qu'Otto, de porter à la cuisine une partie de ces choses et de les mettre dans l'évier ? Je n'aime pas laisser pour le lendemain matin trop de travail à Hermann : ça le met en colère contre moi tout le restant de la journée.

– À quoi sert cette étiquette ? répétai-je avec douceur aussitôt qu'ils eurent quitté la pièce. Je veux savoir. »

Arthur hocha tristement la tête.

« Ah ! mon cher William, rien n'échappe à votre vigilance, et voilà découvert encore un de nos secrets domestiques.

– Je crains bien d'être fort obtus, au contraire : de quel secret voulez-vous parler ?

– J'ai plaisir à constater que vos jeunes ans n'ont jamais été souillés d'aussi sordides expériences. Quant à moi, je suis au regret d'avouer qu'à votre âge, j'avais déjà fait connaissance avec le gentleman dont vous trouverez la signature apposée à chacun des meubles contenus dans cette pièce.

– Bon Dieu ! vous voulez parler de l'huissier ?

– Je préfère le mot *Gerichtsvollzieher* : cela sonne tellement mieux.

– Mais, Arthur, quand doit-il venir ?

– Oh ! il vient presque tous les matins, et parfois sans préjudice de l'après-midi. Mais il est rare qu'il me trouve à domicile. J'aime mieux abandonner le soin de le recevoir à Schmidt. D'après le peu que j'ai vu de lui, cela me paraît un être de guère ou point de culture, et je doute que nous ayons quoi que ce soit de commun.

– Mais ne va-t-il pas bientôt tout emporter ? »

Arthur avait l'air de savourer ma consternation. Il tira de sa cigarette une bouffée en affectant la nonchalance.

« Lundi prochain, je crois.

– Mais c'est épouvantable ! N'y a-t-il rien à faire ?

– Oh ! si, aucun doute qu'il y ait quelque chose à faire. Et ce quelque chose *sera* fait : je vais être obligé de rendre à nouveau visite à mon ami écossais Mr Isaacs. Mr Isaacs me certifie qu'il descend d'une vieille famille écossaise : les Isaacs d'Inverness ; la première fois que j'eus la joie de le rencontrer, c'est tout juste s'il ne me sauta pas au cou : "Ah ! cher Mr Norris, me dit-il, vous êtes mon compatriote !"

– Mais, Arthur, si vous empruntez de l'argent vous ne ferez que vous enfoncer davantage !... Et cet état de choses dure depuis longtemps ! Moi qui vous ai toujours imaginé à la tête d'une petite fortune !... »

Arthur éclata de rire :

« La petite fortune, j'espère la posséder dans le domaine spirituel... Je vous en prie, mon cher enfant, ne vous alarmez pas à mon sujet : voilà près de trente années que je vis d'expédients, et je me propose de continuer ainsi jusqu'au jour où je serai appelé à rejoindre mes pères, qui, je le crains, ne m'approuvent pas sans réserve. »

Avant que j'eusse eu le temps de poser d'autres questions, Anni et Otto revinrent de la cuisine, accueillis gaiement par Arthur. Bientôt après, Anni se trouva sur ses genoux, repoussant du poing et de la dent ses avances, tandis qu'Otto, ayant enlevé sa veste et retroussé les manches de sa chemise, s'absorbait dans la réparation du gramophone. Cette scène familiale ne semblant me réserver aucun rôle, je ne tardai pas à déclarer qu'il était temps de m'en aller.

Otto descendit avec une clef m'ouvrir la porte de
l'immeuble. Quand nous nous séparâmes, il leva gravement, dans un salut, son poing serré :

« Front populaire. »

Et je répondis :

« Front populaire. »

VI

Un matin, peu de temps après, Frl. Schroeder entra dans ma chambre en grande hâte, traînant les pieds, afin de m'annoncer qu'Arthur était au téléphone.

« Ce doit être quelque chose de très sérieux : Herr Norris ne m'a même pas dit bonjour. »

Elle en était impressionnée, plutôt blessée.

« Allô, Arthur, eh bien, que se passe-t-il ?

– Pour l'amour du ciel, mon cher enfant, pas de question en ce moment !... » Le ton de sa voix trahissait une irritabilité nerveuse. Il parlait avec une telle rapidité que c'est à peine si je pouvais le comprendre. « ... je serais incapable de les supporter. Tout ce que je veux savoir, c'est si vous pouvez venir immédiatement.

– Mon Dieu... J'ai un élève à dix heures...

– Ne pourriez-vous annuler sa leçon ?

– C'est si important que ça ? »

Arthur émit un petit cri d'exaspération geignarde :

« Si c'est important ?... Mon cher William, essayez, je vous en supplie, d'exercer un peu votre imagination ! Si ce n'était pas important, serais-je en train de vous téléphoner à cette heure indue ? Tout ce que je vous demande à genoux, je le répète, c'est une réponse précise : oui ou non. Si c'est une question d'argent, je

serai trop heureux d'acquitter le montant de vos hono-
raires habituels ; à combien s'élèvent-ils ?

— Taisez-vous, Arthur, et ne soyez pas absurde. Si
c'est réellement urgent, bien entendu que je vais venir ;
je serai là dans vingt minutes. »

Ayant trouvé toutes les portes de l'appartement
ouvertes, j'entrai sans être annoncé. Arthur, semblait-il,
avait couru de pièce en pièce avec une frénésie de poule
agitée. À ce moment il était au salon, tout habillé pour
sortir, enfilant fiévreusement ses gants. Hermann,
agenouillé, maussade, fourrageait dans un placard de
l'antichambre. Schmidt se tenait d'un air nonchalant au
seuil du bureau, la cigarette à la bouche, ne faisant pas le
moindre effort pour se rendre utile, et savourant visiblement le désarroi de son employeur.

« Ah ! vous voici, William... enfin ! s'écria Arthur en
me voyant. Je croyais que vous n'arriveriez jamais. Mon
Dieu ! mon Dieu !... Déjà si tard ?... Ne vous inquiétez
pas de mon chapeau gris... Allons, William, allons ! Je
vous expliquerai tout en chemin. »

Schmidt, au moment où nous sortîmes, nous fit un
sourire désagréable, sarcastique.

Lorsque nous fûmes installés confortablement à
l'impériale d'un autobus, mon ami s'apaisa quelque peu,
devint plus cohérent.

« Avant tout... »

Ayant fouillé rapidement toutes ses poches, il mit au
jour une feuille de papier pliée.

« ... je vous demanderai de lire ceci. »

Je jetai les yeux sur le papier ; c'était une *Vorladung*
émanant de la Police politique ; on y priait Herr Arthur
Norris de se présenter à l'Alexanderplatz avant une heure
ce même matin ; ce qui se passerait s'il y manquait

n'était pas précisé ; il s'agissait d'un libellé officiel d'une politesse froide.

« Bon Dieu, Arthur, m'exclamai-je, que diable est-ce que ça veut dire ? Qu'est-ce que vous avez bien pu faire encore ? »

En dépit de sa nervosité inquiète, Arthur fit montre d'un certain orgueil modeste.

« Je me flatte que mon association avec... » Il baissa la voix et lança un bref coup d'œil aux autres voyageurs. « ... avec les représentants de la Troisième Internationale n'a pas été totalement inutile ; on me rapporte que mes efforts ont même suscité des commentaires favorables dans certains milieux moscovites... Je vous ai dit, n'est-ce pas, que je m'étais rendu à Paris ? Mais naturellement, voyons, où ai-je la tête ?... Eh bien, je m'y trouvais chargé d'une petite mission ; je m'y suis entretenu avec certaines personnalités haut placées ; j'en ai rapporté certaines instructions... Peu importe. Bref, il se révèle que les autorités de ce pays sont mieux informées que nous ne l'avions supposé. C'est justement là ce qu'il me faut découvrir. Toute l'affaire est d'une extrême délicatesse, et je dois prendre garde à ne rien laisser transpirer.

– Mais ils vont peut-être vous passer à tabac.

– Oh ! William, comment pouvez-vous dire des choses aussi affreuses ? Vous m'enlevez tout mon courage.

– Mais, Arthur, ça serait sûrement... Je veux dire : est-ce que ça ne vous ferait pas plutôt plaisir ?

Il eut un fou rire :

« Ha ! ha ! ha ! ha ! Je dois reconnaître une chose, William, c'est que, même aux heures les plus sombres, votre humour ne manque jamais de me réconforter... Eh bien, mon Dieu, peut-être que si l'interrogatoire était mené par Frl. Anni, ou par une jeune personne aussi charmante, je m'y soumettrais avec des sentiments très... euh... très complexes ; oui. »

Mal à l'aise, il se gratta le menton.

« Je vais avoir besoin de votre soutien moral ; il faut que vous veniez m'assister ; et si cet... » Il jeta par-dessus son épaule un regard anxieux. « ... cette conversation devait se terminer de façon désagréable, je vous demanderais d'aller trouver Bayer et de lui rapporter fidèlement ce qui se sera passé.

— Bien sûr ; vous pouvez compter sur moi. »

Quand nous fûmes descendus de l'autobus à l'Alexanderplatz, le pauvre Arthur était si peu solide sur ses jambes que je lui proposai d'entrer dans un café pour y prendre un cognac. Assis devant un guéridon, nous jaugeâmes, de l'autre côté de la chaussée, la masse énorme et grise des bâtiments du Praesidium.

« La forteresse ennemie, dit Arthur, au sein de quoi mon infortunée petite personne va devoir se risquer, toute seule.

— Rappelez-vous David et Goliath.

— Grand Dieu ! Je crains fort que le Psalmiste et moi-même ayons ce matin bien peu de points communs. Je me sens plutôt comparable au scarabée sur le point d'être écrasé par un rouleau compresseur... Il est curieux que, dès ma plus tendre enfance, j'aie nourri à l'égard de la police une instinctive aversion ; jusqu'à la coupe de l'uniforme des policiers qui m'offense, et les casques allemands ne sont pas seulement hideux, ils ont de plus un je ne sais quoi d'assez sinistre ; le seul aspect d'un agent dressant procès-verbal, de cette écriture inhumaine, scolaire, dont sa profession détient le secret, me donne un haut-le-cœur.

— Oui, je vois ce que vous voulez dire. »

Mon ami s'épanouit un peu.

« Je suis très content de vous avoir à mes côtés, William ; vous êtes si compatissant ! Je ne saurais me souhaiter de meilleur compagnon au matin de mon exécution ; le contraire exact de cet odieux Schmidt, qui jubile purement et simplement à la vue de mes infortunes ; rien ne le rend plus heureux que d'être en mesure de déclarer : "Je vous l'avais bien dit."

– Après tout, ils ne peuvent pas vous faire grand-chose là-dedans ; ils ne malmènent que les ouvriers. N'oubliez pas que vous appartenez à la même classe que leurs maîtres. Vous devrez faire en sorte qu'ils le sentent.

– Je tâcherai, dit Arthur, mais sans conviction.

– Encore un cognac ?

– Oui, peut-être bien. »

Le second cognac opéra des miracles : c'est en riant, bras dessus, bras dessous, que nous sortîmes du café dans le matin d'automne humide et tranquille.

« Courage, camarade Norris ! Pensez à Lénine.

– Je crains fort... ha ! ha !... de trouver plus d'inspiration chez le marquis de Sade. »

Mais l'atmosphère du quartier général de la police le dégrisa considérablement ; en proie à une appréhension, à une dépression grandissantes, nous errâmes le long de corridors en pierre aux portes numérotées, fûmes dirigés par erreur en haut puis en bas d'un certain nombre d'escaliers, nous heurtâmes à des employés pressés porteurs d'épais dossiers criminels ; finalement, nous débouchâmes dans une cour sur quoi donnaient des fenêtres munies de lourds barreaux en fer.

« Mon Dieu ! mon Dieu !... gémissait Arthur. J'ai bien peur que cette fois nous ne soyons pris au piège. »

À cet instant, un sifflement strident retentit dans les étages.

« Eh, Arthur !... »

Très haut, derrière une des fenêtres à barreaux, Otto regardait en bas.

« Pourquoi est-ce qu'ils vous ont coffré ? » hurla-t-il en manière de plaisanterie. Mais avant que l'un ou l'autre de nous deux eût pu répondre, une silhouette en uniforme apparut à la fenêtre auprès de lui, et le bouscula hors de notre vue. L'apparition avait été aussi brève que déconcertante.

« Il semble qu'ils aient raflé le gang tout entier, remarquai-je en souriant.

— Il est vrai que c'est tout à fait extraordinaire, dit Arthur, très troublé. Je me demande si... »

Nous traversâmes un passage voûté, grimpâmes d'autres marches, qui nous menèrent dans un dédale de couloirs obscurs et de petites salles. Chaque étage avait son lavabo, peint du vert le plus hygiénique. Arthur, ayant consulté sa *Vorladung*, découvrit enfin le numéro de la salle où il devait se présenter. Nous nous séparâmes sur des chuchotements hâtifs :

« Au revoir, Arthur. Bonne chance. Je vais vous attendre ici.

— Merci, cher enfant... À supposer que les choses en viennent au pire et que je sorte de cette salle entre deux gendarmes, ne m'adressez pas la parole, n'ayez pas l'air de me connaître à moins que je ne vous parle : il peut être souhaitable que vous ne soyez pas vous-même impliqué... Voici l'adresse de Bayer ; pour le cas où vous devriez vous y rendre seul.

— Je suis persuadé qu'il n'en sera rien.

— Je voulais vous dire encore une chose. » Il avait le comportement de qui gravit les degrés de l'échafaud. « Je vous prie de m'excuser si je me suis montré, ce matin, un peu sec au téléphone ; mais j'étais tout à fait

bouleversé... Si nous ne devions pas nous revoir avant
quelque temps, je n'aimerais pas à penser que vous m'en
tenez rigueur.

– Quelle blague, Arthur ! Naturellement que je ne
vous en tiendrai pas rigueur. Et maintenant filez, que
nous en finissions avec cette histoire. »

Il me serra la main, frappa timidement à la porte, entra.

Je m'assis, afin de l'attendre, sous une affiche rouge
sang indiquant la récompense qui serait versée à qui
dénoncerait un meurtrier. Je partageais mon banc avec
un gros avocat juif des bas quartiers, ainsi qu'avec sa
cliente, une petite prostituée en larmes.

« Vous n'avez qu'une chose à vous rappeler, lui répétait-il, c'est que vous ne l'avez jamais revu depuis la nuit
du six.

– Mais ils arriveront bien à me tirer les vers du nez,
d'une manière ou d'une autre ! sanglotait-elle. Je le sais !
Ils ont une façon de vous regarder !... Et puis ils vous
posent une question si brusquement ! On n'a pas le
temps de réunir deux idées. »

Quand reparut Arthur, il était près d'une heure. Je pus
voir aussitôt à son expression que l'entrevue ne s'était
point passée aussi mal qu'il l'avait redouté. Il était très
pressé.

« Allons, William, allons ! Je ne me soucie pas de
rester ici plus longtemps qu'il n'est besoin. »

Dans la rue, ayant hélé un taxi, il indiqua au chauffeur
le nom de l'hôtel *Kaiserhof*, ajoutant, selon sa presque
invariable habitude :

« Inutile d'aller trop vite.

– Le *Kaiserhof* ! m'écriai-je. Irions-nous faire une
visite à Hitler ?

– Non, William, non... quoique – il me faut bien
l'avouer – je trouve un certain plaisir à flirter avec le

camp de l'ennemi. Savez-vous que depuis quelque temps je tiens à honneur de m'y faire manucurer ? Ils ont d'ailleurs un excellent spécialiste. Mais aujourd'hui mon objectif est tout différent : le bureau de Bayer est aussi dans la Wilhelmstrasse, et je ne trouvais pas discret, tout bien pesé, d'y aller d'ici directement. »

En conséquence, nous jouâmes une comédie consistant à pénétrer dans l'hôtel, à boire au salon une tasse de café, à parcourir les journaux du matin ; mais à ma déception, nous n'aperçûmes ni Hitler ni même aucun des autres chefs nazis.

Dix minutes plus tard, nous nous retrouvâmes dans la rue, où je me surpris à lancer du coin de l'œil de brefs regards à droite et à gauche, en quête d'éventuels détectives : l'obsession policière d'Arthur était terriblement contagieuse.

Bayer habitait, au dernier étage d'une des maisons les plus misérables qui se dressent par-delà la Zimmerstrasse, un vaste appartement en désordre. Le contraste était sans conteste assez frappant avec ce qu'Arthur appelait « le camp de l'ennemi » : l'hôtel capitonné, sombre et luxueux que nous venions de quitter. La porte de l'appartement restait en permanence entrebâillée. À l'intérieur, les murs étaient couverts d'affiches en allemand, en russe, d'annonces de manifestations et de meetings populaires, de dessins humoristiques pacifistes, de cartes figurant des zones industrielles, de graphiques illustrant les proportions et le déroulement des grèves. Point de tapis sur le plancher brut. Les pièces répercutaient le cliquetis des machines à écrire. Des hommes, des femmes de tout âge entraient et sortaient à l'aventure, ou bien demeuraient assis sur des caisses à sucre redressées, à bavarder en attendant quelque audience ; enjoués, patients, l'air absolument chez eux.

Tous paraissaient se connaître ; le nouvel arrivant, la nouvelle arrivante étaient presque invariablement salués par leur prénom. L'on tutoyait jusqu'aux inconnus. Tous fumaient des cigarettes ; le sol était jonché de mégots écrasés.

Au sein de cette activité joyeuse et sans cérémonie, nous trouvâmes Bayer en personne, dans un réduit minuscule et minable, en train de dicter une lettre à la fille que j'avais remarquée sur l'estrade au cours du meeting à Neuköln. Bayer avait l'air heureux, mais non surpris outre mesure, de voir Arthur.

« Ah ! ce cher Norris... Et que puis-je faire pour vous ? »

Il parlait anglais avec un accent prononcé, en appuyant beaucoup sur les mots. Je songeai que je n'avais jamais vu d'aussi belles dents que les siennes, et de fait, ses dents et celles d'Arthur étaient les unes et les autres, dans leur genre, si remarquables que les deux paires de mâchoires auraient pu être exposées côte à côte, en qualité de contraste classique, dans un musée dentaire.

« Vous y êtes déjà allé ? ajouta-t-il.

– Oui, répondit Arthur. Nous en venons. »

La secrétaire se leva, sortit, ferma la porte derrière elle. Arthur, dont les mains élégamment gantées reposaient avec modestie sur ses genoux, se mit à décrire son entrevue avec les fonctionnaires du *Polizeipraesidium*. Bayer, appuyé contre le dossier de sa chaise, écoutait. Il avait des yeux extraordinairement vifs, d'un brun sombre et rougeâtre, des yeux d'animal ; son regard était aussi direct que s'il vous eût défié, aussi pétillant que celui d'un homme en train de rire, et pourtant ses lèvres ne souriaient même pas. Tandis qu'il suivait les propos d'Arthur, son visage et son corps s'immobilisèrent totalement : pas une seule fois il n'approuva de la tête, ni ne changea de position, ni ne bougea les mains ; son simple repos suggérait une puissance de concentration d'une intensité fascinante. Arthur, ainsi que je pouvais le constater, le ressentait lui aussi : gêné, il se tortillait sur son siège, évitant soigneusement les yeux de Bayer.

Arthur commença par nous affirmer que les policiers l'avaient traité avec la courtoisie la plus insigne : l'un d'eux l'avait aidé à se débarrasser de son pardessus, de son chapeau ; l'autre lui avait offert une chaise, un cigare. Arthur avait accepté la chaise, mais refusé le cigare ; il attachait à ce dernier fait une importance considérable, comme s'il eût prouvé sa force de caractère et son exceptionnelle intégrité. Là-dessus le policier, toujours aussi poli, avait demandé l'autorisation de fumer, qu'Arthur lui avait accordée.

Une discussion avait suivi, interrogatoire déguisé en bavardage, au sujet des activités professionnelles d'Arthur à Berlin. Arthur eut soin de ne pas entrer dans les détails de ce chapitre.

« Cela ne présenterait pour vous aucun intérêt », assura-t-il à Bayer.

Je devinai cependant que les policiers, nonobstant leur courtoisie, étaient parvenus à l'effrayer beaucoup : ils étaient beaucoup trop bien informés.

Ce préambule achevé, débuta le véritable interrogatoire :

« Si nous avons bien compris, Mr Norris, vous avez fait récemment un voyage à Paris. Ce séjour avait-il un rapport avec vos activités personnelles ? »

Arthur, cela va de soi, s'était attendu à cette question. Peut-être même s'y était-il trop attendu. Ses explications avaient été copieuses. Le policier leur avait donné pour point final une unique, une affable interrogation. Il avait cité le nom et l'adresse d'une personne que Mr Norris avait visitée à deux reprises : le soir de son arrivée et le matin de son départ. S'agissait-il également d'une entrevue concernant ses affaires privées ? Arthur ne niait pas que le choc avait été rude. Néanmoins, il se flattait d'avoir fait preuve d'une extrême discrétion.

« Je n'ai pas été assez stupide pour désavouer quoi que ce fût, bien sûr. J'ai fourni des éclaircissements sur toute l'affaire, et je crois les avoir impressionnés favorablement : ils étaient ébranlés, c'était manifeste, positivement ébranlés. »

Arthur fit une pause, puis avec modestie ajouta :

« Je me flatte de fort bien savoir me conduire en de telles conjonctures. Oui. »

Ici, le ton de sa voix appelait un mot d'encouragement, de confirmation. Mais Bayer n'encouragea point, ne condamna point, ne parla ni ne remua le moins du monde. Ses yeux brun foncé, souriants, alertes, continuèrent à considérer Arthur avec la même attention lumineuse. Arthur émit une petite toux nerveuse.

Anxieux d'intéresser ce silence impersonnel, hypnotique, il apporta beaucoup de soin dans son récit, et dut parler près d'une demi-heure. En réalité, il n'y avait pas grand-chose à raconter. La police, ayant déployé toute l'étendue de ses connaissances, s'était hâtée d'assurer Mr Norris que ses activités ne l'intéressaient nullement pourvu qu'elles se limitassent à des pays étrangers. En ce qui concernait l'Allemagne elle-même, le problème était naturellement différent. La république allemande accueille à bras ouverts tous ses hôtes étrangers, mais les prie de se rappeler que certaines lois de l'hospitalité doivent être observées tout autant par les invités que par les invitants. Bref, il serait grand dommage que la république allemande eût un jour à se priver de l'agréable société de Mr Norris. Le policier se déclarait persuadé que ledit Mr Norris, en sa qualité d'homme du monde, partagerait son point de vue.

Finalement, au moment précis où Arthur, après qu'on l'eut aidé à remettre son pardessus et qu'on lui eut présenté son chapeau, se dirigeait vers la porte, une ultime question lui fut posée, sur un ton qui laissait entendre qu'elle n'avait pas le plus lointain rapport avec la moindre chose qui eût été précédemment dite : « Vous êtes devenu depuis peu membre du parti communiste ? »

« Je flairai le piège aussitôt, naturellement, nous dit Arthur. Car ce n'était là qu'un piège. Mais il me fallut penser vite : toute hésitation dans ma réponse eût été fatale ; ils sont tellement habitués à noter ce genre de détail… "Je ne suis pas membre du parti communiste, répondis-je, non plus que d'aucune autre organisation de gauche. Je me borne à sympathiser avec l'attitude, devant certains problèmes non politiques, du *K.P.D.*"… Je crois que c'était la réponse qui convenait ? Je le crois… Oui… »

Enfin Bayer eut un sourire et parla :

« Vous avez parfaitement agi, mon cher Norris. »

Il paraissait goûter un amusement subtil.

Arthur était aussi content qu'un chat que l'on caresse.

« Le camarade Bradshaw m'a été d'un grand secours.

– Ah ! vraiment ? »

Mais Bayer ne demanda pas en quoi.

« Vous vous intéressez à notre mouvement ? »

Ses yeux pour la première fois me jaugèrent. Non, je ne lui en imposais pas. Il ne me condamnait pas non plus. « Jeune intellectuel bourgeois, pensait-il. Enthousiaste, mais jusqu'à un certain point. Cultivé, mais jusqu'à un certain point. Capable de répondre si l'on faisait appel à lui dans la langue de sa propre classe. De peu d'utilité ;

mais chacun peut faire quelque chose. » Je sentis que je rougissais profondément.

« J'aimerais vous aider si c'était possible, dis-je.

— Vous parlez allemand ?

— Il parle à la perfection l'allemand », intervint Arthur ainsi qu'une mère en train de recommander son fils à l'attention du proviseur.

Bayer, souriant, me considéra de nouveau.

« Vraiment ? »

Il feuilleta les papiers qui se trouvaient sur son bureau.

« Voici une traduction que vous auriez peut-être l'amabilité de nous faire. Accepteriez-vous de traduire en anglais ceci ? Ainsi que vous le verrez, c'est un rapport concernant notre activité durant l'année passée. Cela vous montrera un peu quels sont nos objectifs. Si je ne me trompe, cela devrait vous intéresser. »

Il me tendit une épaisse liasse manuscrite, et se leva. Il était plus large encore et plus petit qu'il n'avait semblé sur l'estrade. Il posa la main sur l'épaule d'Arthur.

« C'est très intéressant, ce que vous m'avez dit. »

Il nous serra la main, nous fit un chaleureux sourire d'adieu.

« Et je vous en prie, ajouta-t-il sur le mode comique à l'intention d'Arthur, évitez de mêler ce jeune Mr Bradshaw à vos déboires.

— Certes, je puis vous assurer que pareille chose ne me viendrait pas à l'idée : sa sécurité m'est presque, sinon tout à fait, aussi chère que la mienne propre... Eh bien... Ha ! ha !... Je ne vous ferai pas perdre votre précieux temps davantage. Au revoir. »

Cette entrevue avec Bayer avait totalement raffermi les esprits d'Arthur.

« Vous lui avez fait bonne impression, William... Mais si, mais si. Je m'en suis aperçu tout de suite. Et c'est un juge très sévère. Je crois également qu'il a été satisfait de ce que je leur ai dit à l'Alexanderplatz. N'est-ce pas aussi votre avis ?

— Si, j'en suis persuadé.

— Je le crois aussi. Oui.

— Qui est-il ? demandai-je.

— J'en sais très peu sur lui moi-même, William. J'ai ouï dire qu'il avait débuté dans l'existence en qualité de chimiste expérimental, et je ne crois pas que ses parents aient été des ouvriers ; il n'en donne pas l'impression, n'est-ce pas ? Quoi qu'il en soit, Bayer n'est pas son vrai nom. »

Après cette rencontre, je fus impatient de revoir Bayer. Je fis la traduction aussi rapidement que possible entre les leçons que je donnais. Cela me prit deux jours. Le manuscrit était un rapport sur les buts et le déroulement de diverses grèves, et sur les mesures prises pour procurer de la nourriture et des vêtements aux familles des grévistes. La principale difficulté que je rencontrai consistait dans les nombreux groupes d'initiales qui revenaient sans cesse et figuraient les noms des différentes organisations dont il s'agissait. Ignorant le nom anglais de la majorité de ces organisations, je ne savais quelles lettres substituer à celles du manuscrit.

« Ce n'est pas tellement important, répondit Bayer quand je l'eus interrogé là-dessus. Nous ferons cela nous-mêmes. »

Il y avait dans le ton de sa voix quelque chose qui m'humilia. Le manuscrit qu'il m'avait donné à traduire n'avait tout simplement aucune importance. Il était même probable qu'il ne serait jamais envoyé en Angleterre. Bayer me l'avait donné comme un os à ronger, dans l'espoir, cela ne faisait aucun doute, d'être débarrassé de mon inutile et fatigant enthousiasme durant une semaine au moins.

« Vous trouvez ce travail intéressant ? poursuivit-il. Cela me fait plaisir. Il est nécessaire que chaque homme et chaque femme de notre époque soit au courant de ce problème. Vous avez lu quelque chose de Marx ? »

Je répondis qu'il m'était arrivé d'essayer de lire *Das Kapital*.

« Ah ! mais c'est trop ardu pour un débutant. Vous devriez vous attaquer au *Manifeste communiste*. À certains des pamphlets de Lénine, également. Attendez que je vous donne... »

Il était l'amabilité même. Il ne semblait pas avoir la moindre hâte de se débarrasser de moi. Était-il possible qu'il n'eût pas de façon plus importante de passer l'après-midi. Il s'enquit des conditions d'existence dans l'East End de Londres, et je tentai d'extirper de ma mémoire le peu d'informations que j'y avais emmagasinées durant quelques visites de charité que j'y avais faites, trois ans plus tôt. Le seul fait qu'il fût attentif était une flatterie des plus stimulantes. Je m'aperçus que j'étais presque seul à parler. Une demi-heure plus tard, des livres et d'autres feuillets à traduire sous le bras, j'étais sur le point de lui dire au revoir quand Bayer me demanda :

« Cela fait longtemps que vous connaissez Norris ?

– Cela fait maintenant plus d'un an », répondis-je automatiquement, mon esprit n'enregistrant aucune réaction à la question.

« Vraiment ? Et où vous êtes-vous rencontrés ? »

Cette fois je ne me trompai pas sur le ton de sa voix. Je le regardai intensément. Mais ses yeux extraordinaires n'étaient ni soupçonneux, ni menaçants, ni sournois.

Avec un sourire agréable, il se contentait d'attendre en silence ma réponse.

« Il se trouve que nous avons fait connaissance dans le train qui nous amenait à Berlin. »

Le regard de Bayer se teinta d'une lueur d'amusement. Avec une franchise désarmante et douce, il demanda :

« Et vous êtes bons amis ? Vous le voyez souvent ?

— Oh ! oui, très souvent.

— Vous n'avez pas beaucoup d'amis anglais à Berlin, je crois ?

— Non. »

Bayer hocha gravement la tête. Puis il se leva de sa chaise et me serra la main.

« Maintenant je dois aller travailler. Si vous avez la moindre chose à me dire, je vous en prie n'hésitez pas à venir me voir à n'importe quel moment.

— Merci beaucoup. »

C'était donc cela, pensai-je en descendant l'escalier délabré. Aucun d'eux n'avait confiance en Arthur. Bayer n'avait pas confiance en lui, mais il était prêt à s'en servir, une fois prises toutes les précautions nécessaires. Et à se servir de moi par-dessus le marché, pour espionner commodément les faits et gestes d'Arthur. Il n'était pas nécessaire de me mettre dans le secret : il était si facile de me tirer les vers du nez. Je me sentis en colère, et en même temps plutôt amusé.

Après tout, l'on ne pouvait leur en vouloir.

VII

Otto reparut chez Arthur une semaine après environ, non rasé, ayant grand besoin d'un repas. On l'avait relâché de prison la veille. Quand j'arrivai ce soir-là dans l'appartement d'Arthur, je le trouvai dans la salle à manger en compagnie de son hôte ; il venait d'achever un dîner substantiel.

« Et qu'est-ce qu'on vous servait le dimanche ? demandait-il au moment où j'entrai. Nous, nous avions de la soupe aux pois, avec une saucisse dedans. Pas si mal.

– Laissez-moi réfléchir, répondait Arthur. En vérité, je crains fort d'avoir oublié. En tout cas, je n'avais jamais beaucoup d'appétit... Ah ! mon cher William, vous voici ! Je vous en prie, asseyez-vous. Du moins, si vous ne méprisez pas la société du vieux gibier de potence que nous sommes. Otto et moi comparions justement nos souvenirs. »

La veille du jour où Arthur et moi nous étions rendus à l'Alexanderplatz, Otto et Anni s'étaient disputés. Otto avait voulu donner quinze pfennigs à un homme venu quêter pour des fonds de grève destinés à l'I.A.H. Anni avait refusé son accord, « pour le principe ».

« Pourquoi mon argent irait-il à tes sales communistes ? avait-elle dit. Je dois trimer assez pour le
gagner. »

Le possessif était un défi à la situation et aux droits
reconnus d'Otto ; il l'ignora généreusement. Mais
l'adjectif l'avait réellement choqué. Il avait giflé sa
compagne, « pas fort », nous assurait-il, mais assez
violemment pour la culbuter par-dessus le lit et lui faire
donner de la tête contre le mur ; le choc avait décroché
une photographie encadrée de Staline, la faisant choir à
terre en en brisant le verre. Anni s'était mise à l'envoyer
au diable, à pleurer.

« Ça t'apprendra à parler de choses que tu ne
comprends pas », lui avait dit Otto sans méchanceté.

Le communisme avait toujours été dans leurs conversations un sujet délicat.

« J'en ai plein le dos de toi, cria Anni, et de tous tes
bon Dieu de Rouges ! Fous-moi le camp d'ici ! »

Elle avait lancé dans sa direction le cadre de la photographie – manqué…

Au *Lokal* voisin, repassant avec soin tous ces événements dans sa tête, Otto en était parvenu à la conclusion
que c'était lui l'offensé. Peiné, irrité, il se mit à boire du
Korn. Il en but beaucoup. Il était encore en train de boire
à neuf heures du soir, quand un garçon du nom d'Erich,
qu'il connaissait, entra vendre des biscuits. Erich, son
panier au bras, faisait le tour des cafés et des restaurants
de tout le quartier, portant des messages, glanant des
racontars. Il informa Otto qu'il venait de voir Anni dans
un *Lokal* nazi du *Kreuzberg*, en compagnie de Werner
Baldow.

Ce Werner était un vieil ennemi d'Otto, à la fois politique et privé. Un an plus tôt, il avait quitté la cellule
communiste à laquelle Otto appartenait, et s'était engagé

dans les troupes d'assaut locales du parti nazi. De plus, il avait toujours eu un faible pour Anni. Otto, maintenant très ivre, fit ce que même lui n'eût jamais osé dans son état normal : sautant sur ses pieds, il se mit seul en route à destination du *Lokal* nazi. Deux agents qui passaient par hasard une minute ou deux après qu'il y fut entré lui évitèrent probablement bien des os cassés. Venant d'être jeté dehors pour la seconde fois, il n'en voulait pas moins rentrer. Les agents eurent du mal à l'arrêter : il les mordit et leur donna des coups de pied durant le trajet qui les séparait du commissariat. Les nazis, bien entendu, témoignèrent une indignation vertueuse : l'incident fut présenté dans leurs journaux du lendemain comme « une attaque lâche et sans provocation contre un *Lokal* national-socialiste par dix communistes armés dont neuf réussirent à s'enfuir ». Otto, qui conservait l'article dans son portefeuille, nous le montra fièrement. Mais il avait pu arriver jusqu'à Werner en personne, ce dernier s'étant replié avec Anni, dès l'entrée d'Otto, dans une salle située au fond du *Lokal*.

« Il peut la garder, la sale putain ! ajouta Otto violemment. Je ne la reprendrais pas, même si elle revenait me le demander à genoux.

— Mon Dieu, mon Dieu, se mit à murmurer Arthur comme un automate, nous vivons des temps agités... »

Mais il se reprit soudain. Quelque chose n'allait pas. Ses regards errèrent, inquiets, sur les rangées de plats et d'assiettes ; on eût dit un comédien privé de sa réplique. La théière n'était pas sur la table.

Peu de temps après, Arthur me téléphona pour m'informer qu'Otto et Anni s'étaient réconciliés.

« J'étais certain que vous seriez content de l'apprendre. Je puis dire que j'ai moi-même été jusqu'à un certain point l'instrument de cette œuvre pie. Oui... Bénis soient les pacificateurs... À la vérité, je tenais particulièrement à faire cette réconciliation en ce moment même, en vue d'un petit anniversaire qui tombe mercredi prochain... Vous ne le saviez pas ? Eh bien, oui, j'aurai cinquante-trois ans. Merci, mon cher enfant. Merci. Je dois avouer que j'ai du mal à me faire à l'idée que j'en suis à mon automne... Cela dit, permettez-moi de vous convier à un petit banquet de rien du tout. Le beau sexe y sera représenté : en plus du couple réuni j'aurai Mme Olga, et deux autres de mes connaissances les plus équivoques et les plus charmantes. Je ferai retirer le tapis du salon, pour permettre de danser aux éléments les plus jeunes de la société. N'est-ce pas une bonne idée ?

– Excellente. »

Ce mercredi soir, il me fallut donner une leçon imprévue, ce qui me fit arriver chez Arthur plus tard que j'en avais eu l'intention. Je trouvai Hermann en train d'attendre en bas, à la porte de l'immeuble, afin de me l'ouvrir.

« Toutes mes excuses, lui dis-je. J'espère que vous n'êtes pas ici depuis longtemps.

– Il n'y a pas de mal », répondit brièvement Hermann.

Il ouvrit la porte et me précéda dans l'escalier.

« Quel personnage sinistre ! pensai-je. Sa figure ne s'éclaire même pas un jour d'anniversaire. »

Je découvris Arthur au salon, étendu sur le sofa en manches de chemise, les mains croisées sur ses genoux.

« Ah ! c'est vous, William...

– Arthur, je suis terriblement confus. Pourtant, j'ai fait aussi vite que j'ai pu, mais j'ai cru que je ne m'en sortirais jamais. C'est la vieille bonne femme dont je vous ai parlé ; elle est arrivée à l'improviste, insistant pour que je lui donne une leçon de deux heures. Tout ce qu'elle voulait, c'était me raconter les faits et gestes de sa fille. J'ai cru qu'elle n'en finirait jamais… Mais qu'est-ce qu'il y a ? Vous n'avez pas l'air bien. »

Arthur se gratta tristement le menton.

« Je suis très déprimé, cher enfant.

– Mais pourquoi ? À propos de quoi ?… Tiens, mais où sont vos autres invités ? Ne sont-ils pas encore arrivés ?

– Si, ils sont venus, mais j'ai dû les renvoyer.

– Vous êtes donc *vraiment* malade ?

– Non, William. Pas malade. J'ai bien peur de me faire vieux, voilà tout : j'ai toujours détesté les scènes, mais maintenant il se trouve que je ne puis décidément plus les supporter.

– Et qui donc vous a fait une scène ? »

Arthur se leva lentement de son siège, et j'entrevis soudain ce qu'il serait vingt ans plus tard : tremblant, assez pathétique.

« C'est une longue histoire, William. Si nous mangions d'abord quelque chose ?… Mais je crains fort de n'avoir à vous offrir que de la bière et des œufs brouillés ; si tant est qu'il reste même de la bière.

– Ça ne fait rien s'il n'y en a pas : je vous ai apporté un petit cadeau. »

Je lui présentai une bouteille de cognac que j'avais tenue derrière mon dos.

« Mon cher enfant, vous me comblez ! Vous ne devriez pas, vous savez, vraiment pas. Êtes-vous sûr au moins de pouvoir vous le permettre ?

– Oh ! oui, haut la main : j'arrive à mettre beaucoup d'argent de côté ces temps-ci. »

Arthur secoua tristement la tête.

« Je considère toujours la capacité de mettre de l'argent de côté comme bien proche du miracle. »

Nos pas résonnaient avec force à travers l'appartement tandis que nous quittions le salon qu'on avait dégarni de son tapis.

« Tout était prêt pour les réjouissances, quand le spectre apparut pour interdire le festin », ricana nerveusement Arthur en frottant ses mains l'une contre l'autre.

« Oh ! l'Apparition, sa volonté muette,
« Son doigt m'enjoignant de quitter
« Les amis, les vins, la clarté,
« Les propos, les chants de la fête !...

« Il me semble que la citation convient assez. J'espère que vous connaissez votre William Watson sur le bout des doigts ? Je l'ai toujours considéré comme le plus grand des modernes. »

Des guirlandes en papier décoraient la salle à manger en vue de la réception ; au-dessus de la table étaient suspendues des lanternes chinoises. Les voyant, Arthur secoua de nouveau la tête.

« Si nous enlevions cela, William ?... Ne les trouvez-vous pas déprimantes ?

— Je ne vois pas pourquoi, répondis-je. Au contraire, elles devraient nous remonter. Après tout, quoi qu'il ait pu vous arriver, ça n'en est pas moins votre anniversaire.

— Mon Dieu, mon Dieu, vous avez peut-être raison. Vous êtes toujours si philosophe. Mais les coups du destin sont en vérité bien cruels. »

Hermann apporta lugubrement les œufs, nous informant, avec une assez amère satisfaction, qu'il n'y avait plus de beurre.

« Plus de beurre, dit Arthur, plus de beurre... Mon humiliation de maître de maison est à son comble... Qui croirait, en me voyant aujourd'hui, que j'ai reçu plus d'un membre de famille royale sous mon propre toit ? Ce soir, j'avais eu l'intention de vous offrir un repas somptueux. Mais je ne veux pas vous faire venir l'eau à la bouche en vous récitant le menu.

— Je trouve ces œufs très bons. Je ne regrette qu'une chose, c'est que vous ayez dû renvoyer vos invités.

— Je le regrette aussi, William, je le regrette aussi. Hélas ! il était impossible de les prier de rester : je n'aurais pu supporter la déconvenue d'Anni ; elle s'attendait – et c'était bien naturel – à un festin de Lucullus... Et, de toute façon, Hermann m'a dit qu'il n'avait pas assez d'œufs pour tout le monde.

— Arthur, je vous en prie, maintenant racontez-moi ce qui s'est passé. »

Il sourit de mon impatience, jouissant du mystère ainsi que d'habitude. Pensif, il serra son menton effondré entre le pouce et l'index.

« Eh bien, William, l'histoire un peu sordide que je vais vous rapporter se développe autour du tapis du salon.

— Que vous aviez ôté pour la danse ? »

Arthur hocha la tête.

« J'ai le regret de vous avouer que ce n'est pas pour la danse qu'il a été enlevé. Ce n'était là qu'une façon de parler. Je ne voulais pas inquiéter sans motif un ami aussi compatissant que vous.

— Vous voulez dire que vous l'avez vendu ?

— Non, pas vendu, William. Vous devriez mieux me connaître. Je ne vends jamais ce que je puis engager.

— J'en suis navré. C'était un beau tapis.

— Certes... Et qui valait beaucoup plus que les deux cents marks que j'en ai retirés. Mais de nos jours il ne faut plus s'attendre à grand-chose... En tout cas, cette somme aurait couvert les frais de la petite fête que je m'étais proposée. Hélas !... » Ici, Arthur jeta un coup d'œil en direction de la porte. « Hélas ! le regard d'aigle ou, dirai-je, de vautour de Schmidt se posa sur l'espace nu laissé par le tapis, et son inquiétante perspicacité rejeta presque aussitôt la très plausible explication que je donnai de sa disparition. Il s'est montré bien cruel à mon égard. Bien dur... Bref, je me retrouvai, à l'issue de notre entrevue si déplaisante, en possession de quatre marks, soixante-quinze pfennigs. Les vingt-cinq derniers pfennigs, il y repensa malheureusement après coup, les exigeant pour son retour chez lui en autobus.

— Il vous a donc pris purement et simplement votre argent ?

— N'est-ce pas que c'était mon argent ? dit Arthur en se jetant avec avidité sur cette petite miette d'encouragement. C'est précisément ce que je lui ai dit. Mais il s'est contenté de me hurler dans la figure les choses les plus affreuses.

— Je n'ai jamais rien entendu de pareil. Je me demande pourquoi vous ne le mettez pas à la porte.

— Mon Dieu, William, je vais vous le dire. La cause en est très simple : je lui dois neuf mois de salaire.

— Je me disais bien qu'il devait y avoir quelque chose de ce genre. Tout de même, ce n'est pas une raison pour que vous lui permettiez de vous lancer des injures. Si j'étais vous, je ne l'aurais pas toléré.

— Ah ! mon cher enfant, vous faites toujours preuve d'une si grande fermeté... Si seulement vous aviez été là pour me protéger... Je suis certain que vous auriez été capable de lui faire face. Bien qu'il me faille avouer, ajouta Arthur d'un air de doute, que Schmidt peut être inébranlable quand il veut.

— Mais, Arthur, voulez-vous dire sérieusement que vous entendiez dépenser deux cents marks pour un dîner de sept couverts ? Je n'ai jamais rien entendu de plus extravagant.

– Il devait y avoir de petits cadeaux, dit Arthur avec timidité. Un petit quelque chose pour chacun de vous.

– Ç'aurait été charmant, bien sûr... Mais quelle extravagance !... Vous êtes si fauché que vous ne pouvez manger que des œufs, et pourtant, dès que vous touchez la moindre somme, vous la jetez immédiatement par les fenêtres.

– Ne commencez pas à me chapitrer *vous aussi*, William, ou je vais me mettre à pleurer. Je ne peux m'empêcher d'avoir mes petites faiblesses. La vie serait bien terne, si nous ne nous permettions de temps à autre une folie.

– Bon, dis-je en riant. Je ne vous "chapitrerai" pas. À votre place, j'en aurais probablement fait tout autant. »

Après dîner, quand nous fûmes retournés avec le cognac au salon dénudé, je demandai à Arthur s'il avait récemment vu Bayer. Son changement d'expression lorsque je prononçai ce nom me surprit. Sa bouche molle se pinça de mauvaise humeur. Évitant mon regard, il fronça le sourcil et secoua brusquement la tête.

« Je ne vais point là-bas plus qu'il n'est nécessaire.

– Et pourquoi ? »

Je l'avais rarement vu dans un pareil état. Il avait l'air, en vérité, fâché contre moi d'avoir posé cette question. Après quelques instants de silence il éclata, puérilement irrité :

« Je ne vais point là-bas parce que cela ne me plaît pas. Parce que cela me met sens dessus dessous. Le désordre qui règne dans ce bureau est épouvantable. Cela me déprime. Cela choque une sensibilité comme la mienne de voir un manque de méthode aussi total... Savez-vous ? Eh bien, l'autre jour Bayer avait perdu un document d'une importance capitale ; où croyez-vous qu'on l'ait retrouvé ? Dans la corbeille à papier. En vérité...

penser que le salaire de ces gens-là se paie sur les économies faites à la sueur du front des ouvriers !… Et, bien entendu, l'endroit est tout infesté d'espions. Bayer connaît jusqu'à leur nom… Et que fait-il ? Rien. Absolument rien. On dirait que cela lui est égal. Voilà ce qui me met en fureur ; cette façon de faire les choses au petit bonheur… Comment ? Mais en Russie on les alignerait purement et simplement le long d'un mur. »

Je souris : Arthur en militant révolutionnaire, c'était un peu trop beau pour être vrai.

« Mais vous l'admiriez tant…

— Oh ! c'est un homme assez capable dans son genre. Cela ne fait aucun doute. »

Arthur se frotta furtivement le menton, découvrant ses dents comme les crocs d'un vieux lion qui rugit.

« Bayer m'a beaucoup déçu, ajouta-t-il.

— Vraiment ?

— Oui. »

D'ultimes restes de prudence le retenaient visiblement. Mais non. La tentation était trop exquise :

« William, si je vous fais une confidence, il faut me promettre sur tout ce qui vous est sacré qu'elle n'ira pas plus loin.

— Je vous le promets.

— Très bien. Quand j'unis ma destinée à celle du Parti, ou plutôt quand je lui promis mon concours (et, quoique ce ne soit pas à moi de le dire, je suis en mesure de les aider en bien des domaines où ils n'ont pas encore eu accès)…

— J'en suis persuadé.

— … je stipulai, très naturellement, me semble-t-il, que je toucherais un (comment formuler cela ?)… disons : un *quiproquo*. »

Arthur fit une pause et me jeta un coup d'œil anxieux.

« J'espère, William, que cela ne vous choque pas ?

– Pas le moins du monde.

– J'en suis ravi. J'aurais dû prévoir que vous envisageriez la chose avec bon sens... Après tout, l'on n'est qu'un homme. Drapeaux, bannières et slogans conviennent parfaitement au gros de la troupe, mais les chefs n'ignorent pas qu'une campagne politique ne saurait se mener sans argent. J'ai discuté la chose avec Bayer à l'époque où je réfléchissais avant de sauter le pas, et je dois avouer qu'il se montra là-dessus tout à fait raisonnable : il comprit parfaitement que, paralysé comme je le suis par cinq mille livres de dettes...

– Grand Dieu ! tant que ça ?

– Oui, je suis au regret de vous le dire. Bien sûr, tous mes créanciers ne sont pas aussi pressants les uns que les autres... Mais où en étais-je ? Oui. Paralysé que je suis par les dettes, je ne me trouve guère en position d'être bien utile à la Cause. Ainsi que vous le savez vous-même, je suis en butte à toutes sortes d'embarras vulgaires.

– Et Bayer acceptait de vous soulager de certains d'entre eux ?

– Vous exprimez la chose avec votre franchise habituelle, William. Eh bien, oui, je puis affirmer qu'il me fit entendre, et très clairement, que Moscou ne se montrerait pas ingrat si je remplissais avec succès ma première mission. Ce qui fut le cas. Bayer le reconnaîtrait tout le premier. Et qu'est-il arrivé ? Rien. Naturellement, je sais que ce n'est pas entièrement sa faute : son propre salaire, celui des dactylos et autres employés de son bureau lui est souvent payé avec des mois de retard. Mais cela n'en est pas moins fâcheux. Et je ne peux m'empêcher de penser qu'il ne soutient pas mes revendications comme il le pourrait. Au point qu'il a plutôt l'air de s'amuser quand je vais le trouver pour me plaindre d'avoir à peine assez d'argent pour payer mon repas suivant... Savez-vous qu'on me doit toujours mon voyage à Paris ? J'ai dû payer le train de ma poche ; et dans l'idée – ce qui allait de soi – que du moins les frais me seraient remboursés, j'ai pris des premières.

– Pauvre Arthur ! »

J'eus quelque peine à m'empêcher de rire.

« Et maintenant, qu'allez-vous faire ? Vous reste-t-il un espoir de toucher finalement cet argent ?

– Je crains bien que non, répondit lugubrement Arthur.

– Écoutez : laissez-moi vous en prêter. J'ai dix marks.

– Non, William, je vous remercie. Je suis sensible à votre attention, mais il me serait impossible de vous emprunter. J'aurais l'impression d'abîmer notre belle amitié. Non, je vais attendre encore deux jours, après quoi j'aviserai. Et, si je n'arrive à rien, je sais quoi faire.

– Vous êtes bien mystérieux. »

Un instant, la pensée alla même jusqu'à me traverser l'esprit qu'Arthur méditait peut-être un suicide. Mais le seul fait de l'imaginer en train d'attenter à ses jours était tellement absurde que je me mis à sourire.

« J'espère que tout va s'arranger, ajoutai-je quand nous nous quittâmes.

– Je l'espère aussi, mon cher William. Je l'espère aussi. »

Arthur lança dans l'escalier un regard circonspect.

« Présentez, je vous prie, mes hommages à la divine Schroeder.

– Il faut absolument que vous veniez nous voir un de ces prochains jours. Voilà si longtemps que vous ne l'avez pas fait. Elle se languit sans vous.

– Avec le plus grand plaisir, quand je serai sorti de tous ces ennuis. Si tant est que j'en sorte. »

Arthur soupira profondément.

« Bonsoir, cher enfant. Que Dieu vous bénisse. »

VIII

Le lendemain jeudi, mes leçons m'occupèrent. Le vendredi, j'essayai trois fois de téléphoner chez Arthur, mais le numéro n'était jamais libre. Le samedi, je partis pour Hambourg en week-end, voir des amis, et ne fus de retour à Berlin que le lundi en fin d'après-midi. Le soir même, je composai le numéro d'Arthur, désireux de lui raconter mon voyage ; de nouveau, point de réponse. J'appelai quatre fois, de demi-heure en demi-heure, après quoi je fis une réclamation. L'employée m'informa, dans son jargon officiel, que « la ligne de l'abonné » n'était plus « en service ».

Cela ne me surprit pas particulièrement : dans l'état où se trouvaient les finances d'Arthur, on ne pouvait guère espérer qu'il eût réglé sa note de téléphone. En tout cas, pensai-je, il aurait pu venir me voir ou m'envoyer un mot. Mais sans doute avait-il à faire, lui aussi.

Trois jours s'écoulèrent encore. Il était rare que nous eussions laissé passer une semaine entière sans nous rencontrer, ou du moins sans nous téléphoner. Peut-être Arthur était-il malade. Et de fait, plus j'y réfléchissais, plus je me persuadais que telle était l'explication de son silence. Il s'était probablement fait du souci, à propos de ses dettes, jusqu'à la dépression nerveuse. Et moi qui, durant tout ce temps, l'avais négligé !... Je me sentis soudain très coupable, et résolus de l'aller voir l'après-midi même.

Était-ce remords ou prémonition ? Toujours est-il que je me précipitai, atteignant la Courbierestrasse en un temps record, grimpant les escaliers quatre à quatre et sonnant tout hors d'haleine. Au bout du compte, Arthur n'était plus jeune. La vie qu'il avait menée eût suffi pour avoir raison de n'importe qui ; en outre, il avait le cœur fragile. Je devais m'attendre à des nouvelles graves. Imaginons... Eh là ! mais que se passe-t-il ? Dans ma hâte, je devais m'être trompé d'étage : je me trouvais devant une porte sans plaque ; la porte d'un appartement inconnu. C'était une de ces mésaventures absurdes, gênantes, qui vous arrivent toujours quand vous vous laissez gagner par la nervosité. Mon premier mouvement fut de fuir, mais je n'étais pas tout à fait certain si ce devait être vers le haut ou le bas de l'escalier. Mais, après tout, j'avais sonné chez ces gens, et le mieux était d'attendre que l'on ouvrît ; alors, j'expliquerais ma méprise.

J'attendis ; une, deux, trois minutes. La porte resta close. Il semblait qu'il n'y eût personne. Tout compte fait, cela m'évitait de me ridiculiser.

Mais à ce moment je m'aperçus d'autre chose : sur les deux portes que j'avais en face de moi se trouvaient de petits rectangles de peinture plus foncée que le reste. Aucun doute : c'étaient les traces laissées par des plaques enlevées depuis peu. Même, je pouvais distinguer des trous minuscules à l'endroit des vis.

Une espèce de panique me saisit. En une demi-minute, je montai jusqu'au sommet de la maison, puis redescendis jusqu'en bas, avec la vitesse et la légèreté que l'on a parfois dans les cauchemars. Nulle part je ne pus trouver les deux plaques d'Arthur. Et si j'avais été jusqu'à me tromper d'immeuble ?... J'avais déjà fait dans ma vie des choses plus bêtes. Je sortis dans la rue et regardai le numéro figurant au-dessus de l'entrée. Non, il n'y avait pas d'erreur.

Je ne sais ce dont je n'aurais pas été capable à cet instant, si la concierge n'était apparue en personne. Me connaissant de vue, elle me fit un signe de tête peu gracieux. Il était évident qu'elle n'avait que faire des visiteurs d'Arthur. Sans aucun doute, les visites de l'huissier avaient donné mauvaise réputation à son immeuble.

« Si c'est votre ami, dit-elle en soulignant malicieusement le terme, que vous cherchez, vous arrivez trop tard : il est parti.

– Parti ?

– Oui. Depuis avant-hier. L'appartement est à louer. Vous ne le saviez pas ? »

Je suppose que ma figure était une image comique de la consternation, car elle ajouta de façon désagréable :

« Vous n'êtes pas le seul auquel il n'ait rien dit. Il en est déjà passé une douzaine. Vous devait de l'argent, non ?

– Où est-il parti ? demandai-je d'une voix faible.

– Ça, j'en sais rien, et ça m'est égal. Son cuisinier passe prendre les lettres. Vous feriez mieux de lui demander à lui.

– Je ne peux pas : je ne connais pas son adresse.

– En ce cas, je ne peux rien pour vous », dit la concierge avec une sorte de satisfaction perverse (Arthur devait avoir négligé son pourboire). « Pourquoi n'essayez-vous pas la police ? »

Ayant décoché cette flèche du Parthe, elle entra dans sa loge en claquant la porte. Je m'éloignai lentement, assez abasourdi.

Toutefois, ma question ne demeura pas longtemps sans réponse. Le lendemain matin, je recevais une lettre, provenant d'un hôtel de Prague :

Mon cher William,

Je vous prie de ne pas m'en vouloir : je me suis trouvé contraint de quitter Berlin dans un délai fort bref et dans des conditions de secret qui ne m'ont pas rendu possible de communiquer avec vous. La petite opération *dont je vous ai parlé fut, hélas ! le contraire d'un succès, et le médecin m'a prescrit un* changement d'air *immédiat. Le climat berlinois était effectivement devenu si* malsain *pour un homme de mon tempérament, que, si j'y étais resté une semaine de plus, des* complications dange-reuses *se seraient produites presque à coup sûr.*

Mes lares *et* pénates *ont tous été vendus, et le montant de cette vente a pour une large part été englouti par les exigences de mes divers satellites. De cela je ne me plains pas : ils m'ont, à* une *exception près, fidèlement servi, et toute peine mérite salaire. Quant à l'*exception *dont je parlais, je ne permettrai jamais à son nom odieux de repasser mes lèvres. Qu'il me suffise de déclarer qu'il fut et demeure un scélérat de la* pire espèce, *et s'est conduit comme tel.*

Je trouve la vie ici fort agréable. La cuisine est bonne, moins toutefois que dans mon incomparable et bien-aimé Paris, où j'espère, jeudi prochain, porter mes pas fatigués, mais encore bien supérieure à tout ce que pouvait offrir le barbare Berlin. Et les consolations du cruel *et beau sexe ne manquent pas. Déjà, sous la bénéfique influence des conforts de la civilisation, mes feuilles poussent, je me déploie. En vérité, je me suis déployé déjà dans une mesure telle que je crains d'arriver à Paris presque sans ressources. Qu'importe ! Le Mammon de l'Iniquité ne*

*manquera pas de m'accueillir dans des demeures qui, si
elles ne sont pas éternelles, me laisseront du moins le
temps de me retourner.*

*Veuillez transmettre à notre ami commun mes saluta-
tions les plus fraternelles, et l'assurer que je ne
manquerai pas, dès mon arrivée, d'exécuter les diverses
commissions dont il m'a chargé.*

*Je vous en prie, ne tardez pas à m'écrire, et régalez-
moi de votre esprit inimitable.*

Toujours affectueusement fidèle,

ARTHUR.

Ma réaction première – et peut-être était-elle déraisonnable – fut de me sentir irrité. Il me fallut bien reconnaître à part moi que mes sentiments pour Arthur avaient
été bien possessifs : il était ma découverte et ma
propriété. J'étais vexé comme une vieille fille aban-
donnée par son chat. Et cependant, tout bien réfléchi,
quelle stupidité de ma part ! Arthur était son propre
maître, et ne me devait aucun compte de ses actes. Je me
mis à chercher des excuses à sa conduite, et, comme un
père indulgent, les trouvai sans difficulté. N'avait-il pas,
en vérité, agi avec une remarquable noblesse ? Menacé
de toutes parts, il avait fait face tout seul à ses ennuis. Il
avait soigneusement évité de m'impliquer par la suite
dans des difficultés éventuelles auprès des autorités.
Après tout, s'était-il dit, moi je quitte ce pays mais
William y doit rester, et gagner sa vie ; je n'ai pas le droit
de me satisfaire à ses dépens. Je me figurais Arthur
parcourant une dernière fois, rapidement, notre rue,
levant les yeux avec une secrète tristesse vers la fenêtre
de ma chambre, hésitant, s'éloignant avec chagrin. Il en
résulta que je lui écrivis une lettre bavarde, affectueuse,
qui ne posait pas de question, et, d'ailleurs, évitait la

moindre remarque pouvant compromettre l'un ou l'autre de nous deux. Frl. Schroeder, bouleversée à la nouvelle du départ d'Arthur, ajouta un long post-scriptum. Qu'il n'oublie jamais, écrivait-elle, qu'il existait du moins *une* maison dans Berlin où il serait toujours le bienvenu.

Mais ma curiosité était loin d'être satisfaite. Je devais de toute évidence interroger Otto, mais où le trouver ? Je résolus de tenter ma chance en premier lieu chez Olga. Anni, je le savais, y louait une chambre.

Je n'avais pas revu Olga depuis le fameux réveillon de fin d'année ; mais Arthur, qui la visitait parfois à titre de client, m'avait beaucoup appris sur elle en m'en parlant de temps à autre. Pareille à la majorité des gens qui tâchaient encore à gagner leur vie en cette époque de banqueroute, c'était une femme aux occupations multiples. « Pour dire carrément les choses », ainsi qu'Arthur aimait à le déclarer, elle était entremetteuse, trafiquante de cocaïne et receleuse ; en outre, elle louait des logements, faisait du blanchissage et, quand cela lui disait, exécutait de ravissants travaux d'aiguille – Arthur me fit un jour admirer un centre de table qu'elle lui avait offert pour Noël et qui était une véritable œuvre d'art.

Je retrouvai sans difficulté l'immeuble, franchis le porche, entrai dans la cour. Elle était étroite et profonde, comme un cercueil dressé dont la tête eût reposé sur le sol, étant donné que les façades penchaient légèrement à l'extérieur, soutenues par d'énormes arcs-boutants de bois, lesquels traversaient tout l'espace vide, là-haut, contre le carré gris du ciel. En bas, où je me trouvais, les rayons du soleil n'y pouvant jamais pénétrer, régnait un demi-jour obscur, ainsi que dans une gorge de montagne. Trois côtés de la cour étaient percés de fenêtres ; le quatrième était un mur aveugle, gigantesque, haut d'environ vingt-cinq mètres, dont la surface en plâtre était gonflée d'ampoules éclatées sur des cicatrices nues et crasseuses. Au pied de ce sinistre précipice il y avait une curieuse petite hutte : probablement des cabinets extérieurs. À côté, une charrette à bras hors d'usage, qui n'avait plus qu'une roue, ainsi qu'une notice imprimée, devenue presque illisible, indiquant les heures où les habitants de l'immeuble avaient le droit de battre leurs tapis.

L'escalier, même à cette heure de l'après-midi, était très sombre. Je le gravis en trébuchant, comptant les paliers, et frappai à une porte que j'espérais la bonne. J'entendis un frottement de savates, un tintement de clés, puis la porte s'entrouvrit à la chaîne.

« Qui est là ? demanda une voix de femme.

– William », répondis-je.

Ce prénom ne fit aucun effet. La porte commença de se refermer, soupçonneuse.

« Un ami d'Arthur », me hâtai-je d'ajouter, m'efforçant de donner à ma voix un ton rassurant.

Je ne pouvais distinguer à quelle espèce de personne je m'adressais : à l'intérieur de l'appartement il faisait noir comme dans un four. On aurait cru parler à un prêtre au confessionnal.

« Attendez une minute », dit la voix.

La porte se ferma ; les savates s'éloignèrent. D'autres pas s'approchèrent ; la porte se rouvrit, et la lumière électrique jaillit dans l'étroit vestibule. Sur le seuil se tenait Olga en personne. Sa silhouette imposante était drapée dans un kimono de couleurs criardes, qu'elle portait avec la majesté d'une prêtresse en ses robes de cérémonie. Je ne me la rappelais pas tout à fait si énorme.

« Eh bien ? demanda-t-elle. Qu'est-ce que vous voulez ? »

Elle ne m'avait pas reconnu. Je pouvais aussi bien être un détective. Le ton de sa voix était agressif et dur, absolument dépourvu de frayeur ou d'hésitation. Elle était prête à faire front devant tous ses ennemis. Ses durs yeux bleus, constamment vigilants comme ceux d'une tigresse, scrutèrent par-dessus mon épaule le sombre puits de la cage d'escalier : elle se demandait si j'étais venu seul.

« Pourrais-je dire un mot à Frl. Anni ? demandai-je poliment.

– Impossible : elle est occupée. »

Mon accent anglais, toutefois, l'avait rassurée, car elle ajouta brièvement :

« Entrez. »

Ayant fait demi-tour, elle me conduisit au salon, me laissant, avec une indifférence absolue, le soin de fermer la porte d'entrée. Ce que je fis avec humilité ; puis je suivis Olga.

Otto se tenait debout sur la table du salon, en manches de chemises, et bricolait sur la suspension.

« Comment ! mais c'est Willi ! » s'écria-t-il en sautant à terre.

Et je reçus à l'omoplate un vrai coup d'assommoir.

Nous nous serrâmes la main. Olga s'installa sur un siège, face au mien, avec la majesté, la sinistre dignité d'une diseuse de bonne aventure. Les bracelets cliquetaient bruyamment à ses poignets rebondis. Je me demandai quel âge elle avait ; peut-être n'avait-elle pas dépassé trente-cinq ans, car il n'y avait pas de ride sur sa face bouffie, cireuse. Je ne me souciais guère qu'elle écoutât ce que j'avais à dire à Otto, mais il était évident qu'elle n'avait pas la moindre intention de bouger tant que je serais dans l'appartement. Ses yeux bleus de poupée emprisonnaient les miens dans leur regard brutal et qui ne cillait pas.

« Est-ce que je ne vous ai pas déjà rencontré quelque part ?

— Vous m'avez rencontré dans cette même pièce, répondis-je. J'étais ivre.

— C'est donc ça. »

Le sein d'Olga s'agita silencieusement : elle avait ri.

« Avez-vous vu Arthur avant son départ ? » demandai-je à Otto après une longue pause.

Oui, Anni et Otto l'avaient vu l'un et l'autre, bien que tout à fait par hasard à ce qu'il semblait. Étant montés à l'improviste, le dimanche après-midi, ils trouvèrent Arthur en train de faire ses bagages. Il y avait eu maints coups de téléphone, maintes courses à droite et à gauche. Après quoi Schmidt avait fait son apparition. Arthur et lui s'étaient retirés dans la chambre à coucher pour y conférer. Bientôt, Otto et Anni avaient perçu des éclats de voix violents, irrités. Schmidt était ressorti de la chambre à coucher, suivi d'Arthur, ce dernier dans un état de rage impuissante. Otto n'avait pu comprendre bien clairement la raison de toute cette scène, mais le baron y était pour quelque chose, et l'argent. Arthur était furieux de quelque chose que Schmidt avait dit au baron ; quant à Schmidt, il était insultant et méprisant tour à tour. Arthur avait crié :

« Non seulement vous avez fait preuve de la plus noire ingratitude, mais vous êtes un traître fieffé ! »

Otto se montrait là-dessus absolument formel. La formule paraissait avoir fait sur lui une impression toute particulière ; peut-être parce que le mot *traître* avait pour lui une saveur résolument politique. Et de fait, il tenait pour tout à fait certain que Schmidt avait trahi de manière ou d'autre le parti communiste.

« La toute première fois que je l'ai vu, j'ai dit à Anni : "Ça ne m'étonnerait pas qu'il soit chargé d'espionner Arthur. Il a l'air d'un nazi, avec son espèce de grosse tête enflée." »

La suite avait confirmé Otto dans son opinion. Schmidt allait quitter l'appartement quand il se retourna pour dire à Arthur :

« Eh bien, je m'en vais. Je vous laisse aux bons soins de vos précieux amis communistes. Et quand ils vous auront escroqué jusqu'à votre dernier pfennig... »

Il n'avait pas achevé. Car Otto, embarrassé par tous ces discours et soulagé d'entendre enfin quelque chose qu'il pouvait comprendre et dont il pouvait s'offenser, avait traîné Schmidt hors de l'appartement par la peau du cou, et l'avait envoyé atterrir au bas des marches d'un solide coup de pied au derrière. Otto, dans sa narration, s'attardait sur le coup de pied avec une complaisance, une fierté toutes particulières. Ç'avait été l'un des coups de pied de sa vie, un coup de pied inspiré, superbement calculé, chronométré. Otto tenait beaucoup à ce que je comprenne de quelle façon précise, à quel endroit ce fameux coup de pied avait été appliqué. Il me fit lever et, de l'orteil, me toucha légèrement la fesse. J'étais un peu inquiet, sachant quel empire sur soi-même il lui fallait mettre en œuvre pour ne pas abandonner toute retenue.

« Ma parole, Willi, je regrette que vous n'ayez pas entendu son atterrissage ! Bing ! Bong ! Paf ! Pendant une minute, il n'a pas paru savoir où il était ni ce qui lui était arrivé. Après, il s'est mis à pleurnicher comme un môme. Je crevais tellement de rire que vous auriez pu me faire tomber dans l'escalier rien qu'en me poussant avec le petit doigt. »

Otto se remit à rire en le racontant. Il riait de bon cœur, sans l'ombre de cruauté ni de malice. Il ne gardait pas rancune à ce Schmidt en déconfiture.

Je demandai si l'on avait eu de lui d'autres nouvelles. Otto l'ignorait. Schmidt s'était ramassé lentement, péniblement, mêlant à ses sanglots quelque menace inarticulée, puis avait descendu en boitant le reste des marches. Arthur, lequel avait assisté du second plan à la scène, avait secoué la tête avec un air de doute et protesté :

« Vous n'auriez pas dû faire cela, vous savez.

– Arthur a bien trop bon cœur, ajouta Otto, parvenu à la fin de son histoire. Il fait confiance à n'importe qui. Et quels remerciements reçoit-il en échange ? Aucun. Il passe son temps à être filouté, trahi. »

Aucun commentaire ne me semblant convenir à cette dernière remarque, je dis qu'il était temps de m'en aller.

Quelque chose en moi paraissait divertir Olga : son sein palpitait en silence. Sans préambule, au moment où nous atteignions la porte elle me pinça la joue rudement, délibérément, comme elle aurait cueilli quelque prune.

« T'es un gentil garçon, gloussa-t-elle sans douceur. Viens faire un tour ici, un soir. Je t'apprendrai quelque chose que tu ne sais pas encore.

– Vous devriez essayer une fois avec Olga, Willi, me conseilla gravement Otto. Vous en aurez pour votre argent.

– Je n'en doute pas », répondis-je avec politesse en me hâtant de descendre.

Quelques jours après, j'avais rendez-vous avec Fritz Wendel à *la Troïka*. Étant arrivé un peu trop tôt, je m'assis au bar et trouvai le baron sur le tabouret voisin du mien.

« *Hello*, Kuno !

– Bonsoir. »

Il inclina sa tête luisante avec raideur. À ma surprise, il ne semblait pas du tout content de me voir. À la vérité, c'était absolument l'inverse. Son monocle reluisait d'hostilité courtoise ; quant à son œil nu, il était évasif et fuyant.

« Ça fait des siècles que je ne vous ai vu », remarquai-je brillamment.

Je tâchais de me montrer serein, inconscient de son comportement.

Son regard voyagea autour de la pièce, y cherchait réellement du secours, mais nul ne répondit à son appel. Au reste, les lieux étaient encore presque vides. Le barman se pencha vers nous.

« Que boirez-vous ? » demandai-je.

Son aversion pour ma société commençait à m'intriguer.

« Euh… Rien, merci… Voyez-vous, je dois m'en aller.

– Comment ? Vous nous quittez si tôt, *Herr Baron* ? » intervint le barman avec affabilité.

Puis il accrut inconsciemment le malaise de Kuno :

« Savez-vous que ça fait à peine cinq minutes que vous êtes là ?

– Avez-vous des nouvelles d'Arthur Norris ? »

Avec une malice délibérée, je ne tins aucun compte de ses tentatives pour descendre de son tabouret, ce qu'il ne pouvait faire avant que je n'eusse reculé le mien quelque peu.

Ce nom fit grimacer visiblement Kuno.

« Non. »

Le ton de sa voix était glacé.

« Je n'en ai pas.

– Il est à Paris, vous savez ?

– Vraiment ?

– Eh bien, dis-je cordialement, il ne faut pas que je vous retienne plus longtemps. »

Je lui tendis la main. C'est à peine s'il l'effleura.

« Au revoir. »

Enfin libéré, il gagna la porte ainsi qu'une flèche ; on aurait dit qu'il fuyait un hôpital de pestiférés. Le barman, avec un discret sourire, ramassa les pièces de monnaie et les enfourna dans le tiroir-caisse. Ce n'était pas la première fois qu'il voyait remettre un parasite à sa place.

Je fus laissé aux prises avec une énigme de plus.

Comme un long train qui s'arrête à toutes les petites stations crasseuses, l'hiver se traîna. Chaque semaine étaient promulgués de nouveaux décrets d'urgence. La voix épiscopale et lasse de Brüning donnait aux commerçants des ordres qui n'étaient pas suivis.

« C'est du fascisme, gémissaient les sociaux-démocrates.

– C'est un faible, déclarait Helen Pratt. Ce qu'il faut à ces porcs, c'est un homme qui ait du poil sur la poitrine. »

On découvrit le Document de Hesse, mais nul ne s'en inquiéta vraiment. Des scandales, on n'en avait que trop vus. Le public, épuisé, avait été gavé de surprises jusqu'à l'indigestion. Certains disaient que les nazis seraient au pouvoir avant Noël ; mais Noël arriva, et les nazis n'étaient pas au pouvoir. Arthur m'adressa les vœux d'usage au dos d'une carte postale représentant la tour Eiffel.

Berlin se trouvait en pleine guerre civile. La haine explosait brusquement, sans préavis, de n'importe où : des coins de rues, des restaurants, cinémas, dancings, piscines ; à minuit, au petit déjeuner, au milieu de l'après-midi. Des couteaux jaillissaient, des coups étaient assenés au moyen de bagues armées de pointes, de pots à bière, de pieds de chaise ou de cannes plombées ; des balles lacéraient les annonces des colonnes d'affiches, rebondissaient du toit de fer des latrines. Au beau milieu d'une rue pleine de monde, un jeune homme se trouvait attaqué, dépouillé de ses vêtements, rossé, laissé tout sanglant sur le pavé ; en quinze secondes, tout était terminé, et les agresseurs avaient disparu. Otto se fit faire une entaille au rasoir à l'arcade sourcilière, lors d'une bataille qui eut lieu sur un champ de foire près de la Cöpernickerstrasse. Le docteur y mit trois points de suture, et le blessé fut gardé une semaine à l'hôpital. Les journaux étaient pleins des photographies mortuaires de martyrs ennemis : nazis, *Reichsbanner* et communistes. Mes élèves les considéraient en hochant la tête, s'excusant envers moi de l'état de l'Allemagne.

« Mon Dieu, mon Dieu ! disaient-ils, c'est épouvantable. Ça ne peut pas durer. »

Les reporters du crime et les paroliers du jazz avaient suscité une inflation sans précédent de la langue allemande. La terminologie de l'invective journalistique (traître, laquais de Versailles, criminel assoiffé de sang, escroc à la solde de Marx, fange hitlérienne, fléau communiste) en était venue à ressembler, par suite d'un emploi excessif, à la phraséologie formelle de politesse utilisée par les Chinois. Le mot *Liebe*, jailli du lexique de Goethe, ne valait plus un baiser de prostituée. *Printemps, clair de lune, jeunesse, roses, jeune fille, chérie, cœur, mai :* telle était la monnaie courante, lamentablement dévalorisée, que mettaient en circulation les auteurs de tous ces tangos, valses, fox-trots, qui préconisaient l'évasion individuelle. Trouvez-vous une petite âme sœur, conseillaient-ils, pour oublier la crise et le chômage.

Envolez-vous, nous exhortaient-ils, vers Hawaï, Naples, Vienne et son beau Danube bleu. Hugenberg, par l'entremise de la Ufa, accommodait le nationalisme à tous les goûts, produisant des épopées guerrières, des farces de caserne, des opérettes où les soirées folâtres d'une aristocratie militaire d'avant la guerre étaient revêtues à la mode de 1932. Ses brillants metteurs en scène et cameramen devaient concentrer leur talent sur des images d'une beauté cynique représentant des bulles de champagne et le reflet de la lumière artificielle contre la soie.

Matinée après matinée, à travers toute l'énorme ville humide et triste, à travers les agglomérations de cabanes en caisses d'emballage des lotissements suburbains, des jeunes gens s'éveillaient à une autre journée vide, oisive, à utiliser du mieux possible : en vendant des lacets, en mendiant, en jouant aux dames dans l'antichambre du bureau de placement, en rôdant près des urinoirs, en ouvrant les portières des voitures, en aidant à porter des caisses dans les marchés, en bavardant, en flânant, en volant, en cherchant des tuyaux pour les courses, en se partageant des mégots de cigarettes ramassés dans le caniveau, en chantant pour quelques groschens des chansons populaires dans les cours ainsi que dans les wagons du métro entre les stations. Après le nouvel an, la neige tomba mais ne resta pas ; donc, rien à gagner en la balayant. Les boutiquiers faisaient sonner toutes les pièces de monnaie sur le comptoir, de crainte des faux-monnayeurs. L'astrologue de Frl. Schroeder prédisait la fin du monde.

« Écoute-moi bien, déclarait Fritz Wendel entre les gorgées du cocktail qu'il prenait au bar de l'*Eden Hotel :* que ce pays tourne au communisme, je m'en fous ; ce que je veux dire, c'est qu'en ce cas il nous faudrait modifier un peu nos opinions ; bon Dieu ! qu'est-ce que ça peut faire ? »

Au début de mars, les affiches concernant l'élection présidentielle firent leur apparition. Le portrait de Hindenburg, surmontant une inscription en lettres gothiques, avait un ton franchement religieux : « Il a gardé sa foi en vous, gardez-Lui la vôtre. » Les nazis parvinrent à élaborer une formule qui tenait habilement compte de cette vénérable icône, en évitant l'offense et le blasphème. « Honorez Hindenburg, mais votez pour Hitler. » Otto et ses camarades partaient chaque nuit, munis de pots de peinture et de pinceaux, pour des expéditions dangereuses. Ils grimpaient de hautes murailles, rampaient le long des toits, se glissaient par-dessous des palissades, échappant à la police ainsi qu'aux patrouilles de la *Sturmabteilung*. Et le lendemain matin, les passants pouvaient contempler le nom de Thälmann inscrit fièrement, à la fois inaccessible et crevant les yeux. Otto me donna un paquet de petites étiquettes gommées : « Votez Thälmann, le candidat des travailleurs », que je transportai dans ma poche, les collant aux vitres des magasins, aux portes, quand les gens avaient le dos tourné.

Brüning fit un discours au Palais des Sports. « Nous devons voter pour Hindenburg, nous dit-il, si nous voulons sauver l'Allemagne. » Ses mouvements étaient aigus et menaçants ; ses lunettes luisaient d'émotion sous les projecteurs. Sa voix tremblait d'une passion sèche, académique. « Inflation !... » tonnait-il, et l'auditoire frissonnait. « Tannenberg... », évoquait-il avec respect ; applaudissements prolongés.

Bayer, quant à lui, parla dans le *Lustgarten* au cours d'une tempête de neige, du toit d'un camion – silhouette minuscule, nu-tête, gesticulant au-dessus de la vaste marée palpitante des visages et des bannières. Derrière lui, la froide façade du *Schloss* et, le long de sa balustrade en pierre, des cordons de policiers armés, silencieux.

« Regardez-les ! s'écria Bayer. Pauvres types ! Ça paraît une honte de les obliger à rester dehors par un temps pareil. Mais ne vous inquiétez pas pour eux : ils ont de beaux manteaux bien épais pour leur tenir chaud. Et qui leur a donné ces manteaux ? Nous. Vous ne trouvez pas ça gentil de notre part ? Et qui nous donnera des manteaux, *à nous* ? Ce n'est pas moi qui vous répondrai. »

« Comme ça, c'est le vieux qui a remis ça, dit Helen Pratt. Je m'en doutais. Gagné dix marks aux gars du bureau – pauvres crétins. »

C'était le mercredi qui suivit l'élection. Nous nous trouvions sur le quai de la gare du Zoo. Helen était venue m'accompagner au train qui allait m'emmener vers l'Angleterre.

« À propos, ajouta-t-elle, que devient ce drôle de type que tu avais amené un soir ? Morris, c'était bien comme ça qu'il s'appelait.

– Norris... Je n'en sais rien. Ça fait un temps infini que je n'ai plus de ses nouvelles. »

Curieux qu'elle eût posé cette question : je venais justement de penser à Arthur. Il était constamment lié, dans mon esprit, à cette gare. Cela ferait bientôt six mois qu'il était parti ; pourtant, l'on aurait dit que ç'avait été la semaine précédente. Dès mon arrivée à Londres, décidai-je, je lui écrirai une longue lettre.

IX

Pourtant, je n'écrivis pas. Pourquoi, je n'en sais trop rien. J'étais paresseux, et le temps était devenu chaud. Je pensais souvent à Arthur ; si souvent, à la vérité, que correspondre me semblait inutile. C'était comme si nous avions été reliés par une espèce de communication télépathique. Enfin je partis pour la campagne où je séjournai quatre mois, découvrant, mais trop tard, que j'avais laissé la carte postale où figurait son adresse dans quelque tiroir londonien. De toute façon, cela n'importait guère : il avait déjà dû quitter Paris depuis un temps infini ; si même il n'était pas en prison.

Au début d'octobre, je retournai à Berlin. Ma chère vieille Tauentzienstrasse n'avait pas changé. La contemplant à travers la fenêtre du taxi qui m'amenait de la gare, je remarquai plusieurs nazis dans leur nouvel uniforme de la *Sturmabteilung*, lequel avait cessé d'être interdit. Ils arpentaient la rue, très raides, salués avec enthousiasme par les civils d'un certain âge. D'autres, postés aux carrefours, secouaient des troncs de quête.

Je grimpai les marches familières. Avant que j'eusse eu le temps de toucher le bouton de sonnette, Frl. Schroeder s'élança dehors afin de m'accueillir à bras ouverts. Elle avait dû guetter mon arrivée.

« Herr Bradshaw ! Herr Bradshaw ! Herr Bradshaw ! Vous voici donc enfin parmi nous ! Il faut absolument que je vous embrasse ! Que vous avez bonne mine ! Vous nous avez bien manqué.

— Comment ça va-t-il ici, Frl. Schroeder ?

— Mon Dieu… Je n'ai pas à me plaindre. L'été dernier, ça n'allait pas fort. Mais maintenant… Entrez donc, Herr Bradshaw, j'ai une surprise pour vous. »

Jubilante, elle me fit signe de traverser l'antichambre, puis ouvrit toute grande la porte du living-room avec un geste théâtral.

« Arthur !

— Mon cher William, soyez le bienvenu en Allemagne !

— Je n'avais pas la moindre idée…

— Herr Bradshaw, je suis sûre que vous avez grandi !

— Allons… allons… voilà une heureuse réunion. Berlin est redevenue elle-même. Je propose que nous passions dans ma chambre afin d'y boire au retour de Herr Bradshaw. Vous vous joindrez à nous, Frl. Schroeder, j'espère.

— Oh !… C'est fort aimable à vous, Herr Norris, fort aimable à vous.

— Après vous.

— Mais non, je vous en prie.

— Il n'en est pas question. »

Tous deux se récrièrent, s'inclinèrent encore mainte et mainte fois avant de passer le seuil. La familiarité ne semblait pas avoir gâté leurs bonnes manières : Arthur était aussi galant que jamais, et Frl. Schroeder aussi coquette.

La grande chambre à coucher du devant était presque méconnaissable. Arthur avait déménagé le lit vers le coin proche de la fenêtre et poussé le sofa plus près du poêle.

Les pots de fougère, qui sentaient le renfermé, avaient disparu, ainsi que les nombreux petits tapis au crochet qui avaient jonché la coiffeuse et les sujets en métal représentant les chiens, qui avaient décoré la bibliothèque. Les trois chromos généreusement coloriés qui figuraient des nymphes au bain manquaient eux aussi ; à leur place, je reconnus trois gravures provenant de la salle à manger d'Arthur. Un élégant paravent japonais de laque, autrefois placé dans l'entrée de l'appartement de la Courbierestrasse, masquait le lavabo.

Arthur avait surpris la direction de mon coup d'œil.

« Épaves qu'heureusement j'ai pu sauver du naufrage.

– Et maintenant, Herr Bradshaw, intervint Frl. Schroeder, donnez-moi franchement votre avis. Herr Norris prétend que ces nymphes étaient laides. Pour ma part, je les ai toujours trouvées très jolies. Bien sûr, je sais que certaines gens les jugeraient démodées.

– Je ne dis pas qu'elles étaient laides, répliquai-je avec diplomatie. Mais il est bon quelquefois de faire des changements, vous ne pensez pas ?

– Les changements sont le sel de la terre », murmura Arthur en allant chercher des verres dans le placard.

À l'intérieur, j'entrevis une armée de bouteilles.

« Que puis-je vous offrir, William ? Kummel ou bénédictine ? Frl. Schroeder, je le sais, préfère le cherry brandy. »

Maintenant que je pouvais les voir tous deux à la lumière du jour, je fus frappé du contraste. L'infortunée Frl. Schroeder avait beaucoup vieilli ; c'était véritablement une vieille femme. Son visage était bouffi, ridé par le souci ; sa peau, en dépit d'une couche épaisse de rouge et de poudre, paraissait jaunâtre. Elle n'avait pas eu de quoi manger à sa faim. Arthur, quant à lui, avait indiscutablement rajeuni. Les joues plus pleines, il était frais comme un bouton de rose, rasé, manucuré, parfumé. Il arborait une grosse bague de turquoise que je ne lui connaissais pas, ainsi qu'un costume neuf, opulent et brun. Sa perruque ajoutait à l'ensemble une note audacieuse, plus exubérante. Elle se composait de mèches lustrées, ondulées, qui s'enroulaient autour de ses tempes avec une luxuriance tropicale. L'ensemble de son aspect présentait quelque chose de désinvolte, je dirai même de bohème. Il aurait pu être un acteur illustre ou bien un riche violoniste.

« Depuis combien de temps êtes-vous de retour ici ? lui demandai-je.

— Voyons… Cela doit faire maintenant près de deux mois… Comme le temps passe ! Je vous dois vraiment des excuses pour mes carences de correspondant. J'ai eu tellement, tellement de travail ! Et Frl. Schroeder ne semblait pas sûre de votre adresse à Londres.

— Je crains bien que nous ne soyons de grands épistoliers ni l'un ni l'autre.

— Le cœur y était, cher enfant, j'espère que vous n'en doutez pas. Vous étiez constamment présent dans mes pensées. Votre retour est une vraie joie. Je sens déjà qu'un poids vient de m'être ôté de l'esprit. »

Voilà qui paraissait plutôt de mauvais augure. Peut-être était-il à nouveau dans la dèche. Mon seul espoir était que la pauvre Frl. Schroeder n'eût pas à en souffrir. Elle était là, assise, verre en main, sur le sofa, rayonnante, savourant chaque mot ; elle avait les jambes si courtes que ses pantoufles de velours noir pendaient à plusieurs centimètres du parquet.

« Regardez donc, Herr Bradshaw… » Elle tendit le poignet. « … ce que Herr Norris m'a donné pour mon anniversaire. J'en ai été si heureuse que – vous me croirez si vous voulez – je me suis mise à pleurer. »

C'était un élégant bracelet d'or qui devait avoir coûté cinquante marks au bas mot. J'en fus sincèrement touché.

« Que c'est gentil à vous, Arthur ! »

Il rougit, tout confus.

« Un petit témoignage d'estime sans importance. Je ne saurais vous exprimer de quel réconfort Frl. Schroeder a été pour moi. J'aimerais l'engager comme ma secrétaire permanente.

– Oh ! Herr Norris, comment pouvez-vous dire des bêtises pareilles ?

– Je vous assure, Frl. Schroeder, que je suis tout à fait sincère.

– Vous voyez comme il se moque d'une pauvre vieille, Herr Bradshaw ? »

Elle était légèrement ivre. Lorsque Arthur lui versa un second verre de cherry brandy, elle en répandit une partie sur sa robe. Quand l'émoi qui suivit cet accident fut calmé, Arthur déclara qu'il était obligé de sortir.

« Quel que soit mon regret de mettre fin à notre petite fête… le devoir m'appelle. Oui, j'espère vous revoir ce soir, William. Et si nous dînions ensemble ?… Ne serait-ce pas exquis ?

– Bien sûr.

– Alors *au revoir**, à huit heures. »

Je me levai pour aller défaire mes bagages. Frl. Schroeder me suivit dans ma chambre. Elle insista pour m'aider. Toujours grise, elle ne cessait de mettre mes affaires au mauvais endroit : les chemises dans le tiroir du bureau ; les livres dans le placard aux chaussettes. Elle ne pouvait s'empêcher de chanter les louanges d'Arthur.

« C'est comme si la Providence l'avait envoyé. J'avais du retard dans le paiement de mon loyer, comme ça ne m'était plus arrivé depuis le temps de l'inflation. La concierge était montée me voir à ce sujet plusieurs fois. "Frl. Schroeder, m'avait-elle dit, nous vous connaissons et ne voulons pas être durs envers vous. Mais nous avons tous besoin de vivre." J'avoue qu'il y avait des soirs où j'étais si déprimée que j'avais presque envie de mettre ma tête dans le fourneau à gaz. C'est à ce moment que Herr Norris est arrivé. Je pensais qu'il était seulement venu me rendre visite, comme qui dirait. "Combien prenez-vous pour la chambre à coucher du devant ?" me demanda-t-il. Une plume aurait suffi pour me renverser. Je lui ai répondu : "Cinquante." Je n'osais pas demander plus : les temps sont tellement durs. Je tremblais des pieds à la tête, de peur qu'il ne trouve ça trop cher. Et qu'est-ce que vous croyez qu'il m'a répondu ? Il m'a répondu : "Frl. Schroeder, il ne saurait être un seul instant question de vous donner moins de soixante. Ce serait du vol." Je vous le dis, Herr Bradshaw, j'aurais pu lui baiser la main. »

Dans les yeux de Frl. Schroeder il y avait des larmes. Je craignais qu'elle n'éclate en sanglots.

« Il vous paie régulièrement ?

— Comme une horloge, Herr Bradshaw. Vous-même ne pourriez être plus ponctuel. Je n'ai jamais connu personne d'aussi méticuleux. Savez-vous ? Il ne veut même pas me laisser lui faire tous les mois son compte de lait. Il le règle à la semaine. Il dit : "Je n'aime pas sentir que je dois un pfennig à quelqu'un…" J'en souhaiterais davantage comme lui. »

Ce soir-là, quand je proposai de dîner dans notre restaurant habituel, Arthur, à ma surprise, objecta :

« C'est si bruyant, cher enfant… Mes nerfs sensibles se révoltent à la pensée d'une soirée de jazz. Quant à la cuisine, elle y est remarquable, même dans cette ville de sauvages, par son caractère exécrable. Allons au *Montmartre*.

– Mais Arthur, c'est terriblement cher !

– Ne vous inquiétez pas. Ne vous inquiétez pas. La vie est si brève qu'on ne peut toujours être en train de compter. Ce soir, vous serez mon invité. Oublions quelques heures les soins de cette vallée de larmes, et divertissons-nous.

– C'est bien aimable à vous. »

Au *Montmartre*, Arthur commanda du champagne.

« Nous fêtons un événement si heureux qu'il me semble que nous pouvons en toute justice relâcher quelque peu la rigidité de nos principes révolutionnaires. »

J'éclatai de rire.

« Vos affaires sont florissantes, à ce que je vois. »

Arthur se pressa précautionneusement le menton entre le pouce et l'index.

« Je ne saurais me plaindre, William. Pour le moment. Non. Mais je crains d'apercevoir à l'horizon des écueils.

– Importez-vous, exportez-vous toujours ?

– Pas exactement… Non… Mon Dieu, en un certain sens, peut-être.

– Avez-vous été à Paris pendant tout ce temps ?

– Plus ou moins. À différentes reprises.

– Et pour quoi faire ? »

Les yeux inquiets d'Arthur firent le tour du luxueux petit restaurant ; puis il sourit avec beaucoup de charme.

« Voilà une question bien tendancieuse, mon cher William.

– Y avez-vous travaillé pour le compte de Bayer ?

– Euh… en partie, oui. »

Les yeux d'Arthur avaient pris une expression vague. Il essayait d'éluder doucement le sujet.

« Et vous l'avez vu depuis votre retour à Berlin ?

– Bien entendu. »

Il me considéra brusquement avec suspicion.

« Pourquoi me demandez-vous cela ?

– Je ne sais pas. La dernière fois que je vous ai vu, vous ne sembliez pas très content de lui, c'est tout.

– Bayer et moi sommes en excellents termes. »

Arthur avait parlé avec force. Après une pause il ajouta :

« Vous n'avez dit à personne que je me suis querellé avec lui, n'est-ce pas ?

– Non, bien sûr que non, Arthur. À qui pensez-vous que j'aurais pu le dire ? »

Arthur fut manifestement soulagé.

« Je vous prie de me pardonner, William. J'aurais dû savoir que je pouvais compter sur votre admirable discrétion. Mais si, de manière ou d'autre, le bruit devait se répandre que Bayer et moi n'étions pas en termes amicaux, cela pourrait être excessivement gênant pour moi, comprenez-vous ? »

J'éclatai de rire.

« Non, Arthur. Je ne comprends pas un mot de ce que vous me racontez là. »

Souriant, Arthur leva son verre.

« Soyez patient avec moi, William. Vous savez bien que j'aime toujours avoir mes petits secrets. Nul doute que le moment viendra où je serai en mesure de vous donner des explications.

– Ou d'en inventer.

– Ha ! ha ! ha ! ha ! Je vois que vous n'avez rien perdu de votre cruauté... À ce propos, j'ai eu l'étourderie de prendre rendez-vous avec Anni pour dix heures... si bien que peut-être nous ne devrions pas faire trop traîner notre dîner.

– Bien sûr. Il ne faut pas la faire attendre. »

Le restant du repas, Arthur m'interrogea sur Londres. Quant à Paris et Berlin, nous les évitâmes avec tact.

À coup sûr, Arthur avait transformé le train-train quotidien chez Frl. Schroeder. Comme il insistait pour avoir un bain chaud tous les matins, elle devait se lever une heure plus tôt afin de charger la petite chaudière désuète. Mais elle ne s'en plaignait pas. Même, elle paraissait admirer Arthur à proportion des ennuis qu'il lui causait.

« Il est si méticuleux, Herr Bradshaw. Plus comme une dame que comme un monsieur. Tout dans sa chambre a sa place, et malheur à moi si tout n'est pas exactement comme il le désire. Mais je dois avouer que c'est un plaisir de s'occuper d'un monsieur qui prend si grand soin de ses affaires. Il faut voir certaines de ses chemises, et ses cravates. Un véritable rêve ! Et ses sous-vête-ments de soie ! Un jour je lui ai dit : "Herr Norris, c'est à *moi* que vous devriez les faire porter : c'est trop beau pour un homme." Ce n'était qu'une plaisanterie, bien sûr. Herr Norris apprécie la plaisanterie. Il reçoit quatre journaux quotidiens, vous savez, sans parler des hebdo-madaires illustrés, et je n'ai pas le droit d'en jeter un seul. Ils doivent tous être empilés par ordre de dates, s'il vous plaît, au-dessus de l'armoire. Ça me rend folle, quelquefois, de penser à la poussière qu'ils ramassent. Et puis, tous les jours, avant de sortir, Herr Norris me donne une liste longue comme le bras de messages que je dois faire aux gens qui viennent le voir ou qui lui télépho-nent. Je dois me rappeler tous leurs noms, et ceux qu'il veut voir, et ceux qu'il ne veut pas voir. La sonnette n'arrête plus de sonner à cause des télégrammes pour Herr Norris, et des lettres exprès et du courrier par avion

et de Dieu sait quoi encore. Depuis quinze jours, ça a
empiré. Si vous voulez mon avis, je crois que son point
faible, ce sont les dames.

– Qu'est-ce qui vous fait dire ça, Frl. Schroeder ?

– Eh bien, j'ai remarqué que Herr Norris reçoit tout le
temps des télégrammes de Paris. Au commencement je les
ouvrais, pensant que ça pouvait être quelque chose
d'important que Herr Norris aurait aimé savoir immédiatement. Mais ils m'ont paru sans queue ni tête. Ils étaient
tous d'une dame appelée Margot. Et certains d'entre eux
étaient très affectueux : "Je vous envoie mille baisers", ou
bien : "La dernière fois, vous avez oublié de m'embrasser."
Je dois avouer que je n'aurais jamais l'audace d'écrire des
choses pareilles : imaginez l'employé de la poste en train
de lire ça ! Ces Françaises m'ont tout l'air d'être des
effrontées. À mon avis, quand une femme étale ses sentiments de cette façon-là, c'est une pas grand-chose… Et
puis elle écrit tellement de bêtises !

– Quel genre de bêtises ?

– Oh ! j'en oublie la moitié. Des trucs à propos de
théières, de bouilloires, de pain beurré, de cake…

– Comme c'est bizarre !

– Vous l'avez dit, Herr Bradshaw ; c'est bizarre… Je
vais vous donner mon opinion. »

Frl. Schroeder baissa la voix et jeta un coup d'œil en
direction de la porte ; peut-être avait-elle pris la conta-
gion d'Arthur.

« Je crois que c'est une espèce de langage secret. Vous
savez bien ? Chaque mot est à double sens.

– Un code ?

– Oui, vous avez dit le mot. »

Frl. Schroeder hocha la tête avec mystère.

« Mais pourquoi cette femme écrirait-elle à Herr Norris
des télégrammes en code ? Ça ne rime à rien du tout. »

Frl. Schroeder sourit de mon innocence.

« Ah ! Herr Bradshaw, vous ne savez pas tout, bien que vous soyez si intelligent, si savant. Il faut une vieille femme comme moi pour comprendre les petits mystères de cette espèce. C'est tout à fait clair : cette Margot, comme elle signe (je ne crois pas que ce soit son nom véritable), doit être enceinte.

– Et vous pensez que Herr Norris ?... »

Frl. Schroeder acquiesça vigoureusement de la tête.

« Ça se voit comme le nez au milieu du visage.

– Je dois dire, à la vérité, que je ne crois guère…

– Oh ! riez tant que vous voudrez, Herr Bradshaw, mais c'est moi qui suis dans le vrai, vous verrez. Après tout, Herr Norris est encore dans la force de l'âge. J'ai connu des messieurs assez vieux pour être son père, et qui fondaient encore une famille. Par-dessus le marché, quelle autre raison aurait-elle d'écrire des messages pareils ?

– Je n'en sais vraiment rien.

– Vous voyez ? s'écria triomphalement Frl. Schroeder. Vous n'en savez rien. Eh bien, moi non plus. »

Tous les matins, Frl. Schroeder traversait l'appartement en traînant les pieds, à la vitesse d'une petite machine à vapeur, en criant :

« Herr Norris ! Herr Norris ! Votre bain est prêt ! Si vous ne venez pas tout de suite, la chaudière va exploser !

– Oh ! Ciel ! s'exclamait Arthur en anglais. Laissez-moi seulement le temps de mettre ma perruque ! »

Il avait peur d'entrer dans la salle de bains tant que l'eau ne coulait pas et que tout danger d'explosion n'était pas écarté. C'était donc Frl. Schroeder qui s'y précipitait avec héroïsme en détournant le visage et qui, s'enveloppant la main dans une serviette, tournait violemment le robinet d'eau chaude. Si le point d'éclatement se trouvait déjà presque atteint, le robinet n'émettait au début que des nuées de vapeur, tandis que la chaudière bouillait avec un bruit de tonnerre. Arthur, debout sur le seuil, observait les efforts de Frl. Schroeder avec une grimace nerveuse de fauve, prêt d'un instant à l'autre à prendre ses jambes à son cou pour sauver sa vie.

Après le bain venait le garçon coiffeur, dépêché quotidiennement par le salon du coin pour raser Arthur et peigner sa perruque.

« Fût-ce au fin fond des déserts de l'Asie, me dit un jour Arthur, je ne me suis jamais rasé seul quand je pouvais l'éviter : il s'agit là d'une de ces opérations sordides, ennuyeuses, qui vous mettent de mauvaise humeur pour le restant de la journée. »

Le coiffeur étant reparti, Arthur m'appelait :

« Entrez, cher enfant ; maintenant je suis visible. Venez bavarder tandis que je me poudre le nez. »

Attablé devant la coiffeuse, en peignoir d'un mauve délicat, Arthur me livrait les divers secrets de sa toilette. Ses raffinements étaient extraordinaires. Ce fut une révélation pour moi de découvrir, après tout ce temps, la complexité des apprêts aboutissant à chacune de ses apparitions en public. Comment aurais-je imaginé, par exemple, qu'il passait dix minutes, trois fois la semaine, à s'effiler les sourcils avec une pince ? (« Effiler, William ; *pas* épiler, car c'est un trait d'efféminement que j'abhorre. ») Un rouleau à massage occupait tous les jours quinze autres minutes de son temps précieux ; en outre, il se pétrissait à fond les joues avec une crème (sept ou huit minutes), et se poudrait légèrement, judicieusement (trois ou quatre minutes). Il va de soi que le pédicure était un extra ; mais Arthur avait coutume de consacrer quelques instants à se frotter d'un certain

onguent les orteils afin d'éviter les cors et les ampoules.
Jamais non plus il ne négligeait de se gargariser ni de se
rincer la bouche. (« En contact journalier avec des
membres du prolétariat, je dois me défendre contre de
véritables assauts de microbes. ») Et je ne parle pas des
jours où il se maquillait réellement le visage. (« Je
sentais ce matin que j'avais besoin d'un soupçon de
couleur ; la température est si déprimante ! »), ni des
grandes ablutions bimensuelles, avec une lotion dépila-
toire, de ses mains et de ses poignets. (« Je préfère
oublier notre parenté avec les plus grandes espèces de
singes. »)

Après ces ennuyeux exercices, le solide appétit
d'Arthur à son breakfast n'avait rien d'étonnant. Il avait
réussi à enseigner l'art des toasts à Frl. Schroeder ; de
même, une fois passé les tout premiers jours, jamais plus
elle ne lui servit un œuf trop cuit. Il avait sa marmelade
« faite à la maison », que lui préparait une Anglaise habi-
tant Wilmersdorf, et qu'il achetait presque le double du
prix courant. Il avait sa propre cafetière spéciale, qu'il
avait apportée de Paris, et buvait un mélange de café
particulier, provenant directement de Hambourg.

« Ce sont là de petites choses en elles-mêmes, disait
Arthur, mais que j'en suis arrivé, à la suite d'une longue
et pénible expérience, à considérer comme plus importantes que bien des objets de luxe, surfaits et sures-
timés. »

À dix heures trente il sortait, et je le revoyais rarement
avant la soirée. J'étais moi-même occupé à mes leçons.
Après déjeuner, il s'était fait une règle de rentrer
s'étendre une heure sur son lit.

« Croyez-moi si vous voulez, William : je suis capable
de faire le vide absolu dans mon esprit plusieurs minutes

d'affilée. C'est, bien sûr, une question de pratique. Sans ma sieste, je ne tarderais pas à devenir une épave. »

Frl. Anni venait trois soirées par semaine ; Arthur alors se livrait à ses plaisirs étranges. Le vacarme était parfaitement audible depuis le living-room, où Frl. Schroeder était assise à coudre.

« Oh là là ! me dit-elle un soir, je souhaite de tout mon cœur que Herr Norris ne se fasse pas de mal. À son âge, il devrait être plus prudent. »

Un après-midi, environ huit jours après mon arrivée, il se trouva que j'étais seul dans l'appartement. Même Frl. Schroeder était sortie. La sonnette de la porte d'entrée retentit. C'était un télégramme pour Arthur, de Paris.

La tentation était tout bonnement irrésistible, aussi ne luttai-je même pas contre elle. Afin de me simplifier la besogne, l'enveloppe avait été mal collée, et s'ouvrit dans ma main. Je lus :

« AI TRÈS SOIF STOP ESPÈRE BIENTÔT BOUILLOIRE NEUVE STOP BAISERS SONT POUR QUI LES MÉRITE STOP MARGOT. »

J'allai chercher dans ma chambre un flacon de colle et refermai soigneusement l'enveloppe, que je déposai sur le bureau d'Arthur, après quoi je me rendis au cinéma.

Au dîner de ce soir-là, Arthur était visiblement déprimé : il ne semblait pas avoir d'appétit, et regardait dans le vague avec une expression soucieuse.

« Qu'avez-vous ? lui demandai-je.

– C'est tout un ensemble, mon cher enfant. La situation de ce monde mauvais. Un peu de *Weltschmerz*, voilà tout.

– Courage !... Plaisir d'amour ne dure qu'un moment, vous savez. »

Mais Arthur ne réagit pas. Il ne me demanda pas même ce que j'entendais par là. En fin de repas, je dus aller téléphoner au fond du restaurant. Quand je revins, je le trouvai absorbé dans la lecture d'un morceau de papier qu'à ma vue il fourra dans sa poche en toute hâte. Mais il n'avait pas fait assez vite. J'avais reconnu le télégramme.

X

Arthur leva vers moi des yeux un petit peu trop innocents.

« À propos, William… »

Le ton de sa voix était d'une désinvolture étudiée.

« … êtes-vous pris jeudi soir ?

— Pas que je sache.

— Parfait. En ce cas, puis-je vous inviter à un petit
dîner ?

— Ça me paraît une excellente idée. Qui d'autre y
aura-t-il ?

— Oh ! ce sera en très petit comité : seulement nous
deux et le baron von Pregnitz. »

Arthur avait dit ce nom de la façon la plus dégagée
possible.

« Kuno ! m'exclamai-je.

— Vous semblez très surpris, William, pour ne pas dire
contrarié. »

Il était l'image même de l'innocence.

« J'ai toujours cru que vous et lui étiez de si bons
amis ?

— Moi aussi, jusqu'à notre dernière rencontre. C'est
tout juste s'il ne m'a pas fait l'œil de verre.

– Oh ! mon cher enfant, permettez-moi de vous le dire : je crois que cela doit avoir été en partie l'effet de votre imagination. Je suis persuadé qu'il ne ferait jamais une chose pareille ; cela ne lui ressemble absolument pas.

– Vous croyez donc que j'ai rêvé ?

– Je ne mets pas votre parole en doute un seul instant, bien entendu. S'il s'est montré, selon ce que vous me dites, un peu brusque, je suppose que c'était dû aux soucis que lui causaient ses occupations multiples. Ainsi que vous le savez probablement, il occupe un poste dans la nouvelle administration.

– Oui, je crois en effet avoir lu quelque chose là-dessus dans les journaux.

– En tout cas, même s'il s'est effectivement conduit avec une certaine bizarrerie dans les circonstances à quoi vous faites allusion, je puis vous assurer qu'il agissait sous le coup d'un malentendu qui depuis s'est trouvé dissipé. »

Je souris.

« Inutile d'en faire un pareil mystère, Arthur. Je connais déjà la moitié de l'histoire ; vous feriez donc aussi bien de m'en raconter l'autre moitié. Votre secrétaire avait quelque chose à voir là-dedans, je crois ? »

Arthur plissa le nez avec une expression ridiculement dégoûtée.

« Ne lui donnez pas ce titre, William, je vous en prie. Appelez-le Schmidt, tout court. Je ne me soucie guère que notre association me soit remise en mémoire. Les gens assez fous pour réchauffer des serpents dans leur sein sont voués d'ordinaire à le regretter, tôt ou tard.

– Comme vous voudrez. Schmidt, donc… Mais continuez.

– Je crois que, selon votre habitude, vous êtes mieux informé que je ne l'avais imaginé, dit Arthur avec un soupir. Eh bien, eh bien, si vous désirez savoir l'entière et triste vérité, je vais vous l'apprendre, quelque peine que j'éprouve à revenir là-dessus. Ainsi que vous le savez, mes dernières semaines à la Courbierestrasse, je les passai dans un état d'anxiété financière atroce.

– Oui, je le sais.

– Donc, sans entrer dans quantité de détails sordides qui n'ajoutent rien à l'affaire, je fus contraint d'essayer de me procurer de l'argent. Je me lançai dans toutes sortes de directions possibles et impossibles. Enfin, ressource ultime à l'instant où le loup grattait littéralement à ma porte, je mis mon orgueil de côté…

– Et vous avez demandé à Kuno de vous prêter de l'argent ?

– Merci, cher enfant. Avec votre délicatesse habituelle, vous m'aidez à passer le cap le plus difficile de mon histoire… Eh bien oui, je suis descendu aussi bas : j'ai violé l'un de mes plus sacrés principes : ne jamais emprunter d'un ami. (En effet, je peux affirmer que je le considérais vraiment comme un ami, comme un ami très cher.) Oui…

– Et il a refusé ? La brute sans cœur !…

– Non, William. Là, vous allez trop vite. Vous le mésestimez. Je n'ai nulle raison de supposer qu'il eût refusé. Tout au contraire. C'était la première fois que j'avais jamais abordé la question avec lui. Mais il advint que Schmidt apprit mes intentions. J'en suis réduit à supposer qu'il avait systématiquement ouvert tout mon courrier. Quoi qu'il en soit, il alla droit à Pregnitz et lui conseilla de ne point m'avancer la somme, donnant à cela toutes espèces de raisons, dont la plupart étaient les plus monstrueuses calomnies. Malgré toute ma longue

expérience de la nature humaine, j'aurais difficilement
cru possibles tant de traîtrise et d'ingratitude...

— Mais pourquoi diable a-t-il fait ça ?

— Surtout, je crois, par méchanceté pure. Pour autant
qu'il soit possible de suivre les mécanismes de son âme
immonde. Mais, sans aucun doute, cet individu craignait
aussi, dans la conjoncture, d'être privé de sa livre de
chair. D'ordinaire, vous savez, il arrangeait ces emprunts
lui-même, et prélevait un pourcentage avant même de me
verser la somme... Cela me fait descendre à six pieds
sous terre que d'avoir à vous conter cela.

— Mais je suppose qu'il avait raison ? Je veux dire :
vous n'aviez pas l'intention de lui donner quoi que ce
soit cette fois-là, n'est-ce pas ?

— Mon Dieu, non. Après sa conduite infâme à propos
du tapis du salon, il ne pouvait guère s'y attendre. Vous
vous souvenez du tapis.

— Je crois bien !

— Cet incident du tapis constitua, pour ainsi dire, la
déclaration de guerre entre nous. Bien que j'eusse
continué à m'efforcer de répondre à ses réclamations
avec la plus grande équité.

— Et comment Kuno prit-il tout ça ?

— Il en fut, cela va de soi, fort bouleversé, indigné. Et,
je dois l'ajouter, d'un manque de gentillesse assez peu
nécessaire. Il m'écrivit une lettre des plus désagréables.
Tout à fait digne d'un gentleman, bien sûr ; il ne saurait
être autrement. Mais glaciale. Tout à fait glaciale.

— Ce qui m'étonne, c'est qu'il ait préféré la parole de
Schmidt à la vôtre.

— Nul doute que Schmidt ait eu des moyens de le
convaincre. Il est dans ma carrière, ainsi que vous ne
pouvez manquer de le savoir, de certains incidents qu'il
est fort aisé d'interpréter à faux.

— Et il m'a mis dans le coup, moi aussi ?

— J'ai le regret de vous répondre que oui. Cela me peine plus que toute autre chose dans cette histoire ; penser que vous avez été entraîné dans la fange où j'étais déjà moi-même !...

— Qu'a-t-il dit au juste à Kuno sur moi ?

— Il semble avoir laissé entendre, pour parler net, que vous étiez complice de mes scélératesses.

— Eh bien, je veux être pendu si...

— Est-il nécessaire d'ajouter qu'il nous a peints tous deux comme des bolcheviks du cramoisi le plus éclatant ?

— Je crains, en ce qui me concerne, qu'ici mon portrait ne soit flatté.

— Mon Dieu... euh... oui. C'est une façon d'envisager la question, bien sûr. Hélas ! la passion révolutionnaire n'est en aucune manière une recommandation pour être en faveur auprès du baron. L'idée qu'il se fait de la Gauche est assez primaire. Il nous imagine les poches pleines de bombes.

— Et pourtant, malgré tout ça, il est prêt à dîner en notre compagnie jeudi prochain ?

— Oh ! nos relations sont maintenant très différentes, j'ai plaisir à le dire. Je l'ai vu plusieurs fois depuis mon retour à Berlin. Il m'a fallu déployer des trésors de diplomatie, cela va de soi ; mais je crois l'avoir plus ou moins convaincu de l'absurdité des accusations de Schmidt. Par chance, je me suis trouvé en mesure de lui rendre un petit service. Pregnitz est un homme essentiellement raisonnable, toujours ouvert à la persuasion. »

Je souris :

« Vous semblez vous être donné pour lui bien du mal. J'espère que le jeu en vaudra la chandelle.

– Un des traits de mon caractère, William – libre à vous de le nommer faiblesse –, c'est que jamais je ne puis me résoudre à perdre un ami si je peux l'éviter.

– Et vous tenez à ce que, moi non plus, je ne perde pas un ami ?

– Mon Dieu, oui, je dois l'avouer. Si je pensais avoir été la cause, même indirecte, d'une brouille durable entre Pregnitz et vous, cela me rendrait très malheureux. S'il existe encore, de part ou d'autre, le moindre doute, le plus léger ressentiment, j'espère sincèrement que la rencontre en question y mettra fin.

– En ce qui me concerne, je ne lui en veux pas.

– J'ai joie à vous l'entendre dire, cher enfant. Grande joie. Garder rancune est tellement stupide. En ce monde, un sens mal placé de l'amour-propre est capable de nous faire beaucoup perdre.

– Beaucoup d'argent, à coup sûr.

– Oui… aussi cela. »

Arthur se pinça le menton pensivement.

« Bien que j'aie fait allusion, tout de suite, plus au point de vue spirituel qu'au matériel. »

Son ton de voix exprimait un doux reproche.

« À propos, demandai-je, que fait Schmidt en ce moment ? »

Arthur eut une expression chagrine.

« Grand Dieu, mon cher William, comment le saurais-je ?

– Je pensais qu'il aurait pu vous faire des ennuis.

– Le premier mois de mon séjour à Paris, il m'a écrit quantité de lettres pleines de menaces et demandes d'argent les plus absurdes. Ces lettres, je n'en ai tenu aucun compte. Depuis, plus de nouvelles.

– Il n'est jamais venu chez Frl. Schroeder ?

— Non, Dieu soit loué. Du moins pas encore. C'est un de mes cauchemars, que de manière ou d'autre il découvre l'adresse.

— Je suppose que c'est plus ou moins inévitable, un jour ou l'autre.

— Ne dites pas cela, William. Ne dites pas cela, je vous en prie... J'ai suffisamment d'ennuis comme cela. Voilà qui ferait déborder la coupe. »

Tandis qu'à pied nous nous rendions au restaurant, le soir du fameux dîner, Arthur me prodiguait les derniers conseils.

« Vous prendrez bien garde, n'est-ce pas, cher enfant, qu'il ne vous échappe la moindre allusion à Bayer, non plus qu'à nos opinions politiques ?

— Je ne suis pas encore tout à fait fou.

— Bien sûr que non, William. Je vous en supplie, ne croyez pas que j'aie eu la moindre intention de vous offenser. Mais il arrive même aux plus prudents de se trahir... Encore une petite remarque, une seule : peut-être, au point où nous en sommes, serait-il de meilleure politique de ne point appeler Pregnitz par son prénom. Autant garder ses distances. Ce genre de chose prête à malentendu si facilement !

— Ne vous inquiétez surtout pas. Je serai raide comme un manche à balai.

— Non ! pas raide, cher enfant, je vous en conjure ! Parfaitement à l'aise, au contraire, parfaitement naturel. Une ombre de cérémonie, peut-être, tout au début. Que ce soit lui qui fasse les avances. Une politesse légèrement réservée, voilà tout.

— Si vous continuez, vous allez me mettre dans un tel état que je ne serai plus capable de desserrer les dents. »

À notre arrivée au restaurant, nous trouvâmes Kuno déjà installé à la table qu'Arthur avait réservée. La cigarette, entre ses doigts, était presque entièrement consumée ; son visage affichait une expression d'ennui distingué. À sa vue, Arthur suffoqua positivement d'horreur.

« Mon cher baron, je vous supplie de me pardonner ! Pour un empire, je n'aurais pas voulu vous faire attendre ! Vous ai-je dit la demie ? Oui ? Et cela fait un quart d'heure que vous nous attendez ? Je suis accablé de honte ! En vérité, je ne sais comment me faire excuser ! »

Les platitudes d'Arthur avaient l'air d'embarrasser le baron tout autant que moi-même. Il fit, de sa main en forme de nageoire, un léger mouvement de dégoût, murmurant quelque chose que je ne pus entendre.

« Trop stupide de ma part ! C'est bien simple : je ne comprends pas comment j'ai pu être aussi étourdi… »

Nous nous assîmes tous. Arthur jacassait à l'infini ; ses excuses se développaient comme des variations sur un thème. Il incriminait sa mémoire, évoquait d'autres cas où elle l'avait trahi.

« Cela me rappelle des circonstances très fâcheuses, à Washington, où j'oubliai totalement de remplir une mission diplomatique importante à l'ambassade espagnole. »

Il accusait sa montre ; récemment, nous apprit-il, elle avait pris de l'avance.

« Je me suis fait une règle, à cette époque-ci de l'année, de l'envoyer à Zürich chez ses fabricants pour être révisée. »

En outre, il assura au baron, cinq fois pour le moins, que je n'avais pas la moindre responsabilité dans cette erreur. J'aurais voulu disparaître sous terre. Arthur, à ce que je pouvais voir, était nerveux, peu sûr de soi ; ses

variations vacillaient, indécises, menaçant à tout moment
de sombrer dans la cacophonie. Je l'avais rarement
connu si verbeux, jamais si assommant. Kuno s'était
retiré derrière son monocle. Sa face était aussi discrète
que le menu, aussi peu déchiffrable.

Dès le milieu du poisson, Arthur avait épuisé ses arguments. Suivit un silence encore plus inconfortable que
son bavardage. Nous étions assis autour de l'élégante
petite table à la façon de trois joueurs d'échecs absorbés
dans un coup difficile. Arthur, manipulant son menton,
lançait dans ma direction des regards furtifs, désespérés,
qui m'appelaient au secours. Mais je refusai d'y
répondre. Je me sentais boudeur, plein de ressentiment.
J'étais venu à ce dîner sous la condition qu'Arthur avait
déjà plus ou moins fait la paix avec Kuno, que la route
était frayée vers une réconciliation générale. Mais il n'en
était rien. Kuno continuait de soupçonner Arthur, et cela
n'avait rien d'étonnant, étant donné la façon dont il était
en train de se comporter. Je sentais son œil interrogateur
se poser sur moi de temps en temps, mais continuais de
manger sans regarder à droite ni à gauche.

« Mr Bradshaw vient de rentrer d'Angleterre. »

C'était comme si Arthur, d'une poussée violente,
m'avait jeté en plein milieu du théâtre. Le ton de sa voix
m'implorait de jouer mon rôle. Maintenant, tous deux me
regardaient. Kuno me manifestait un intérêt prudent ;
Arthur était franchement abject. Ils étaient si drôles,
chacun dans son genre, que je ne pus m'empêcher de
sourire.

« Oui, dis-je, au début du mois.

— Excusez-moi… vous étiez à Londres ?

— En partie, oui.

— Vraiment ? »

Une lueur de tendresse éclaira l'œil de Kuno.

« Puis-je vous demander quel temps il faisait là-bas.

– Nous avons eu un très beau mois de septembre.

– Oui, je vois… »

Un léger sourire doucereux jouait sur ses lèvres ; il avait l'air de savourer de délicieux souvenirs. Une lumière de rêve éclairait son monocle. Son profil distingué, bien conservé, devint pensif et pleurard.

« Je soutiendrai toujours, intervint l'incorrigible Arthur, que Londres présente au mois de septembre un charme incomparable. Je me souviens d'un automne exceptionnellement beau – c'était en mille neuf cent quatre, si je ne me trompe. Ou peut-être en mille neuf cent cinq. Je descendais à pied jusqu'au pont de Waterloo, avant le breakfast, afin d'admirer Saint-Paul. En ce temps-là, j'avais un appartement au *Savoy*… »

Kuno paraissait ne pas l'avoir entendu.

« Et – pardonnez-moi – que deviennent les *Horse Guards* ?

– Toujours à leur place.

– Oui ? Je suis content de l'apprendre, voyez-vous. Très content… »

Je souris largement. Kuno sourit aussi, mielleux et subtil. Arthur émit un gros rire grivois, surprenant, qu'il étouffa aussitôt de la main. Puis Kuno jeta la tête en arrière, éclatant d'un rire bruyant :

« Ho ! ho ! ho ! »

Je ne l'avais jamais entendu rire à proprement parler. Son rire était une curiosité, un bien de famille, quelque chose qu'il avait hérité des dîners du siècle dernier – aristocratique, viril et faux, presque inconnu de nos jours sinon sur un vrai théâtre. Lui-même en avait l'air un peu honteux car, se remettant, il ajouta d'un ton d'excuse :

« Voyez-vous, pardonnez-moi, mais je me souviens très bien d'eux.

– Cela me rappelle… »

Arthur se pencha en travers de la table ; son ton se fit égrillard.

« Cela me rappelle une histoire qui circulait, sur un certain pair du royaume… nous le nommerons Lord X… Je puis répondre de son authenticité, ayant rencontré Lord X… au Caire. C'était un personnage des plus excentriques… »

Aucun doute : la soirée était sauvée. Je commençai de respirer plus à l'aise. Kuno se détendit par étapes imperceptibles, passant de la suspicion polie à la gaieté la plus franche. Arthur, ayant recouvré son équilibre, fut inconvenant et drôle. Nous bûmes une bonne dose de brandy, et trois grandes bouteilles de pommard. Je racontai une anecdote extrêmement stupide à propos de ces deux Écossais entrés dans une synagogue. Kuno se mit à m'écraser le pied. Après un intervalle absurdement bref, je consultai la pendule et vis qu'il était onze heures.

« Juste ciel ! s'écria Arthur. Si vous voulez bien m'excuser, je dois me sauver. Un petit rendez-vous… »

Je regardai Arthur interrogativement. Je ne l'avais jamais vu fixer des rendez-vous à cette heure de la nuit ; de plus, ce n'était pas le soir d'Anni. Kuno, cependant, ne semblait nullement déconcerté. Il était des plus gracieux.

« Je vous en prie, mon cher ami… Nous comprenons parfaitement. »

Son pied pressait le mien sous la table.

« Vous savez, lui dis-je une fois qu'Arthur nous eut quitté, je devrais bien rentrer moi aussi.

– Oh ! sûrement pas !

– Je crois bien que si », déclarai-je avec fermeté, souriant mais retirant mon pied.

Kuno appuyait sur un cor.

« Voyez-vous, j'aimerais tant vous montrer mon nouvel appartement. Avec la voiture, nous y serons dans dix minutes.

– Je serais ravi de visiter votre appartement… une autre fois. »

Il eut un faible sourire.

« En ce cas, vous me permettrez peut-être de vous raccompagner chez vous en voiture ?

– Avec reconnaissance. »

Le chauffeur, lequel était d'une beauté remarquable, nous salua d'un air effronté puis nous boucla dans les profondeurs de la vaste et noire limousine. Tandis que nous glissions le long de la Kurfürstendamm, Kuno prit ma main sous la couverture en fourrure.

« Vous m'en voulez toujours, murmura-t-il avec reproche.

– Et de quoi, mon Dieu ?

– Oh ! si, pardonnez-moi, mais vous m'en voulez.

– Je vous assure que non. »

Kuno me serra mollement la main.

« Me permettrez-vous de vous poser une question ?

– Demandez toujours.

– Voyez-vous, je n'aimerais pas me montrer trop personnel. Croyez-vous à l'amitié platonique ?

– Je pense que oui », répondis-je avec circonspection.

Ma réponse eut l'air de lui donner satisfaction. Sa voix devint plus confidentielle :

« Vous êtes bien sûr que vous ne voulez pas monter visiter mon appartement ? Cinq minutes ?

– Pas ce soir.

– Bien sûr ? »

Pression.

« Bien, bien sûr.

– Un autre soir ? »

Autre pression.

J'éclatai de rire :

« Je crois que je le verrais mieux en plein jour, non ? »

Kuno soupira doucement, mais ne continua pas sur ce thème. Quelques instants plus tard, la limousine s'arrêtait devant ma porte. Ayant levé les yeux vers la fenêtre d'Arthur, je constatai qu'elle était éclairée. Toutefois, je n'en fis pas la remarque à Kuno.

« Alors, bonsoir, et merci de m'avoir accompagné.

– Je vous en prie. »

J'indiquai le chauffeur de la tête :

« Dois-je lui demander de vous ramener chez vous ?

– Non, merci. »

Kuno s'exprimait de façon plutôt triste, mais tentait de sourire.

« Je crains bien que non. Pas tout de suite. »

Il se renversa sur les coussins, le sourire encore gelé sur la figure, le monocle attrapant une lueur fantomatique et vitreuse au réverbère tandis que l'emportait la voiture.

Quand je pénétrai dans l'appartement, Arthur apparut, en manches de chemise, au seuil de sa chambre. Il avait l'air assez inquiet.

« Déjà de retour, William ? »

Je souris de toutes mes dents.

« Vous n'êtes pas content de me revoir, Arthur ?

– Bien sûr que si, cher enfant. Quelle question ! Je ne vous attendais pas si tôt, voilà tout.

– Je sais. Votre rendez-vous ne semble pas vous avoir retenu bien longtemps, lui non plus.

– Il a été… euh… décommandé. »

Arthur bâilla. Il avait trop sommeil, fût-ce pour mentir. Je ris :

« Vos intentions étaient bonnes, je le sais. Ne vous inquiétez pas. Nous nous sommes séparés les meilleurs amis du monde. »

Il s'épanouit aussitôt.

« Vraiment ? J'en suis si content ! À l'instant, je redoutais qu'il se soit produit une petite anicroche. Maintenant, je vais pouvoir aller dormir sur mes deux oreilles. Encore une fois, William, je dois vous remercier de votre aide inappréciable.

– Toujours heureux de vous obliger, dis-je. Bonsoir. »

XI

La première semaine de novembre éclata la grève des transports. Il faisait un temps pluvieux abominable. Dehors, tout était couvert d'une couche de crasse graisseuse, tombée avec la pluie. Quelques trams fonctionnaient, avec des agents postés tout au long de la ligne. Certains de ces véhicules n'en étaient pas moins attaqués ; leurs vitres volaient en éclats et les passagers étaient contraints à descendre. Les rues étaient désertes, mouillées, froides et grises. On s'attendait à ce que le gouvernement von Papen proclamât la loi martiale. Berlin semblait profondément indifférent. Déclarations, coups de feu, arrestations, rien de bien nouveau dans tout cela. Helen Pratt misait sur Schleicher :

« C'est le plus malin du lot, me disait-elle. Écoute, Bill : je te parie cinq marks que l'affaire sera dans le sac avant Noël. Tu paries ? »

Mais je refusai.

Les négociations de Hitler avec la droite avaient été rompues ; la *Hakenkreuz* allait jusqu'à flirter gentiment avec la faucille et le marteau. Des conversations téléphoniques, au dire d'Arthur, avaient déjà eu lieu entre les camps ennemis. Les troupes d'assaut nazies se joignaient aux communistes parmi les foules qui conspuaient les

« traîtres » et les lapidaient. Pendant ce temps, sur les colonnes d'affiches trempées, des placards nazis représentaient le K.P.D. sous l'aspect d'un épouvantail en uniforme de l'Armée rouge. Quelques jours plus tard, il y aurait d'autres élections ; les quatrièmes de l'année. Les réunions politiques attiraient beaucoup de monde ; c'était moins cher que de s'enivrer ou d'aller au cinéma. Les gens âgés restaient assis chez eux, dans leurs pauvres maisons humides, à faire du thé fade ou du café malté en parlant sans animation de la Débâcle.

Le 7 novembre, les résultats des élections furent proclamés. Les nazis avaient perdu deux millions de voix. Quant aux communistes, ils avaient gagné onze sièges. Ils possédaient en outre une majorité de plus de cent mille à Berlin.

« Vous voyez, dis-je à Frl. Schroeder, tout ça c'est grâce à vous. »

Nous l'avions persuadée, en effet, de descendre voter à la brasserie du coin pour la première fois de sa vie. Et maintenant elle était aussi ravie que si elle avait gagné à la loterie :

« Herr Norris ! Herr Norris ! Pensez donc ! J'ai fait exactement ce que vous m'avez dit, et tout est arrivé comme vous l'aviez prévu ! La concierge est dans tous ses états. Ça fait des années qu'elle suit les élections, et elle soutenait que les nazis allaient gagner encore un million de voix ce coup-ci. Je me suis bien payé sa tête, je vous le certifie. Je lui ai dit : "Ha ! ha ! Frau Schneider ! Vous voyez bien que moi aussi je m'y connais en politique !" »

Le matin même, Arthur et moi nous allâmes faire un tour à la Wilhelmstrasse, au bureau de Bayer, « afin de goûter un peu », selon l'expression de mon ami, « aux fruits de la victoire ». Plusieurs centaines d'autres personnes semblaient avoir eu la même idée. Une telle foule montait et descendait l'escalier que nous eûmes du mal à seulement pénétrer dans l'immeuble. Tout le monde était de la meilleure humeur, s'interpellant à voix haute, se saluant, sifflant, chantant. Alors que nous luttions pour monter, nous rencontrâmes Otto qui descendait. D'excitation, il m'arracha presque la main.

« *Mensch* ! Willi ! *Jetzt geht's los* ! Qu'ils parlent seulement d'interdire le Parti maintenant ! S'ils le font, nous nous battrons ! Ces vieux nazis sont dans le lac, c'est sûr. Dans six mois, Hitler n'aura plus de troupes d'assaut ! »

Une demi-douzaine de ses amis l'accompagnaient. Tous me serrèrent la main avec la chaleur de frères longtemps perdus. Entre-temps, Otto s'était jeté sur Arthur comme un jeune ours.

« Comment, Arthur, espèce de vieux cochon, ici vous aussi ? C'est pas merveilleux ? C'est pas sensationnel ? Vous savez, je suis si content que je pourrais vous envoyer dinguer jusqu'au milieu de la semaine prochaine ! »

Ce disant, il décocha dans les côtes d'Arthur un affectueux crochet qui le fit se tordre de douleur. Plusieurs assistants rirent avec sympathie.

« Ce bon vieux Arthur ! » s'écria l'un des amis d'Otto.

Le nom fut surpris, attrapé au vol et passa de bouche en bouche.

« Arthur… qui est Arthur ? Comment, mon vieux, tu ne sais pas qui est Arthur ? »

Non, ils ne le savaient pas. De plus, ça leur était égal. C'était un nom, un point de mire pour l'enthousiasme de tous ces jeunes gens excités ; il joua son rôle.

« Arthur ! Arthur ! » reprenait-on de tous côtés.

On le hurlait à l'étage au-dessus ; en bas, dans le vestibule.

« Arthur est là ! Vive Arthur ! Nous voulons Arthur ! »

La tempête des voix s'était levée en un instant. Une acclamation puissante, exubérante, à demi humoristique, jaillit spontanément de cent gosiers. Une autre lui succéda, puis une autre. Affolé, le vieil escalier trembla ; un minuscule flocon de plâtre fut délogé du plafond. En cet espace confiné, l'écho était terrifiant ; la foule s'excitait à découvrir quel bruit elle était capable de faire. Il y eut un mouvement puissant, convulsif, houleux, en direction de l'intérieur, de l'invisible objet de l'admiration générale. Une vague d'admirateurs monta l'escalier en jouant des coudes, mais ce fut pour entrer en collision avec une autre vague qui descendait en cascade. C'était à qui toucherait Arthur. Une grêle de bourrades s'abattit sur ses épaules crispées. Une tentative malheureuse de le porter en triomphe faillit le précipiter par-dessus la rampe. Son chapeau lui avait été arraché, mais j'étais parvenu à le sauver, et m'attendais à devoir en faire autant pour sa perruque. Cherchant à retrouver son souffle, Arthur essayait, mais de façon confuse, de s'élever à la hauteur des circonstances :

« Merci…, réussit-il à articuler. Très aimable… ne mérite vraiment pas… mon Dieu ! Mon Dieu ! »

Il aurait pu se trouver sérieusement blessé, si Otto et ses amis ne lui avaient frayé un chemin jusqu'au sommet de l'escalier. Nous jouâmes des pieds et des mains dans le sillage de ces puissants remorqueurs. Arthur s'agrippait à mon bras, à demi effrayé, à demi content et intimidé.

« Curieux qu'ils me connaissent, William », haletait-il à mon oreille.

Mais la foule n'en avait pas encore fini avec lui. Maintenant que nous étions parvenus à la porte du bureau, nous occupions une position privilégiée et pouvions être vus des masses qui se débattaient, coincées au-dessous de nous dans l'escalier. À la vue d'Arthur, une autre acclamation terrifiante ébranla l'immeuble.

« Un discours ! » vociféra quelqu'un.

Et le cri fut repris en écho :

« Un discours ! Un discours ! Un discours ! »

Ceux qui se tenaient sur les marches se mirent à frapper des pieds et à crier en mesure ; leur pesant bruit de pas était aussi formidable que le battement d'un marteau-pilon. Si Arthur ne faisait rien pour arrêter cela, il paraissait probable que la cage d'escalier tout entière allait s'effondrer.

À cet instant critique, la porte du bureau s'ouvrit. C'était Bayer en personne, qui venait voir quelle était la raison de tout ce tapage. Ses yeux souriants regardèrent la scène avec un amusement de maître d'école tolérant. Ce vacarme ne le déconcertait pas le moins du monde ; il en avait l'habitude. Souriant, il serra la main d'un Arthur apeuré, embarrassé, sur l'épaule duquel il posa sa main rassurante.

« Ludwig ! rugirent les spectateurs. Ludwig ! Arthur ! Un discours ! »

Bayer éclata de rire et fit un signe de salut bienveillant qui les invitait à se disperser. Puis il se retourna, nous escortant, Arthur et moi, vers le bureau. Le bruit, au-dehors, s'apaisa graduellement, se résolvant en chansons et plaisanteries lancées à voix haute. Dans le premier bureau, les dactylos faisaient de leur mieux pour avancer dans leur travail parmi des groupes d'hommes et de femmes qui discutaient avec vivacité. Les murs étaient recouverts d'articles de journaux proclamant les résultats des élections. Nous dûmes à nouveau jouer des coudes pour nous ouvrir un chemin jusqu'à la petite pièce occupée par Bayer. Arthur aussitôt s'effondra sur un siège et se mit à s'éventer avec son chapeau retrouvé.

« Eh bien, eh bien… Dieu me pardonne ! Je me sens comme emporté tout entier dans le tourbillon de l'Histoire ; absolument comme un fétu de paille. En vérité, la Cause devra marquer cette journée d'une pierre rouge. »

Les yeux de Bayer le considérèrent avec un intérêt vif et légèrement amusé.

« Ça vous surprend, hein ?

– Mon Dieu… euh… je dois reconnaître que, fût-ce dans mes rêves les plus optimistes, je n'avais guère osé m'attendre à une victoire aussi… euh… décisive. »

Bayer l'encouragea de la tête.

« Oui, c'est bien. Mais il serait peu sage, à mon avis, d'exagérer l'importance d'un succès pareil. Bien des facteurs y ont contribué. Il est… comment dites-vous cela ? symptomique ?

– Symptomatique », rectifia Arthur en toussant légèrement.

Ses yeux bleus parcouraient avec inquiétude les monceaux de papier qui jonchaient la table de Bayer. Ce dernier lui fit un radieux sourire.

« Ah ! oui : symptomatique. Il est symptomatique de la phase que nous traversons en ce moment. Nous ne sommes pas encore prêts à passer de l'autre côté de la Wilhelmstrasse. »

Il indiqua de la main, d'un geste comique, par la fenêtre, la direction du ministère des Affaires étrangères et la résidence de Hindenburg.

« Non. Pas encore tout à fait.

– Pensez-vous, lui demandai-je, que ça signifie que les nazis soient fichus ? »

Il secoua résolument la tête.

« Hélas ! non. Nous ne pouvons pousser jusque-là l'optimisme. Ce revers n'est pour eux que temporaire.

Voyez-vous, Mr Bradshaw, la situation économique joue en leur faveur, et je crois que nous n'avons pas du tout fini d'entendre parler de nos amis.

– Oh ! je vous en prie, ne nous dites pas des choses aussi pénibles », murmura Arthur en tripotant nerveusement son chapeau.

Ses yeux continuaient furtivement d'explorer la table. Le regard de Bayer les suivait.

« Vous n'aimez pas les nazis, hein, Norris ? »

Le ton de sa voix était empreint d'amusement. Il avait l'air de trouver Arthur d'une extrême drôlerie en cet instant précis. Pourquoi, j'étais bien en peine de le comprendre. S'étant dirigé vers la table, il se mit, comme sans y penser, à manipuler les papiers qui la couvraient.

« Vraiment ! protesta Arthur d'un ton choqué, comment pouvez-vous me poser une question pareille ? Bien sûr que je ne les aime pas. Ce sont des êtres odieux…

– Ah ! mais vous ne devriez pas ! »

Sans la moindre hâte, Bayer sortit une clef de sa poche, ouvrit un tiroir de la table et en tira un lourd paquet cacheté. Ses yeux d'un brun roux brillaient de taquinerie.

« Une telle vision des choses est tout à fait fausse. Le nazi d'aujourd'hui peut être le communiste de demain. Quand ils auront vu jusqu'où les programmes de leurs chefs les ont entraînés, ils ne seront peut-être plus aussi difficiles à convaincre. Je souhaiterais que toute opposition puisse être vaincue de cette façon. Mais il en est d'autres, voyez-vous, qui refusent de se ranger à de pareils arguments. »

Souriant, il retournait le paquet dans ses mains. Les yeux d'Arthur y demeuraient attachés, comme victimes d'une involontaire fascination ; Bayer semblait se divertir à exercer des talents d'hypnotiseur. En tout cas, il était évident qu'Arthur se sentait très mal à l'aise.

« Euh... oui. Mon Dieu... vous avez peut-être raison... »

Suivit un curieux silence. Bayer se souriait à soi-même, subtilement, du coin des lèvres. Je ne l'avais jamais vu de cette humeur auparavant. Soudain, il parut prendre conscience de ce qu'il tenait.

« Mais naturellement, mon cher Norris... Voici les documents que j'avais promis de vous montrer. Auriez-vous l'amabilité de me les rendre demain ? Nous devons les faire suivre, vous savez, et le plus tôt possible.

– Certainement. Bien sûr... »

Arthur avait positivement bondi hors de sa chaise afin de recevoir le paquet... L'on aurait dit un chien qui fait le beau pour un morceau de sucre.

« J'en prendrai le plus grand soin, soyez tranquille. »

Bayer sourit mais ne répondit pas.

Quelques minutes plus tard, il nous reconduisit avec affabilité, nous faisant passer par l'escalier de service qui débouchait dans la cour. Arthur évita de la sorte une autre rencontre avec ses admirateurs.

Tandis que nous nous éloignions le long de la rue, il avait l'air pensif et vaguement malheureux. Deux fois il soupira.

« Fatigué ? lui demandai-je.

– Non, pas fatigué, mon cher enfant... Seulement, je m'abandonnais à mon plus grand vice, qui consiste à philosopher. Quand vous aurez mon âge, vous verrez de plus en plus distinctement toute l'étrangeté, toute la complexité de l'existence. Prenez ce matin, par exemple. Le simple enthousiasme de tous ces jeunes gens ; cela m'a touché très profondément. En de telles circons-tances, on se sent si peu digne... Je suppose qu'il y a des individus qui ne souffrent pas d'avoir une conscience. Mais je ne suis pas un de ceux-là. »

Le plus étrange de cette curieuse déclaration, c'est qu'Arthur était visiblement sincère. Il s'agissait d'un authentique fragment de confession, mais je ne pouvais rien en faire.

« Oui, l'encourageai-je à titre expérimental, il m'arrive aussi d'éprouver cela. »

Mais Arthur ne réagit pas, se bornant à soupirer pour la troisième fois. Soudain, l'ombre de l'anxiété lui passa sur le visage ; en hâte, il tâta le renflement que faisaient dans sa poche les papiers confiés par Bayer. Ils étaient toujours là. Il respira de soulagement.

Novembre s'écoula sans grands événements. J'avais de nouveau plus d'élèves, et cela m'occupait. Bayer me donna deux longs manuscrits à traduire.

Des rumeurs circulaient disant que le K.P.D. allait être interdit, bientôt, dans quelques semaines. Otto se montrait méprisant. Le gouvernement n'oserait jamais, déclarait-il. Le Parti lutterait. Tous les membres de sa cellule avaient des revolvers. Ils les suspendaient, m'informa-t-il, par des ficelles aux barreaux d'une grille de cave dans leur *Lokal*, pour éviter que la police ne les trouve. En effet, la police était très active à l'époque. Berlin, nous fut-il annoncé, devait être « nettoyé ». Des hommes en civil avaient fait plusieurs visites inopinées chez Olga, mais n'étaient pas jusque-là parvenus à rien découvrir. Elle était très prudente.

Nous dînâmes plusieurs fois en compagnie de Kuno, et prîmes le thé chez lui. Il se montrait sentimental et préoccupé tour à tour. Les intrigues qui se tramaient au sein du cabinet devaient lui causer bien des soucis. De plus, il regrettait la liberté de son ancienne vie de bohème. Ses responsabilités officielles le privaient de la société des jeunes gens que j'avais rencontrés à sa villa du Mecklembourg. Pour seule consolation lui restaient leurs photographies, reliées dans un somptueux album qu'il serrait sous clef dans un placard obscur. Kuno me le fit voir un jour où nous étions seuls.

« Quelquefois, le soir, j'aime à les regarder, voyez-vous ? Et puis j'imagine pour moi seul une histoire où nous vivons tous ensemble dans une île déserte de l'océan Pacifique. Mais pardonnez-moi ; vous ne trouvez pas cela tout à fait stupide, j'espère ?

– Pas le moins du monde, lui assurai-je.

– Voyez-vous, je savais que vous comprendriez. »

Encouragé, il passa timidement à de plus amples confessions. La fantaisie à propos de l'île déserte n'avait rien de neuf. Cela faisait déjà des mois qu'il la chérissait ; elle s'était progressivement développée jusqu'aux dimensions d'un véritable culte intime. Sous son influence, il avait acquis une petite bibliothèque d'histoires pour jeunes garçons, la plupart en anglais, qui traitaient de ce genre particulier d'aventure. À son libraire, il avait dit qu'il les destinait à un neveu vivant à Londres. Mais, en général, Kuno avait trouvé ces livres curieusement décevants. Ils contenaient des grandes personnes, ou bien des trésors enfouis, ou bien de merveilleuses inventions scientifiques. À quoi bon tout cela ? Une seule histoire l'avait réellement satisfait. Elle était intitulée *les Sept qui se perdirent.*

« C'est une œuvre géniale, à mon avis. »

Kuno était parfaitement sincère. Ses yeux brillaient d'enthousiasme.

« Je serais tellement heureux si vous acceptiez de la lire, voyez-vous ? »

J'emportai chez moi le livre. Il n'était certainement pas du tout mauvais dans son genre. Sept garçons, dont l'âge varie entre seize et dix-neuf ans, sont jetés au rivage d'une île inhabitée, mais pourvue d'eau et d'une abondante végétation. Ils n'ont apporté ni vivres ni outil, si l'on excepte un canif cassé. L'ouvrage était un compte rendu pratique, en grande partie démarqué du *Robinson suisse*, de la façon dont ces garçons chassaient, pêchaient, se construisaient une cabane et finalement se trouvaient sauvés. Je le lus d'une traite et le reportai le lendemain à Kuno. Il fut ravi de mes éloges.

« Vous vous souvenez de Jack ?

– Celui qui pêchait si bien ? Oui.

– Eh bien maintenant, dites-moi, je vous prie : ne ressemble-t-il pas à Günther ? »

Je n'avais pas le moindre souvenir d'un nommé Günther, mais je devinai juste en pensant qu'il avait fait partie de la maisonnée du Mecklembourg.

« Si, assez.

– Oh ! je suis si content que vous soyez aussi de cet avis. Et Tony ?

– Celui qui grimpait si merveilleusement ? »

Kuno approuva de la tête avec feu :

« Ne vous rappelle-t-il pas Heinz ?

– Je vois ce que vous voulez dire. »

Nous en usâmes de même avec les autres personnages : Teddy, Bob, Rex, Dick ; Kuno leur fournit une contrepartie à chacun. Je me félicitai d'avoir lu réellement le livre, et d'être ainsi en mesure de passer ce curieux examen avec succès. En dernier lieu venait Jimmy, le héros, le champion de natation, le garçon qui toujours menait la bande en cas d'urgence et résolvait d'instinct tous les problèmes.

« Et lui, vous ne l'avez pas reconnu, peut-être ? »

Le ton de Kuno était bizarrement, grotesquement pudique. Je vis que je devais faire attention à ne pas me tromper dans ma réponse. Mais que diable fallait-il dire ?

« J'avais bien une idée…, risquai-je.

– Ah ? »

Il rougissait véritablement.

Je fis « oui » de la tête, souriant, tâchant de paraître intelligent, attendant un indice.

« C'est moi, voyez-vous. »

Kuno avait la simplicité des convictions absolues.

« Quand j'étais jeune. Mais exactement… Cet écrivain est un génie. Il dit sur moi des choses que personne au monde ne peut savoir. Je suis Jimmy. Jimmy, c'est moi. C'est merveilleux.

– C'est très étrange, à coup sûr », admis-je.

Dans la suite, nous eûmes plusieurs conversations à propos de l'île. Kuno me dit avec précision comment il se la représentait, s'appesantissant en détail sur l'aspect et les caractéristiques de ses divers compagnons imaginaires. Il avait indéniablement une imagination des plus vives. Je me pris à souhaiter que l'auteur des *Sept qui se perdirent* eût pu se trouver là pour l'entendre. Il eût été suffoqué de contempler ce fruit exotique né de ses travaux sans ambition. Je compris que j'étais en la matière le seul confident de Kuno, et me sentis aussi gêné que la personne infortunée que l'on a forcée à devenir membre d'une société secrète. Lorsque Arthur était en notre compagnie, Kuno ne montrait que trop clairement son désir de se débarrasser de lui pour être seul avec moi. Arthur s'en aperçut, bien sûr, et m'agaça en tirant de nos entrevues privées les conclusions qui s'imposaient. Quoi qu'il en fût, je n'eus pas le cœur de trahir le pauvre petit secret de Kuno.

« Écoutez-moi bien, dis-je un jour à ce dernier, pourquoi ne le faites-vous pas ?

– Pardon ?

– Pourquoi ne filez-vous pas au Pacifique pour y
trouver une île pareille à celle du livre et pour y vivre vraiment ? D'autres l'ont fait avant vous. Rien ne s'oppose à
ce que vous le fassiez vous aussi. »

Mais Kuno secoua tristement la tête.

« Non. Pardonnez-moi, mais c'est impossible. »

Le ton de sa voix était tellement sans réplique, tellement affligé que je gardai le silence. Et jamais plus je ne
lui refis suggestion pareille.

À mesure que le mois passait, Arthur devenait de plus
en plus déprimé. Bientôt, j'observai qu'il avait moins
d'argent qu'auparavant. Non qu'il s'en plaignît. De fait, il
était devenu très secret sur ses ennuis. Il faisait ses
économies aussi discrètement que possible, renonçant aux
taxis sous prétexte que l'autobus était tout aussi rapide,
évitant les restaurants coûteux parce que, disait-il, une trop
riche nourriture ne convenait pas à sa digestion. Les visites
d'Anni se firent moins fréquentes, elles aussi : Arthur avait
pris goût à se coucher plus tôt. Le jour, il était plus que
jamais absent. Je découvris qu'il passait une bonne partie
de son temps dans le bureau de Bayer.

Un autre télégramme ne tarda pas à lui parvenir de
Paris. Je n'eus pas la moindre difficulté à persuader
Frl. Schroeder, dont la curiosité était aussi éhontée que
la mienne, d'ouvrir l'enveloppe à la vapeur avant
qu'Arthur ne revînt pour sa sieste. Nos deux têtes étroite-
ment rapprochées, nous lûmes :

« THÉ ENVOYÉ PAR TOI PAS BON DU TOUT NE PUIS
COMPRENDRE POURQUOI CROIS QUE TU EN AIMES UNE AUTRE
PAS DE BAISERS. MARGOT. »

« Vous voyez bien ! s'écria Frl. Schroeder horrifiée et ravie. Elle a essayé de le faire passer.

— De faire passer quoi, grand Dieu ?

— Ah ! Herr Bradshaw… » Dans son impatience, elle me donna une petite tape sur la main. « … comment pouvez-vous être aussi obtus ? Mais le bébé, bien sûr. Il lui aura envoyé un truc quelconque… Ah ! ces hommes !… Si seulement il s'était adressé à moi, j'aurais pu lui dire ce qu'il fallait faire. Ça ne rate jamais.

— Pour l'amour du ciel, Frl. Schroeder, pas un mot là-dessus à Herr Norris.

— Oh ! Herr Bradshaw, vous pouvez me faire confiance ! »

Je crois néanmoins que son comportement dut mettre Arthur sur la voie de ce que nous avions fait car, après celui-ci, les télégrammes cessèrent d'arriver de France. Arthur, à ce que je supposai, s'était prudemment arrangé pour les faire délivrer à quelque autre adresse.

C'est alors, un soir du début de décembre où Arthur était sorti et Frl. Schroeder dans son bain, que retentit la sonnette de la porte d'entrée. J'y allai donc moi-même. Là, sur le seuil, se tenait Schmidt.

« Bonsoir, Mr Bradshaw. »

Il avait un aspect misérable et négligé. Sa grosse et graisseuse face de pleine lune était d'un blanc malsain. D'abord, je le crus ivre.

« Que désirez-vous ? » lui demandai-je.

Schmidt eut un déplaisant sourire.

« Je veux voir Norris. »

Il dut lire dans ma pensée, car il ajouta :

« Ne vous donnez pas la peine de me raconter des mensonges : je sais qu'il habite ici. Alors…

– Eh bien, impossible de le voir pour le moment : il n'est pas là.

– Vous en êtes bien sûr ? »

Schmidt me considérait en souriant, à travers ses paupières mi-closes.

« Absolument sûr. Autrement je ne vous l'aurais pas dit.

– En ce cas… je vois. »

Nous restâmes ainsi quelques instants à nous regarder avec un sourire d'antipathie. J'eus la tentation de lui claquer la porte au nez.

« Mr Norris ferait mieux de me recevoir », déclara Schmidt après un silence, d'un ton désinvolte et négligent, comme s'il abordait pour la première fois la question.

Avec aussi peu d'ostentation que possible, je calai du pied la porte pour le cas où les choses tourneraient mal.

« Je pense, observai-je avec douceur, que Mr Norris est seul juge en la matière.

– Vraiment, vous ne voulez pas lui dire que je suis là ? »

Schmidt, ayant abaissé le regard en direction de mon pied, sourit avec impudence. Nos voix étaient si tranquilles, si basses, que quiconque eût passé dans l'escalier nous eût pris pour deux voisins en train de bavarder amicalement.

« Je vous ai déjà dit que Mr Norris n'était pas là. Vous ne comprenez pas l'allemand ? »

Le sourire de Schmidt était extraordinairement insultant. Ses yeux à demi fermés me regardaient avec un certain amusement, une réprobation modérée, comme si j'eusse été un tableau très mal dessiné. Il prononça lentement, avec une patience étudiée :

« Peut-être que ce ne serait pas trop vous demander que de vous charger pour Mr Norris d'un message de ma part ?

– Oui. Ça, je peux bien le faire.

– Auriez-vous l'obligeance de dire à Mr Norris que j'ai l'intention d'attendre encore trois jours, mais pas davantage ? Vous comprenez ? Sans nouvelles de lui à la fin de cette semaine, je ferai ce que j'ai dit dans ma lettre. Il comprendra. Il croit peut-être que je n'oserai pas. Eh bien, il ne tardera pas à s'apercevoir de son erreur. Je ne veux pas d'histoires, à moins que lui-même ne les cherche. Mais il faut vivre... J'ai besoin d'argent tout comme lui, et j'entends faire respecter mes droits. Qu'il ne croie pas qu'il puisse me laisser dans le ruisseau... »

De fait, il tremblait de tous ses membres. Quelque émotion violente – rage ? faiblesse extrême ? – lui secouait le corps à la façon d'une feuille. Un instant, je pensai qu'il allait tomber.

« Ça ne va pas ? » lui demandai-je.

Ma question fit à Schmidt un extraordinaire effet. Son expression de mépris mielleux et souriant se raidit en un masque de haine intense. Il avait ouvertement perdu le contrôle de lui-même. Se rapprochant d'un pas, il me hurla littéralement dans la figure :

« Occupez-vous de vos oignons, vous m'entendez ? Contentez-vous de répéter à Norris ce que je vous ai dit. S'il ne fait pas ce que je veux, je lui ferai regretter le jour de sa naissance ! Et à vous aussi, espèce de salaud ! »

Sa fureur hystérique me gagna soudain. Me reculant d'un pas, je poussai violemment la porte en avant, espérant atteindre à la mâchoire sa face tendue pour crier. Mais la collision n'eut pas lieu. Sa voix se tut comme un gramophone duquel on a soulevé l'aiguille. D'ailleurs, il ne proféra plus aucun son. Tandis que je restais debout derrière la porte close, le cœur me battant de colère à grands coups, j'entendis ses pas légers traverser le palier, puis commencer de descendre les marches.

XII

Une heure après, Arthur était de retour. Je le suivis dans sa chambre afin de lui apprendre la nouvelle.

« Schmidt est venu. »

Si sa perruque avait été brusquement enlevée de sa tête par un pêcheur, Arthur n'aurait guère eu l'air plus saisi.

« Je vous en prie, William, annoncez-moi tout de suite le pire. Ne me laissez pas dans le doute. Quelle heure était-il ? L'avez-vous reçu vous-même ? Qu'a-t-il dit ?

– Il essaie de vous faire chanter, non ? »

Arthur me lança un coup d'œil rapide.

« A-t-il reconnu le fait ?

– C'est tout comme. Il dit vous avoir écrit déjà, et que si vous n'avez pas fait avant la fin de la semaine ce qu'il demande il y aura du vilain.

– Il a réellement dit cela ? Oh ! mon Dieu…

– Vous auriez dû me parler de sa lettre, dis-je avec reproche.

– Je sais, mon cher enfant, je sais… » Arthur était l'image même de la détresse. « Je l'ai eu sur le bout de la langue à plusieurs reprises au cours de ces deux dernières semaines. Mais je ne voulais pas vous inquiéter sans nécessité. J'espérais sans cesse que, de manière ou d'autre, la tempête serait évitée.

— Maintenant, Arthur, écoutez-moi bien. Le problème est le suivant : Schmidt sait-il vraiment sur vous la moindre chose qui puisse vous faire du tort ? »

Jusque-là, il s'était nerveusement promené à travers la pièce. À ce moment, silhouette désolée en manches de chemise, il se laissa tomber sur un siège, contemplant désespérément ses bottines à boutons.

« Oui, mon cher William... » Il avait la petite voix d'une personne qui s'excuse. « ... je crains bien que oui.

— Que sait-il au juste ?

— En vérité, je... je ne crois pas, fût-ce à votre intention, pouvoir entrer dans le détail de mon hideux passé.

— Ce ne sont pas des détails que je veux. Je ne veux savoir qu'une chose : Schmidt est-il en mesure de vous impliquer dans une affaire criminelle quelconque ? »

Arthur réfléchit quelques instants en se frottant pensivement le menton.

« Je ne crois pas qu'il oserait. Non.

— Je n'en suis pas si sûr, observai-je. Il m'a semblé dans une bien mauvaise passe. Assez désespéré pour être prêt à tout. Il avait l'air de ne pas manger à sa faim. »

Arthur, s'étant relevé, se remit à marcher dans la chambre, à petits pas anxieux et précipités.

« Gardons tout notre calme, William. Réfléchissons tous deux tranquillement à la question.

— Pensez-vous, d'après l'expérience que vous avez de Schmidt, qu'il se tiendrait tranquille si vous lui versiez une forte somme afin qu'il vous laisse en paix ? »

Arthur n'hésita point :

« Je suis tout à fait certain que non. Cela ne ferait qu'aiguiser ses crocs... Mon Dieu, mon Dieu !...

— Et si vous quittiez définitivement l'Allemagne ? Serait-il encore à même de vous atteindre ? »

Arthur s'arrêta net au milieu d'un geste d'extrême agitation.

« Non, je suppose… je veux dire, non, non sans aucun doute. » Il me considéra, consterné. « Vous ne me le conseillez pas, j'espère ?

– Ça paraît draconien, mais quelle autre solution ?…

– Je n'en vois pas d'autre. C'est vrai.

– Moi non plus. »

Arthur haussa désespérément les épaules.

« Oui, oui, mon cher enfant, c'est facile à dire, mais où trouver l'argent ?

– Je vous croyais très prospère en ce moment ? »

Je simulai doucement la surprise. Le regard d'Arthur glissa, évasif, de sous le mien.

« Seulement à certaines conditions.

– Vous voulez dire que vous ne pouvez gagner de l'argent qu'ici ?

– Mon Dieu, en gros, oui… »

N'appréciant pas ce catéchisme, il commença de s'agiter. Je ne pus me retenir plus longtemps de risquer un coup dans le noir.

« Mais Paris vous paie ? »

J'avais frappé dans le mille. Les yeux bleus et sans honnêteté d'Arthur laissèrent échapper une étincelle alarmée, mais rien de plus. Peut-être que ma question ne le prenait pas tout à fait au dépourvu.

« Mon cher William, je ne vois absolument pas ce que vous voulez dire. »

Je souris de toutes mes dents.

« Ne vous inquiétez pas, Arthur. Ce ne sont pas mes affaires. Tout ce que je veux, c'est vous aider si je le peux.

– C'est très aimable à vous, cher enfant, vraiment très aimable. » Arthur soupira. « Tout cela est si difficile, si compliqué…

— En tout cas, nous avons éclairci l'un des points…
Donc, le mieux que vous puissiez faire, c'est d'envoyer
sans délai de l'argent à Schmidt pour qu'il se tienne tranquille. Combien a-t-il demandé ?

— Cent comptant, répondit Arthur à voix basse, puis
cinquante par semaine.

— Je dois reconnaître qu'il a de l'aplomb. Pensez-vous
que cent cinquante vous serait possible ?

— En cas de besoin, je crois que oui. Mais c'est à
contrecœur.

— Je m'en doute. Mais ça vous évitera d'en débourser
dix fois plus en fin de compte. Et maintenant, je vous
propose la chose suivante : vous lui envoyez les cent
cinquante, avec une lettre promettant le solde pour le
premier janvier…

— En vérité, William…

— Un instant. Et dans l'intervalle, vous vous arrangez
pour être hors d'Allemagne avant la fin décembre. Ça
vous donne trois semaines de répit. Si vous payez maintenant sans vous faire prier, il ne vous embêtera plus
jusque-là. Il estimera que l'affaire est dans le sac.

— Oui. Je suppose que vous avez raison. Je vais devoir
me faire à cette idée. Tout cela est tellement soudain !… »
Arthur eut une explosion momentanée de ressentiment :
« L'odieux serpent !… Si jamais je trouve l'occasion d'en
venir à bout une fois pour toutes…

— Soyez tranquille. Tôt ou tard, ça finira mal pour lui.
La question principale, pour le moment, c'est de vous
procurer cet argent pour le voyage. J'imagine que vous
n'avez personne à qui l'emprunter ? »

Mais Arthur était déjà sur une autre idée.

« De manière ou d'autre, je trouverai moyen d'en
sortir. » Le ton de sa voix était remarquablement plus
clair. « Laissez-moi seulement le temps de réfléchir. »

Tandis qu'il réfléchissait, une semaine s'écoula. Le temps ne s'améliorait pas. Ces journées brèves et sinistres affectaient notre humeur à tous. Frl. Schroeder se plaignait de douleurs dans le dos. Arthur avait un point au foie. Mes élèves étaient stupides et sans ponctualité. J'étais déprimé, fâché. Je me mis à détester notre appartement défraîchi, la façade miteuse dont les fenêtres regardaient fixement la mienne, la rue humide, le restaurant bruyant, étouffant, où nous dînions à l'économie, la viande brûlée, la *Sauerkraut* éternelle, la soupe.

« Seigneur ! m'écriai-je un soir à l'intention d'Arthur, que ne donnerais-je pour m'échapper de ce trou seulement un jour ou deux ! »

Arthur, qui s'était curé les dents avec une mélancolie distraite, me regarda pensivement. Je fus plutôt surpris de constater qu'il semblait prêt à compatir à mes bougonnements.

« Je dois dire, William, que je m'étais moi-même aperçu que vous n'étiez pas de l'humeur enjouée qui vous est coutumière. Vous êtes remarquablement pâle, vous savez.

– Vraiment ?

– Je crains que vous ne vous soyez surmené ces temps-ci. Vous restez trop enfermé. Un jeune homme comme vous a besoin d'exercice et de grand air. »

Je souris, amusé, légèrement déconcerté.

« Savez-vous, Arthur, que vous prenez là des façons de garde-malade… »

Il fit semblant d'être doucement froissé.

« Mon cher enfant, je déplore que vous tourniez en dérision le sincère intérêt que je porte à votre santé. Après tout, je suis assez vieux pour être votre père, et crois excusable de me placer quelquefois *in loco parentis.*

— Pardon, papa. »

Arthur sourit, mais avec une certaine exaspération. Je ne lui répondais pas comme il eût souhaité. Il ne pouvait trouver d'entrée en matière pour le sujet, quel qu'il fût, qu'il essayait de la sorte obscurément d'aborder. Après un instant d'hésitation, il fit une tentative nouvelle :

« Dites-moi, William : au cours de vos voyages, avez-vous jamais visité la Suisse ?

— Oui, pour mes péchés. Il m'est arrivé de passer trois mois à m'efforcer d'apprendre le français dans une *pension** de Genève.

— Ah ! oui, je crois que vous me l'avez déjà dit. »

Avec malaise, Arthur toussa.

« Mais c'est davantage aux sports d'hiver que je pensais.

— Non. Ces derniers me furent épargnés, Dieu merci. »

Arthur eut l'air positivement choqué.

« En vérité, mon cher enfant, permettez-moi de vous dire que, selon moi, vous poussez trop loin le dédain de l'athlétisme, vraiment trop loin. Loin de moi la pensée de sous-estimer les choses de l'esprit. Mais n'oubliez pas que vous êtes encore jeune. Je déteste vous voir vous priver de plaisirs auxquels, de toute manière, il ne vous sera plus possible de vous livrer plus tard. Soyez tout à fait franc : cela n'est-il pas une espèce de pose ? »

J'eus un large sourire.

« Puis-je vous demander, avec tout le respect que je vous dois, à quel sport précis vous vous livriez vous-même quand vous aviez vingt-huit ans ?

— Mon Dieu… euh… Ainsi que vous le savez, j'ai toujours souffert d'une santé délicate. Nos cas ne sont pas du tout comparables. Néanmoins, je puis vous dire qu'au cours d'un de mes voyages en Écosse, j'ai contracté pour la pêche une véritable passion. Et de fait, je suis parvenu fréquemment à attraper de ces petits poissons aux jolies taches rouges et brunes. Leur nom m'échappe en ce moment. »

Éclatant de rire, j'allumai une cigarette.

« Et maintenant, Arthur, après avoir aussi magistralement interprété le rôle du père attentionné, si vous me disiez ce que vous avez derrière la tête ? »

Il soupira, résigné, exaspéré – peut-être en partie soulagé. Il était dispensé de jouer plus avant la comédie. Quand il reprit la parole, ce fut d'un ton complètement différent.

« Après tout, William, je ne sais pas pourquoi je devrais tourner autour du pot. Cela fait maintenant assez longtemps que nous nous connaissons. À propos, voilà combien de temps que nous nous sommes rencontrés pour la première fois ?

– Plus de deux ans.

– Non ? Vraiment ? Voyons… Eh bien, oui, vous avez raison. Je disais donc que cela fait maintenant assez longtemps que nous nous connaissons pour que je sois en mesure d'apprécier le fait que, bien que jeune quant à l'âge, vous êtes déjà homme du monde…

– "Ah ! qu'en termes galants"…

– Je vous garantis que je ne plaisante pas le moins du monde. Donc, je n'ai à vous dire que ceci (et je vous prie de ne pas le considérer comme autre chose que la plus vague des éventualités, car, tout à fait en dehors de la question de votre consentement, dont je ne méconnais pas l'importance capitale, l'affaire en son entier devrait recevoir l'approbation d'une tierce personne qui, pour l'instant, ignore tout du projet)… »

Arthur, à l'issue de cette parenthèse, fit une pause afin de reprendre son souffle et de maîtriser le dégoût congénital qu'il éprouvait à jouer cartes sur table.

« Je ne vous poserai qu'une seule question : oui ou non, seriez-vous disposé à passer quelques jours en Suisse à Noël, dans l'une ou l'autre des stations de sports d'hiver ? »

Ayant enfin craché le morceau, il était couvert de confusion, évitait mon regard, et se mit à jouer nerveusement avec l'huilier. L'effort nerveux requis pour faire une telle offre semblait avoir été considérable. Je regardai quelques instants Arthur en ouvrant de grands yeux ; puis, dans ma stupéfaction, j'éclatai de rire.

« Eh bien, je veux être pendu… Ainsi donc, c'était à *ça* que vous vouliez en arriver pendant tout ce temps ! »

Arthur, assez timidement, prit part à ma gaieté. Il observait mon visage avec sagacité, à la dérobée, tandis qu'il passait par les diverses phases de l'étonnement. Quand fut arrivé ce que de toute évidence il estimait le moment psychologique, il ajouta :

« Tous les frais seraient payés, cela va de soi.

– Mais que diable…, commençai-je.

– Ne vous inquiétez pas, William. Ne vous inquiétez pas. Ce n'est là qu'une idée à moi, voilà tout. Il est possible, et même très vraisemblable, que cela ne mène à rien. Je vous en prie, pour l'instant ne m'en demandez pas davantage. Tout ce que je veux savoir est ceci : seriez-vous prêt à prendre la chose en considération le moins du monde, ou bien est-ce hors de question ?

– Rien n'est hors de question, bien sûr. Mais il y a toutes sortes de choses que je voudrais savoir. Par exemple… »

Arthur leva sa main blanche et délicate.

« Pas maintenant, William, je vous en supplie.

– Une seule chose : que devrais-je...

– Je ne puis discuter de rien pour le moment, inter-rompit Arthur avec fermeté. C'est absolument impos-sible. »

Et, comme s'il eût craint d'être néanmoins tenté de le faire, il demanda au garçon l'addition.

La plus grande partie d'une autre semaine s'écoula sans qu'Arthur eût fait plus ample allusion au mysté-rieux projet concernant la Suisse. Grâce à une dose considérable de *self-control*, je m'abstins de le lui remettre en mémoire ; peut-être, pareil à tant d'autres de ses brillants projets, était-il oublié déjà. En outre, il exis-tait des chats plus importants à fouetter. Noël arrivait ; l'année serait bientôt finie ; et pourtant il n'avait pas, à ma connaissance, l'ombre d'une perspective de se procurer l'argent nécessaire à son évasion. Quand je le questionnais là-dessus, il restait dans le vague. Quand je le pressais de faire quelque chose, il demeurait évasif. Il avait l'air d'entrer dans une dangereuse phase d'inertie. Il était évident qu'il sous-estimait le caractère vindicatif et les pouvoirs néfastes de Schmidt. Mais il n'en allait pas de même pour moi. Je ne pouvais si facilement oublier la dernière et désagréable image que je conservais de la face du secrétaire. Il arrivait que l'indif-férence d'Arthur me rendît presque fou.

« Ne vous inquiétez pas, cher enfant », murmurait-il alors vaguement, en tapotant avec distraction, de ses doigts légers comme ailes de papillon, sa perruque superbe. « À chaque jour suffit sa peine, vous savez... Mais oui.

– Un jour viendra, rétorquai-je, où la peine sera de deux ou trois ans ferme. »

Le lendemain matin, quelque chose arriva qui confirma mes craintes.

J'étais assis dans la chambre d'Arthur et j'assistais, comme à l'accoutumée, aux rites de la toilette, quand retentit la sonnerie du téléphone.

« Auriez-vous l'obligeance de voir qui c'est, cher enfant ? » dit Arthur, la houppette à la main.

Jamais il ne répondait en personne à un appel téléphonique s'il pouvait l'éviter. Je décrochai le récepteur.

« C'est Schmidt », annonçai-je un instant plus tard, non sans une certaine délectation morose, en couvrant de la main l'appareil.

« Dieu !… » Arthur n'eût guère été plus bouleversé si son persécuteur se fût tenu en personne derrière la porte. Et de fait, son regard tourmenté glissa un instant jusque sous le lit, comme afin de mesurer l'espace dont il disposait pour s'y cacher.

« Racontez-lui n'importe quoi. Dites que je ne suis pas là…

— Je crois, répondis-je avec fermeté, qu'il vaudrait beaucoup mieux que vous lui parliez vous-même. Après tout, il ne peut pas vous mordre. Il peut vous donner une idée de ses intentions.

— Bien, bien, puisque vous y tenez. » Arthur était réellement irrité. « Mais je dois avouer que je trouve cela tout à fait inutile. »

Précautionneusement, tenant sa houppette à la façon d'une arme défensive, il s'avança vers l'instrument.

« Oui. Oui. » La fossette de son menton se projetait de côté. Il faisait sa grimace de lion nerveux. « Non… non, vraiment… Mais je vous en prie, écoutez-moi un instant… Cela m'est impossible, je vous assure… Impossible… »

Sa voix se perdait en un chuchotement de protestation, d'imploration. Dans sa détresse impuissante, il agita le crochet du récepteur.

« William, il a raccroché. »

La consternation d'Arthur était si drôle que je ne pus m'empêcher de sourire.

« Que vous a-t-il dit ? »

Arthur traversa la chambre et s'assit pesamment sur le lit. Il avait l'air absolument épuisé. La houppe tomba sur le sol d'entre ses doigts sans force.

« Cela me fait penser à la vipère sourde, et qui n'entend pas la voix du charmeur de serpents… Quel monstre, William ! Puissiez-vous ne jamais traîner le fardeau d'un démon pareil…

— Mais dites-moi ce qu'il vous a raconté !

— Il s'est borné à proférer des menaces, mon cher enfant. Pour la plupart incohérentes, d'ailleurs. Tout ce qu'il voulait, je crois, c'était me rappeler son existence. Et qu'il aura bientôt de nouveaux besoins d'argent. C'était fort cruel à vous de me contraindre à lui parler. Maintenant, j'en ai pour toute la journée à rester bouleversé. Tâtez ma main, seulement : elle tremble comme une feuille.

— Mais, Arthur… » Je ramassai la houppette et la posai sur la coiffeuse. « … être bouleversé ne suffit pas. Vous devez prendre ça comme un avertissement. Voyez-vous, il traite vraiment ça comme une affaire et nous devons réagir. N'avez-vous aucun plan d'action ? N'y a-t-il rien à faire ? »

Avec effort, Arthur se releva.

« Si, si. Vous avez raison, bien sûr. Les dés sont jetés, et des mesures vont être prises. Sans perdre un instant, même. Auriez-vous l'amabilité de me demander le

Fernamt au téléphone et de dire que je désire appeler
Paris ? Je ne crois pas qu'il soit trop tôt ? Non... »

Je demandai le numéro qu'Arthur me donna, puis je
me retirai avec tact. Je ne le revis plus jusqu'au soir où,
selon notre habitude, nous nous retrouvâmes au restaurant pour dîner. Je m'aperçus aussitôt qu'il était de meilleure humeur. Au point d'insister pour que nous buvions
du vin, et, devant mes objections, de proposer de payer
ma part de la bouteille.

« C'est tellement fortifiant », ajouta-t-il d'un ton
persuasif.

Je souris.

« Toujours inquiet sur ma santé ?

– Que vous êtes méchant ! » dit Arthur en souriant
aussi.

Mais il évita le piège et quand, une ou deux minutes
après, je lui demandai de but en blanc comment tournaient les choses, il répliqua :

« Dînons d'abord, mon cher enfant. Soyez patient avec
moi, je vous en prie. »

Mais même lorsque nous eûmes fini de dîner et
commandé l'un et l'autre un café (encore une extravagance), Arthur ne sembla nullement pressé de me
communiquer les nouvelles. En revanche, il parut
anxieux de savoir ce que j'avais fait, quels élèves j'avais
reçus, où j'avais déjeuné, etc.

« Vous n'avez pas vu ces derniers temps notre ami
Pregnitz, je crois ?

– En fait, je vais prendre le thé chez lui demain.

– Non ! Vraiment ? »

Je réprimai un sourire. J'avais maintenant suffisamment l'habitude des méthodes d'approche d'Arthur.
Cette intonation neuve dans sa voix, bien que dissimulée

sous la suavité, ne m'avait pas échappé. Ainsi donc, nous en arrivions enfin à l'essentiel.

« Puis-je lui faire une commission de votre part ? »

Le visage d'Arthur était un poème. Nous nous considérâmes l'un l'autre avec l'amusement de deux personnes qui, soir après soir, trichent toutes deux à un jeu de cartes auquel elles ne jouent pas pour de l'argent. Simultanément nous éclatâmes de rire.

« Que voulez-vous au juste obtenir de lui ? demandai-je.

— William, je vous en supplie… Vous dites les choses avec une crudité…

— Ça fait gagner du temps.

— Oui, oui. Vous avez raison. Le temps, hélas ! importe en l'occurrence. Eh bien, mettons que je sois vivement désireux de faire une petite affaire avec lui. Ou dirons-nous plutôt : de le mettre en mesure d'en faire une pour son propre compte ?

— C'est vraiment bien aimable de votre part ! »

Arthur eut un petit rire étouffé.

« N'est-ce pas, William, que je suis aimable ? Voilà ce dont bien peu de gens semblent se rendre compte.

— Et de quelle affaire s'agit-il ? Quand se traite-t-elle ?

— Cela reste à déterminer. Bientôt, j'espère.

— Je suppose que vous prélevez un pourcentage ?

— Bien entendu.

— Un pourcentage important ?

— En cas de réussite, oui.

— Assez pour vous permettre de quitter l'Allemagne ?

— Oh ! plus qu'assez. De fait, un véritable petit magot.

— Voilà qui est splendide, non ? »

Arthur eut sa grimace nerveuse ; il s'examinait avec une extrême attention les ongles.

« Hélas ! il y a certaines difficultés d'ordre technique, et je vais avoir une fois de plus besoin de vos précieux conseils.

— Allons-y : à quelles difficultés faites-vous allusion ? »

Arthur prit quelques instants de réflexion. Je pouvais voir qu'il se demandait jusqu'à quel point il lui était nécessaire de me dévoiler l'affaire.

« Surtout, répondit-il enfin, au fait que cette transaction ne saurait avoir lieu en Allemagne.

— Et pourquoi non ?

— Parce que cela lui donnerait trop de publicité. L'autre partie est un homme d'affaires bien connu. Ainsi que vous le savez sans doute, le monde des grandes affaires est relativement petit. Chacun surveille le voisin. Les nouvelles se répandent en un clin d'œil ; le plus léger indice est suffisant. Si l'homme en question venait à Berlin, les gens d'affaires d'ici le sauraient avant même qu'il ne soit arrivé. Or, le secret est absolument indispensable.

— Tout cela m'a l'air très passionnant. Mais je n'avais pas la moindre idée que Kuno était dans les affaires.

— Il ne l'est pas à proprement parler. » Arthur se donna une certaine peine pour éviter mon regard. « Il ne s'agit chez lui que d'un violon d'Ingres.

— Je vois. Et où proposez-vous que cette rencontre ait lieu ? »

Arthur choisit un cure-dent avec soin dans la coupelle qu'il avait devant lui.

« C'est ici, mon cher William, que j'espère bénéficier de vos judicieux avis. Ce doit être un endroit, bien sûr, qui soit à peu de distance de la frontière allemande. Un endroit où l'on puisse aller, à cette époque-ci de l'année, sans attirer l'attention, en vacances par exemple. »

Avec le plus grand sérieux, Arthur cassa son cure-dent en deux morceaux et les disposa côte à côte sur la nappe. Sans lever les yeux dans ma direction il ajouta :

« Si vous n'y voyez pas d'inconvénient, j'inclinerais plutôt vers la Suisse. »

Le silence qui suivit fut très long. Nous étions tous les deux souriants.

« C'était donc ça ? » dis-je enfin.

Arthur subdivisa en quarts le cure-dent, et leva ses yeux vers les miens en un souriant regard d'innocence hypocrite.

« Ainsi que vous le remarquez à bon droit, cher enfant, c'était cela.

— Eh bien, eh bien ! Quel vieux renard vous faites ! » J'éclatai de rire. « La lumière commence enfin à se faire dans mon esprit.

— Je dois vous avouer, William, que je commençais à trouver que vous aviez la compréhension un peu difficile. Cela ne vous ressemble pas, vous savez.

— Mille excuses, Arthur. Mais toutes ces devinettes m'étourdissent un peu. Que diriez-vous de cesser de me les poser, et de reprendre toute l'histoire par le début ?

— Je vous assure, mon cher enfant, que je suis tout prêt à vous dire tout ce que je sais de cette affaire, soit à la vérité bien peu de choses. Donc, pour aller droit à l'essentiel, Pregnitz a des intérêts dans l'une des plus grandes verreries d'Allemagne. Laquelle ? Peu importe. Vous ne trouveriez pas son nom dans la liste des directeurs ; il n'en exerce pas moins une grande influence officieuse. Bien sûr, je ne prétends pas comprendre moi-même quoi que ce soit à ces questions.

— Une verrerie ? Mon Dieu, ça m'a l'air assez innocent.

– Mais, mon cher enfant… » Arthur était anxieux de me rassurer. « … naturellement que c'est innocent. Prenez garde que votre prudence naturelle ne nuise à votre sens des proportions. Si ma proposition vous semble un peu bizarre à première vue, c'est seulement parce que vous n'êtes pas habitué aux usages de la haute finance. Eh quoi ? Mais c'est là un genre de choses qui se produit chaque jour ! Interrogez qui vous voudrez. Les plus grandes affaires se discutent toujours officieuse-ment.

– Bon ! bon ! continuez.

– Voyons… Où en étais-je ?… Ah ! oui : donc, un de mes amis parisiens les plus intimes est un certain finan-cier très en vue…

– … qui signe Margot ? »

Mais cette fois, je ne pris point Arthur au dépourvu. Je ne parvins pas même à deviner s'il était ou non surpris. Il se contenta de sourire.

« Quelle perspicacité, William ! Eh bien, peut-être en effet. Quoi qu'il en soit, nous l'appellerons Margot pour les commodités du récit. Oui… en tout cas, Margot se montre extrêmement désireux d'avoir une occasion de rencontrer Pregnitz. Bien qu'il ne le reconnaisse pas à proprement parler, je devine qu'il souhaite proposer une espèce de combinaison financière entre la firme de Pregnitz et la sienne propre. Mais c'est absolument offi-cieux, et ne nous concerne pas. Quant à Pregnitz, il devra écouter les propositions de Margot et déterminer si elles sont avantageuses pour sa propre firme ou non. Il est tout à fait possible, et même probable, qu'elles le seront. Dans le cas contraire, les inconvénients seront nuls et Margot ne devra s'en prendre qu'à soi. Tout ce qu'il me demande d'arranger, c'est une rencontre avec le baron, en terrain neutre où ils ne soient pas importunés par un essaim de reporters financiers, et où ils puissent discuter tranquillement de toute l'affaire.

– Et dès que vous les aurez mis en présence, vous toucherez la somme comptant ?

– Quand la rencontre aura eu lieu... » Arthur baissa la voix. « ... je toucherai la moitié. L'autre moitié ne me sera payée que si la transaction réussit. Mais le hic, c'est que Margot insiste pour voir Pregnitz immédiatement. Il est toujours comme cela quand il s'est mis une idée en tête. Un homme absolument dépourvu de patience...

– Et il est vraiment prêt à vous donner autant d'argent uniquement pour que vous arrangiez cette rencontre ?

– Ne perdez pas de vue, William, que ce n'est là que bagatelle à ses yeux. Si la transaction réussit, il y gagnera probablement des millions.

– Dans ce cas, tout ce que je peux vous dire, c'est que je vous félicite. Pour vous, l'affaire ne devrait pas présenter de difficulté.

– J'ai joie à vous l'entendre dire, mon cher enfant. »

Le ton d'Arthur était prudent, dubitatif.

« Où donc est la difficulté ? La seule chose à faire, c'est d'aller trouver Kuno et de lui exposer toute la situation.

– William ! » Arthur avait l'air absolument horrifié. « Mais ce serait fatal !

– Je ne vois vraiment pas pourquoi.

– Vous ne voyez pas pourquoi ? En vérité, cher enfant, je vous croyais plus de finesse. Mais voyons, c'est absolument hors de question ! Vous ne connaissez pas Pregnitz aussi bien que moi. Il est extraordinairement susceptible en ces matières, ainsi que je l'ai découvert à mes dépens. Il y verrait une injustifiable intrusion dans ses propres affaires, et se retirerait aussitôt. Sa façon d'être est purement aristocratique – chose tellement rare à notre époque assoiffée d'argent. Je reconnais que je l'en admire. »

Je souris.

« Il semble appartenir à une espèce très particulière d'hommes d'affaires, s'il s'offense de ce que vous lui offriez une fortune. »

Mais Arthur était tout à fait échauffé.

« Je vous en prie, William : ce n'est pas le moment d'être frivole. Vous ne pouvez pas ne pas me comprendre. Pregnitz refuse – et je suis en cela tout à fait d'accord avec lui – de mêler relations personnelles et relations d'affaires. Venant de vous ou de moi, toute suggestion de le faire entrer en pourparlers avec Margot, ou avec toute autre personne, serait une impertinence. Et lui la ressentirait comme telle. C'est pourquoi, je vous en supplie à genoux, ne lui soufflez pas un seul mot de cette affaire, sous quelque prétexte que ce soit.

– Bien sûr que non. Soyez tranquille et ne vous fâchez pas. Mais, Arthur, si je comprends bien, voudriez-vous dire que Kuno devra se rendre en Suisse sans savoir qu'il y doit rencontrer Margot ?

– Voilà résumée toute l'affaire en deux mots.

– Hum… Il est certain que ça complique assez les choses. Tout de même, je ne vois pas pourquoi vous rencontreriez des obstacles particuliers. De toute façon, Kuno va sans doute aux sports d'hiver ; c'est tout à fait son genre. Là où je ne vous suis absolument pas, c'est en ce qui concerne le rôle que je peux jouer là-dedans. M'emmènera-t-on simplement pour faire nombre, ou pour assurer des intermèdes comiques, ou quoi ? »

Arthur choisit et divisa un autre cure-dent.

« J'en arrivais précisément à ce point, William. » Le ton de sa voix était soigneusement impersonnel. « J'ai bien peur, voyez-vous, que vous ne deviez partir seul.

– Seul avec Kuno ?

– Oui. »

Arthur se mit à parler avec une précipitation nerveuse :

« Il existe un certain nombre de raisons qui m'empê-
chent absolument de vous accompagner, ou de traiter
cette affaire moi-même. En premier lieu, ce serait excessivement gênant, ayant quitté ce pays, d'y revenir, ainsi
que je serais obligé de le faire, fût-ce pour peu de jours.
Secondement, cette proposition de nous rendre
ensemble, tous les trois, aux sports d'hiver, venant de
moi paraîtrait fort suspecte : Pregnitz sait parfaitement
que je n'ai ni le tempérament ni le goût de me livrer à des
choses pareilles. De votre part, au contraire, quoi de plus
naturel ? Il ne serait probablement que trop ravi de
voyager avec un compagnon si jeune et si plein de vie.

– Oui, je comprends fort bien tout cela… Mais
comment pourrais-je entrer en contact avec Margot ? Je
ne le connais même pas de vue. »

Arthur écarta d'un revers de main ces difficultés.

« Laissez-moi ce soin, cher enfant, et laissez-le-lui. Ne
vous mettez pas en peine, oubliez tout ce que je vous ai
dit ce soir et divertissez-vous.

– Rien que ça ?

– Rien que ça. Quand vous aurez fait traverser la frontière à Pregnitz, vous aurez achevé votre tâche.

– Ça paraît merveilleux. »

Aussitôt la face d'Arthur s'illumina.

« Alors, vous irez ?

– Je dois réfléchir. »

Déçu, il se pinça le menton. Les cure-dents étaient
coupés en huitièmes. Au bout d'une longue minute, il dit
avec hésitation :

« Tout à fait en dehors de vos dépenses, qui, je crois
vous l'avoir signalé, vous seront payées d'avance, je

vous prierai d'accepter un petit quelque chose, vous savez, pour votre peine.

— Non, Arthur, je vous remercie.

— Je vous prie de m'excuser, William. » Le ton de sa voix était très soulagé. « J'aurais dû prévoir que vous refuseriez. »

Je souris largement.

« Je ne vous priverai pas du fruit de vos honnêtes efforts. »

Scrutant mon visage avec soin, il sourit également. Il était incertain de la façon dont il devait prendre la chose, et changea de méthode :

« Bien entendu, cher enfant, vous ferez ce que vous jugerez bon. Je ne veux vous influencer de quelque façon que ce soit. Si vous vous opposez à ce projet, jamais plus je n'y ferai la moindre allusion. Cependant, vous savez ce qu'il signifie pour moi. Il est mon unique chance. Je déteste solliciter des faveurs, et peut-être vous demandé-je trop. Tout ce que je puis dire, c'est que si vous faites cela pour moi je vous en serai éternellement reconnaissant. Et si jamais j'ai la possibilité de vous prouver ma gratitude…

— Arrêtez, Arthur, n'en jetez plus, sinon vous allez me faire pleurer ! »

J'éclatai de rire.

« Très bien. Je ferai de mon mieux auprès de Kuno. Mais, pour l'amour du ciel, ne bâtissez pas là-dessus des châteaux en Espagne. Je ne crois pas un seul instant qu'il acceptera. Sans doute a-t-il déjà pris d'autres engagements. »

Sur ce, nous passâmes à d'autres sujets.

Le lendemain, quand je revins de mon thé chez Kuno, je trouvai Arthur qui m'attendait dans sa chambre, en proie à l'anxiété la plus extrême. C'est à peine s'il prit le temps de fermer la porte avant d'entendre les nouvelles.

« Vite, William, je vous en supplie. Ne m'épargnez pas. Je puis supporter le pire. Il ne viendra pas ? C'est non ?

– C'est oui, répondis-je. Il viendra. »

Durant quelques instants, la joie parut avoir frappé Arthur de mutisme et de paralysie. Puis un spasme lui parcourut tous les membres, et il exécuta une espèce d'entrechat.

« Mon cher enfant ! Il faut absolument que je vous embrasse ! » Et, me jetant littéralement les bras autour du cou, comme un général français il me donna un baiser sur chaque joue. « Racontez-moi tout. Avez-vous eu beaucoup de difficultés ? Qu'a-t-il dit ?

– Oh ! il a plus ou moins tout proposé lui-même avant de me laisser ouvrir la bouche. Il voulait aller dans les Riesengebirge, mais je lui ai représenté que la neige serait bien meilleure dans les Alpes.

– Vous avez dit cela ? C'était une trouvaille, William ! Une véritable inspiration… »

Je m'assis. Arthur s'agitait autour de moi, admiratif et ravi.

« Vous êtes bien sûr qu'il n'a pas le moindre soupçon ?

– Tout à fait sûr.

– Et quand partez-vous ?

– La veille de Noël, je crois. »

Arthur me considéra d'un air de sollicitude.

« Vous ne paraissez pas très enthousiaste, mon cher enfant. J'avais espéré que ce serait un plaisir pour vous aussi. Vous ne seriez pas malade, par hasard ?

– Pas le moins du monde, merci. »

Je me levai.

« Arthur, j'ai quelque chose à vous demander. »

Le ton de ma voix le fit battre nerveusement des paupières.

« Mais... euh... je vous en prie. Demandez, cher enfant, demandez.

— Je veux que vous me disiez la vérité : avez-vous l'intention, vous et Margot, de filouter Kuno ? Oui ou non ?

— Mon cher William... euh... vraiment... Je crois que vous abusez...

— S'il vous plaît, Arthur, je désire une réponse. Voyez-vous, il m'importe de le savoir. Je suis mêlé à cette histoire, maintenant. Oui ou non ?

— Eh bien, je dois dire... Non. Bien sûr que non. Ainsi que je vous l'ai déjà exposé dans le détail, je...

— Pouvez-vous me le jurer ?

— Vraiment, William, nous ne sommes pas au tribunal. Ne me regardez pas de cette façon, je vous en prie. Bon, si cela doit vous faire plaisir, je vous le jure.

— Merci. C'est tout ce que je voulais. Pardon si je vous ai paru mal élevé. Vous savez qu'en règle générale je ne me mêle pas de vos affaires. Seulement, voyez-vous, cette affaire-ci est la mienne également. »

Arthur eut un faible sourire ; il était assez troublé.

« Je comprends parfaitement votre anxiété, cher enfant, cela va de soi. Mais, en l'occurrence, je puis vous affirmer qu'elle est absolument sans fondement. J'ai tout lieu de croire que Pregnitz bénéficiera grandement de cette transaction, s'il est assez sage pour l'accepter. »

À titre d'épreuve ultime, je tentai de regarder Arthur dans les yeux. Mais non : ce procédé consacré par l'usage ne me fut d'aucun secours. Je ne me trouvais nullement en face des fenêtres de l'âme. Les yeux d'Arthur n'étaient qu'une partie de son visage, deux espèces de petites gelées bleu clair, pareilles à des

méduses dans les crevasses d'un rocher. Rien n'y rete-
nait l'attention ; nulle étincelle, nulle lueur profonde. En
dépit de mes efforts, mon propre regard s'égara vers des
traits plus intéressants : le nez tendre, semblable à un
museau, le menton en accordéon. Au bout de trois ou
quatre tentatives, je renonçai. Inutile. Je ne pouvais que
croire Arthur sur parole.

XIII

Mon voyage en Suisse avec Kuno ressembla au voyage de noces qui suit un mariage de raison. Nous fûmes polis, pleins d'égards l'un pour l'autre et plutôt timides. Kuno fut un modèle d'attention discrète. Il arrangea de ses propres mains mes bagages dans le filet, se précipita dehors au dernier moment afin de m'acheter des magazines, découvrit grâce à des questions indirectes que je préférais la couchette supérieure à la couchette inférieure, et se retira dans le couloir pour attendre que je fusse déshabillé. Quand j'étais fatigué de lire il se trouvait là, affable, instructif, tout prêt à me nommer les montagnes. Nous bavardions avec une grande animation par crises qui duraient cinq minutes, et retombions dans des silences brusques et rêveurs. Tous deux nous avions de quoi réfléchir abondamment. Kuno, je suppose, s'inquiétait des sinistres manœuvres de la politique allemande, ou rêvait à son île aux sept garçons ; quant à moi, il m'était loisible d'examiner l'énigme Margot sous tous ses aspects. Existait-il réellement ? Eh bien, là, au-dessus de ma tête, il y avait une valise flambant neuve en peau de porc, contenant un veston du soir livré de la veille seulement par le tailleur. Arthur s'était montré tout bonnement grand seigneur avec l'argent de notre employeur.

« Achetez-vous absolument tout ce que vous voulez, cher enfant. Il ne convient pas que vous ayez l'air misérable. En outre, quelle chance... »

Après quelque hésitation, dans le doute, j'avais suivi ce conseil, bien qu'avec modération. Arthur poussait si loin son interprétation de l'expression « frais de déplacement » qu'il me pressa d'accepter une paire de boutons de manchettes en or, un bracelet-montre et un stylographe.

« Après tout, William, les affaires sont les affaires. Vous ne connaissez pas comme moi ces gens-là. »

En parlant de Margot, le ton de sa voix s'était fait remarquablement amer :

« Si vous *lui* demandiez de faire pour vous la moindre chose, il n'hésiterait point à vous presser comme un citron jusqu'au dernier centime. »

Le lendemain de Noël, notre premier matin, je m'éveillai au tintement grêle des clochettes des traîneaux qui glissaient en bas dans la rue enneigée, ainsi qu'à un curieux cliquetis, métallique également, qui provenait, lui, de la salle de bains. À travers la porte entrebâillée je pouvais distinguer Kuno, en short de gymnastique, en train de faire des exercices d'extenseur. Ses efforts étaient terrifiants ; les veines de son cou faisaient saillie et ses narines se dilataient, se raidissaient à chacune de ses tentatives désespérées. Manifestement, il ignorait qu'il n'était pas seul. Ses yeux, dépouillés du monocle, demeuraient fixés dans un regard visionnaire de myope, regard donnant à penser qu'il accomplissait quelque rite d'une religion privée. Lui parler eût été aussi indiscret que de déranger un homme en prières. Je me retournai dans mon lit, simulant le sommeil. Au bout de quelques instants, j'entendis la porte de la salle de bains se fermer doucement.

Nos chambres, situées au premier étage de l'hôtel, avaient vue sur les maisons du village, disséminées le long du lac gelé jusqu'aux étincelantes pistes de ski, pentes massives, moelleuses ainsi que les contours d'un corps immense couché sous des draps, que traversait le noir fil d'araignée du funiculaire grimpant jusqu'au départ des pistes de toboggan. Curieux décor pour y traiter des affaires d'ordre international. Mais, comme Arthur l'avait dit à juste titre, je ne connaissais rien aux mœurs des financiers. Je m'habillai lentement, songeant à mon hôte invisible. Margot se trouvait-il déjà là ? L'hôtel était plein, nous avait appris le directeur. À en juger d'après le nombre des clients que j'avais vus, la veille au soir, dans la gigantesque salle à manger, ils devaient se compter par centaines.

Kuno me rejoignit pour le petit déjeuner. Il était vêtu, avec un négligé scrupuleux, d'un pantalon de flanelle grise, d'un blazer et d'une écharpe en soie aux couleurs de son collège d'Oxford.

« Vous avez bien dormi, j'espère ?

– Très bien, merci. Et vous ?

– Moi, comme ci comme ça. » Il sourit, rougit, légèrement confus. « Mais cela n'a pas d'importance. J'avais quelque chose à lire pour la nuit, comprenez-vous ? »

Timidement, il me montra le titre du volume qu'il avait à la main. Cela s'appelait *Billy le naufragé*.

« C'est bon ? demandai-je.

– Il y a un chapitre que je trouve très bien… »

Mais avant que j'eusse pu entendre le contenu de ce bon chapitre, un serviteur apparut avec notre petit déjeuner sur une table à roulettes. Nous retournâmes aussitôt à notre comportement de lune de miel guindée.

« Vous donnerai-je un peu de crème ?
– Un nuage, merci.
– Comme ça, cela vous convient-il ?
– C'est délicieux, merci. »

Nos voix semblaient tellement absurdes que j'aurais pu éclater de rire. Nous étions pareils à deux personnages sans importance au premier acte d'une pièce, mis là pour faire la conversation jusqu'à ce que soit venu pour la vedette le moment d'effectuer son entrée.

Dès la fin de notre petit déjeuner, les immenses pentes blanches fourmillaient déjà de silhouettes minuscules, les unes voltigeant et s'entrecroisant à la façon de libellules, les autres chancelant et s'effondrant ainsi que des fourmis blessées. Les patineurs étaient sur le lac par douzaines. À l'intérieur d'une enceinte de cordes, une créature d'une inhumaine agilité, en collant noir, faisait merveille sous les yeux d'un public attentif. Sac au dos, casqués et bottés, certains des clients les plus actifs se mettaient en chemin pour de longues ascensions périlleuses des sommets, pareils aux soldats d'une caserne de luxe. Çà et là, parmi la grande armée, on pouvait distinguer les blessés boitant avec des béquilles ou les bras en écharpe, en train de faire une pénible promenade de convalescents.

Plus prévenant que jamais, Kuno considéra comme allant de soi qu'il devait m'enseigner le ski. J'aurais de beaucoup préféré traînasser seul, mais c'est en vain que j'essayai de le dissuader poliment. Il envisageait la chose comme un devoir ; c'était sans appel. Ainsi passâmes-nous deux heures sur la piste des débutants, moi glissant et trébuchant, Kuno me conseillant et me soutenant.

« Non, pardonnez-moi, mais ceci n'est pas encore absolument correct... vous vous tenez trop raide, voyez-vous ? »

Sa patience avait l'air inépuisable. Je languissais pour le déjeuner.

Vers le milieu de la matinée, un jeune homme vint décrire des cercles savants parmi les novices qui nous entouraient. Il fit halte afin de nous contempler ; ma gaucherie l'amusait peut-être. Quant à sa présence, elle m'agaçait plutôt ; je ne désirais pas de spectateurs. Mi par accident, mi à dessein, je fis dans sa direction une brusque embardée au moment où il s'y attendait le moins, et le renversai proprement. Nos excuses réciproques furent abondantes. Il m'aida à me relever, allant jusqu'à brosser de sa main une partie de la neige qui me couvrait.

« Permettez-moi… van Hoorn. »

Son salut, ses skis, tout en lui était si merveilleusement roide qu'on aurait pu le croire en train de me provoquer en duel.

« Bradshaw… très heureux… »

J'essayai de l'imiter, mais ne tardai pas à choir en avant pour être cette fois remis sur pied par Kuno. Avec un peu moins de cérémonie, je les présentai l'un à l'autre.

Après cette aventure, à mon grand soulagement, l'intérêt pris à mon instruction par Kuno décrut dans des proportions considérables. Van Hoorn était un grand garçon blond, d'une austère beauté de Viking, bien qu'il eût assez gâté son apparence en se rasant la majeure partie de la chevelure. Le dos chauve de sa tête était brûlé par le soleil jusqu'à un écarlate agressif. Il nous apprit qu'il avait étudié trois semestres durant à l'université de Hambourg. Il était furieusement timide et s'empourprait toutes les fois que Kuno, avec son sourire discrètement flatteur, s'adressait à lui.

Van Hoorn était capable de réussir une figure qui intéressait Kuno à l'extrême. Ils s'éloignèrent un peu pour s'y exercer. Bientôt, ce fut l'heure du déjeuner. Tandis que nous redescendions vers l'hôtel, le jeune homme nous présenta à son oncle, petit Hollandais vif et rebondi qui patinait fort adroitement. Mr van Hoorn senior formait contraste avec son grave neveu. Ses yeux pétillaient de gaieté ; il eut l'air enchanté de faire notre connaissance. Sa face était aussi brune qu'une vieille botte ; il était entièrement chauve, portait des favoris et une petite barbe en pointe.

« Ainsi, tu t'es déjà fait des amis ? » Il s'adressait en allemand à son neveu. « Voilà qui est bien. » Il examinait Kuno et moi de ses yeux scintillants. « J'ai beau dire à Piet qu'il devrait faire connaissance avec une jolie fille, il n'en fait rien : il est trop timide. Je ne l'étais pas à son âge, je vous en fiche mon billet. »

Piet van Hoorn rougit, fronça le sourcil, détourna le regard, refusant de répondre au discret coup d'œil de sympathie de Kuno. Mr van Hoorn me faisait la conversation tout en retirant ses patins :

« Ainsi, vous aimez cet endroit ? Moi aussi, ma parole ! Voilà des années que je ne m'étais pas amusé comme ça. Je parie que j'ai déjà perdu une livre ou deux. Bon Dieu ! je ne me sens pas un jour de plus que vingt et un ans, ce matin ! »

À notre entrée dans la salle à manger, Kuno proposa aux van Hoorn de venir s'asseoir à notre table, adressant en parlant un regard significatif à Piet. Je me sentis un peu gêné. Kuno était à coup sûr un peu direct dans ses avances. Mais Mr van Hoorn accepta de grand cœur et sans la moindre hésitation. Il semblait ne rien trouver d'étrange à la proposition. Sans doute était-il assez content d'avoir un auditoire supplémentaire à qui parler.

Pendant le déjeuner, Kuno se consacra presque uniquement à Piet. Il parut même réussir à briser quelque peu la glace, car le garçon rit à plusieurs reprises. Van Hoorn, entre-temps, me déversait à l'oreille un pot-pourri des anecdotes de fumoir les plus rebattues et les plus puériles. Il les racontait avec un amusement et un entrain extraordinaires, mais c'est à peine si j'écoutais. La tiédeur de la salle à manger me donnait sommeil, après l'air coupant du dehors ; derrière des palmes, l'orchestre jouait une musique rêveuse. La nourriture était exquise ; j'avais rarement fait déjeuner pareil. Et, tout le temps, je me demandais vaguement où se trouvait Margot, quand et comment il ferait son apparition.

À l'intérieur de mon état comateux faisaient intrusion, avec une fréquence croissante, quelques phrases en français. Je n'y pouvais comprendre qu'un mot de-ci de-là : « intéressant », « suggestif », « tout à fait typique ». Ce fut la voix de celui qui parlait ainsi qui attira mon attention. Cela provenait de la table voisine. Je tournai paresseusement la tête.

Un homme puissant, entre deux âges, était assis en face d'une fille blonde d'une beauté exotique et d'un type que Paris est seul à produire. Tous deux regardaient dans notre direction et s'exprimaient en baissant soigneusement la voix ; il était évident qu'il s'agissait de nous. L'homme avait l'air particulièrement intéressé. Il avait un crâne chauve, ovoïde ; des yeux audacieux, grossièrement saillants, globuleux et solennels ; des cheveux d'un blanc jaunâtre, brossés en arrière autour de la base du crâne à la façon d'une paire d'ailes repliées. Sa voix était vibrante et rude. L'ensemble de son aspect présentait quelque chose d'indiciblement désagréable et sinistre. Un curieux frisson me parcourut le système nerveux ; frisson d'hosti-lité, d'appréhension, d'expectative. Je lançai vers mes compagnons un coup d'œil rapide ; mais non : ils avaient l'air absolument inconscients de l'examen cynique, à peine dissimulé, que l'inconnu leur faisait passer. Kuno se penchait en avant pour parler à Piet ; mielleux, caressant et suave. Mr van Hoorn avait enfin cessé de discourir et rattrapait avec un steak grillé le temps perdu. Il s'était enfoncé la serviette derrière le col de chemise, et masti-quait avec le laisser-aller de qui n'a plus besoin de redouter pour son gilet les taches de graisse. Je crus entendre notre voisin français prononcer le mot *dégoûtant**.

J'avais essayé fréquemment de me représenter l'aspect physique de Margot. Je l'avais imaginé plus gros, plus vieux, plus prosaïque. Mon imagination avait manqué totalement d'audace ; je n'avais pas rêvé quelque chose d'aussi authentique, d'aussi absolument, immédiatement convaincant. Ici, nulle intuition ne pouvait être prise en défaut. J'étais aussi certain de l'identité de cet homme que si je l'avais connu depuis des années.

Ce fut un moment passionnant. Je n'avais qu'un regret : celui de ne pouvoir le partager avec personne. Comme Arthur aurait su l'apprécier ! Aisément j'imaginais son agitation joyeuse et mal dissimulée ; ses signaux secrets que tout le monde eût pu voir ; ses tentatives ridiculement exagérées de recouvrir le mystère d'une conversation brill-ante. À leur seule idée, j'avais envie d'éclater de rire. Je n'osais risquer un second coup d'œil à nos voisins, de peur qu'ils ne vissent à ma figure que je savais. Depuis long-temps j'avais décidé que jamais, à aucun moment, je ne trahirais ma complicité, ne fût-ce que par un battement de paupières. Margot avait joué son rôle ainsi qu'il avait été convenu ; je lui montrerais que, moi aussi, je pouvais me montrer discret, digne de confiance.

Mais comment passerait-il à l'attaque ? Question véri-tablement fascinante. Je tentai de me mettre à sa place, commençai d'imaginer les subtilités les plus extravagantes. Peut-être que lui ou bien la fille joueraient les pickpockets avec Kuno et se présenteraient ensuite, prétextant avoir trouvé son portefeuille à terre. Peut-être, la nuit suivante, éclaterait-il un faux incendie. Margot déposerait des bombes fumigènes dans la chambre à coucher de Kuno, puis s'élancerait afin de le sauver des flammes imaginaires. Il me paraissait aller de soi qu'ils recourraient à des méthodes draconiennes. Margot ne semblait pas homme à se contenter de demi-mesures. Et maintenant, que complotaient-ils ? Je n'entendais plus leurs voix. Ayant laissé tomber ma serviette à terre assez gauchement, je me penchai pour la ramasser tout en jetant un coup d'œil ; mais j'eus la déception de constater que le couple avait quitté la salle à manger. J'étais désappointé mais, à la réflexion, peu surpris. Il ne s'était agi que d'une reconnaissance. Margot n'entreprendrait probablement rien d'autre avant le soir.

Après le déjeuner, Kuno me conseilla vivement de me reposer. Débutant que j'étais, m'expliqua-t-il, j'aurais grand tort de faire trop d'efforts dès le premier jour. J'en tombai d'accord, non sans amusement. Quelques instants plus tard, j'entendis Kuno qui convenait avec Piet van Hoorn de se rendre aux pistes de toboggan. Mr van Hoorn, quant à lui, s'était déjà retiré dans sa chambre.

À l'heure du thé, il y eut bal au salon. Ni Piet, ni Kuno n'y parurent ; non plus – à mon grand soulagement – que Mr van Hoorn. J'étais parfaitement heureux tout seul, à regarder les clients. Bientôt, Margot fit seul son entrée, et s'assit de l'autre côté de la grande véranda de verre, à moins de deux mètres de ma propre table. Un regard furtif lancé dans sa direction me fit rencontrer ses yeux. Ils étaient aussi froids, aussi proéminents, aussi grossièrement inquisiteurs que jamais. Le cœur me cognait de malaise. La situation devenait proprement inquiétante. Fallait-il aller lui parler ? J'étais en mesure, après tout, de lui épargner bien des tracas. Il me suffisait de le présenter comme une personne rencontrée là par hasard. Il n'existait pas l'ombre d'une raison pour Kuno de soupçonner la moindre préméditation. À quoi bon jouer plus longtemps cette espèce de charade assez sinistre ? J'hésitai ; me levai à demi ; me rassis. Pour la seconde fois mes yeux rencontraient les siens. Et maintenant je croyais parfaitement le comprendre. « N'agissez pas en jeune écervelé, disait-il. Laissez-moi le soin de cette affaire. N'essayez pas de vous mêler de ce que vous ne comprenez pas. »

« Soit », lui répondis-je mentalement en haussant un peu les épaules. « Comme vous voudrez. Mais il vous en cuira. »

Sur quoi, plutôt dépité, m'étant levé je sortis du salon ; je ne pouvais supporter plus longtemps ce muet *tête-à-tête**.

Au dîner, ce soir-là, tant Kuno que Mr van Hoorn, chacun à sa manière, étaient d'excellente humeur. Piet avait l'air de s'ennuyer. Peut-être trouvait-il ses vêtements du soir aussi raides, aussi peu confortables que moi les miens. S'il en était ainsi, ma cordiale sympathie lui était acquise. Son oncle, de temps à autre, le raillait sur son silence, et je songeais combien il me déplairait de voyager en la compagnie de Mr van Hoorn.

Nous allions terminer notre repas quand Margot et sa compagne entrèrent dans la salle à manger. Je les vis aussitôt, étant donné que j'avais inconsciemment fixé des yeux la porte depuis l'instant même où nous nous étions assis. Margot était en habit, avec une fleur à la boutonnière. La fille était vêtue magnifiquement d'une matière miroitante qui luisait comme une armure d'argent. Ils descendirent la longue allée entre les tables, suivis de maints regards.

« Regarde, Piet ! s'écria Mr van Hoorn, voilà pour toi une jolie fille. Invite-la ce soir à danser. Son père ne te mangera pas. »

Pour arriver à leur table, Margot dut passer à quelques centimètres de nos chaises. Ce faisant, il inclina brièvement la tête. Kuno, toujours aimable, rendit le salut. Un instant, je crus que Margot continuerait dans cette voie, ne fût-ce que par une remarque conventionnelle à propos du temps. Mais il n'en fut rien. Le couple prit place. Presque aussitôt, nous nous levâmes pour aller au fumoir prendre le café.

Là, la conversation de Mr van Hoorn prit un tour étrange. Ce fut comme s'il avait compris qu'il en avait trop fait en matière de cordialité et d'histoires douteuses. À brûle-pourpoint, il se mit à parler art. Il avait à Paris, nous dit-il, une maison pleine de gravures et de meubles anciens. Bien qu'il s'exprimât avec modestie, il fut bientôt évident qu'il était expert en la matière. Kuno était vivement intéressé. Piet conservait son indifférence. Je le surpris en train de jeter à la dérobée plus d'un coup d'œil à son bracelet-montre, probablement pour voir s'il était temps de monter se coucher.

« Excusez-moi, messieurs. »

La voix rude nous fit tous tressaillir ; nul n'avait vu Margot s'approcher. Il nous dominait de sa silhouette élégante, sarcastique, et tenait un cigare de sa main jaune et tavelée.

« J'aurais besoin de poser une question à ce jeune homme. »

Ses yeux saillants fixaient Piet avec une concentration qui donnait à penser qu'il était en train d'observer quelque minuscule insecte à peine visible sans loupe. Le pauvre garçon se mit à suer littéralement d'embarras. En ce qui me concernait, j'étais si stupéfait de ce tour nouveau pris par la tactique de Margot que je ne pouvais que le contempler fixement, la mâchoire pendante. De toute évidence, Margot lui-même jouissait de l'effet que son apparition théâtrale avait produit. Ses lèvres s'incurvaient en un sourire positivement diabolique.

« Êtes-vous de pure souche aryenne ? »

Mais avant que Piet abasourdi eût pu répondre, il ajouta :

« Je suis Marcel Janin. »

Je ne sais si mes compagnons avaient effectivement entendu parler de lui, ou si leur intérêt poli n'était que simulé. Il se trouvait que je connaissais fort bien son nom. M. Janin était un des auteurs favoris de Fritz Wendel, qui m'avait une fois prêté l'un de ses livres : *Le Baiser au soleil de minuit*. C'était écrit dans la manière française en vogue, à demi roman, à demi reportage, et rendait compte de façon corsée, manifestement imaginaire, de la vie érotique à Hammerfest. M. Janin avait publié une demi-douzaine d'autres ouvrages, également à sensation et peignant des milieux qui allaient de ceux de Santiago à ceux de Shanghai. Le genre de pornographie propre à M. Janin, si l'on en jugeait d'après ses vêtements, semblait répondre au goût du public. Il venait tout juste, nous dit-il, d'achever son huitième roman : il avait trait à la vie amoureuse dans un hôtel de sports d'hiver. D'où sa présence dans celui-ci. Après sa brutale autoprésentation, il se révéla des plus aimables et nous régala, sans se faire prier davantage, d'un discours sur sa carrière, ses buts et méthodes de travail.

« J'écris très rapidement, nous informa-t-il. Pour moi, un simple coup d'œil suffit. Je ne crois pas à la seconde impression. »

Les deux jours d'escale d'un bateau de croisière avaient fourni à M. Janin les matériaux nécessaires à la plupart de ses œuvres. Maintenant, il en avait fini avec la Suisse, elle aussi. En quête de mondes neufs à conquérir, il avait arrêté son choix sur le mouvement nazi. Sa secrétaire et lui partaient le lendemain pour Munich.

« Dans une semaine, conclut-il d'un ton menaçant, je saurai tout. »

Je me demandais quel rôle jouait la secrétaire de M. Janin (il insista plusieurs fois sur cette qualification) dans ses enquêtes éclair. Sans doute agissait-elle comme une espèce de grossier réactif chimique ; au sein de certaines combinaisons elle produisait certains résultats connus. C'était elle, à ce qu'il semblait, qui avait découvert Piet. M. Janin, excité comme un chasseur en terrain inhabituel, s'était élancé prématurément à l'attaque. Néanmoins, il ne paraissait pas trop déçu de constater que Piet n'était pas sa proie légitime. Ses généralisations, formulées d'avance afin de gagner du temps, n'étaient pas aussi facilement mises en échec. Hollandais ou bien Allemand, cela de toute manière apportait de l'eau à son moulin. Piet, j'en eus le soupçon, n'en paraîtrait pas moins dans le prochain livre, affublé d'une chemise brune d'emprunt. Un écrivain utilisant la technique de M. Janin ne saurait se permettre le plus léger gaspillage.

Un mystère étant dissipé, l'autre s'approfondissait. Je passai le restant de la soirée à tenter de le résoudre. Si Margot n'était pas Janin, qui était-il ? Où se trouvait-il ? Il me semblait curieux qu'il eût ainsi laissé s'effriter vingt-quatre heures, après avoir manifesté tant de hâte à faire venir Kuno. « Demain, pensai-je, il ne pourra manquer de se révéler. » Mes réflexions furent interrompues par Kuno, qui frappait à ma porte afin de me demander si j'étais couché. Il souhaitait me parler de Piet van Hoorn et, malgré mon sommeil, je n'eus pas le front de le repousser.

« Dites-moi, je vous prie… ne trouvez-vous pas qu'il ressemble un peu à Tony ?

– À Tony ? » J'étais vraiment idiot ce soir. « Tony qui ? »

Kuno me considéra d'un air de doux reproche.

« Mais voyons… excusez-moi… je veux parler du Tony du livre, comprenez-vous ? »

Je souris.

« Vous croyez que Tony ressemble plus à Piet qu'à Heinz ?

– Oh ! oui ! » Sur ce point, Kuno se montrait absolument formel. « Beaucoup plus. »

C'est ainsi que l'infortuné Heinz fut banni de l'île. Étant à regret tombés d'accord là-dessus, nous nous souhaitâmes une bonne nuit.

Le lendemain matin, je résolus de me livrer à une enquête personnelle. Tandis que Kuno se trouvait au salon, en train de bavarder avec les van Hoorn, j'entrai en conversation avec le portier. Oh ! oui, m'affirma-t-il, un grand nombre de gens d'affaires venus de Paris se trouvaient alors à l'hôtel ; certains même fort importants.

« M. Bernstein, par exemple, le propriétaire d'usines. C'est un homme qui vaut des milliards… Donnez-vous la peine de regarder, monsieur : il est justement là, près du bureau. »

J'eus à peine le temps d'apercevoir un gros homme brun dont l'expression ressemblait à celle d'un enfant boudeur. Je ne l'avais jamais remarqué nulle part dans notre voisinage. Il franchit les portes qui menaient au fumoir, un paquet de lettres à la main.

« Savez-vous s'il possède une verrerie ? demandai-je.

– Je n'en sais trop rien, monsieur. Mais ça ne m'étonnerait pas. On dit qu'il a un pied presque partout. »

La journée s'écoula sans autre incident. L'après-midi,
M. van Hoorn réussit enfin à pousser son timide neveu
dans les bras d'une troupe de joyeuses Polonaises. Toute
la bande alla skier de concert. Kuno n'en fut pas des plus
satisfaits, mais accepta la chose avec sa bonne grâce
habituelle. Il semblait s'être pris d'un goût très vif pour
la société de Mr van Hoorn. L'un et l'autre restèrent à
l'hôtel tout l'après-midi.

Après le thé, nous sortions du salon quand nous nous
trouvâmes face à face avec M. Bernstein. Mais il nous
croisa sans manifester le moindre intérêt.

Dans mon lit ce soir-là, j'en arrivai presque à la
conclusion que Margot devait être un simple fruit de
l'imagination d'Arthur. Dans quel dessein il avait été
créé, j'étais incapable de me le figurer. De plus, je ne
m'en souciais guère. La vie était fort agréable dans cet
hôtel. Je m'amusais bien ; encore un jour ou deux et je
saurais skier. Je décidai de tirer de ces vacances le meilleur parti possible et, suivant le conseil d'Arthur,
d'oublier les raisons qui m'y avaient amené. En ce qui
concernait Kuno, mes craintes se révélaient sans fondement. On ne l'avait pas escroqué d'un centime. Alors, à
quoi bon s'inquiéter ?

L'après-midi du troisième jour, Piet proposa, de son
propre chef, que nous allions tous les deux seuls patiner
sur le lac. Le malheureux garçon, comme je l'avais
remarqué au déjeuner, n'en pouvait plus. Il en avait par-
dessus la tête de son oncle, de Kuno, des Polonaises ; il
avait besoin de décharger sa colère dans l'oreille de
quelqu'un et, du lot, c'était moi qui lui paraissais le
moins inapte à le comprendre. Nous n'étions pas plus tôt

arrivés sur la glace qu'il éclata ; je fus stupéfait de découvrir l'abondance et la véhémence avec lesquelles il pouvait parler.

Que pensais-je de cet endroit ? me demanda-t-il. Tout ce luxe n'était-il pas écœurant ? Et les gens ? N'étaient-ils pas indiciblement idiots et révoltants ? Comment pouvaient-ils se conduire de la sorte, dans l'état présent de l'Europe ? N'avaient-ils pas le plus léger sentiment de la décence ? Étaient-ils entièrement dépourvus d'orgueil national pour se mêler à quantité de juifs qui ruinaient leur pays ? Et moi, quelle était mon opinion là-dessus ?

« Que dit votre oncle de tout ça ? » contre-attaquai-je afin d'éviter de répondre.

Piet haussa les épaules avec irritation.

« Oh ! mon oncle… il ne s'intéresse absolument pas à la politique. La seule chose qui le préoccupe, ce sont ses vieux tableaux. Il est plus français que hollandais, à ce que dit mon père. »

Les études en Allemagne de Piet avaient fait de lui un fasciste ardent. Après tout, l'instinct de M. Janin ne l'avait pas tellement trompé ; le jeune homme était plus brun que les Bruns.

« Ce dont mon pays a besoin, c'est d'un homme comme Hitler. D'un véritable chef. Un peuple sans ambition est indigne de vivre. »

Il tourna vers moi son beau visage sans humour et me considéra sévèrement.

« Vous, avec votre Empire, vous devez comprendre cela. »

Mais j'évitai le piège.

« Vous voyagez souvent avec votre oncle ? demandai-je.

– Non. Et même, j'ai été surpris quand il m'a demandé de l'accompagner ici. Et avec si peu de préavis : il ne me l'a proposé que la semaine dernière. Mais j'adore faire du ski, et j'ai cru que tout serait absolument naturel et simple, comme le circuit que j'ai fait avec des étudiants à Noël dernier. Nous sommes allés dans les Riesengebirge. Nous nous lavions le matin avec de la neige dans un baquet. Il faut apprendre à s'aguerrir le corps et l'autodiscipline est capitale à notre époque... »

Je l'interrompis :

« Quel jour êtes-vous arrivés ici ?

— Voyons... ce doit être la veille du jour où vous êtes arrivés vous-mêmes. » Piet fut soudain frappé par une idée. Cela le rendit plus humain. Il alla jusqu'à sourire. « À ce propos, je pense à une chose bizarre que j'avais complètement oubliée... mon oncle tenait absolument à faire votre connaissance.

— Ma connaissance à *moi* ?

— Oui... » Piet éclata de rire en rougissant. « Et même, il m'a dit de chercher à savoir qui vous étiez.

— Non !

— Voyez-vous, il pensait que vous étiez le fils d'un ami à lui ; un Anglais. Mais il n'avait rencontré le fils qu'une fois, il y a longtemps, et il n'était pas sûr. Il avait peur, si vous le voyiez et que lui ne vous reconnaisse pas, de vous froisser.

— Eh bien, je vous ai certainement aidé à faire ma connaissance, n'est-ce pas ? »

Nous rîmes tous deux.

« Et comment !

— Ha ! ha ! que c'est drôle !

— Oui, vraiment très drôle. »

Quand nous rentrâmes à l'hôtel pour y prendre le thé, nous eûmes du mal à trouver Mr van Hoorn et Kuno. Ils étaient assis tous les deux ensemble dans un coin retiré du fumoir, à une certaine distance des autres clients. Mr van Hoorn avait cessé de rire ; il parlait calmement, sérieusement, scrutant des yeux le visage de Kuno. Kuno lui-même avait une gravité de juge d'instruction. J'eus l'impression qu'il était profondément troublé, plongé dans la perplexité par le sujet de leur conversation. Mais ce ne fut là qu'une impression, et momentanée. Dès que Mr van Hoorn eut pris conscience de mon arrivée, il éclata bruyamment de rire et donna un coup de coude à Kuno comme s'il atteignait le point culminant d'une histoire drôle. Kuno rit également, mais avec moins d'enthousiasme.

« Allons ! allons ! s'écria Mr van Hoorn. Voilà les garçons ! Affamés comme des loups, j'en donnerais ma main à couper ! Et nous autres, vieilles barbes, qui avons perdu tout l'après-midi à bavasser au coin du feu. Dieu ! il est vraiment si tard que ça ? Mon royaume pour une tasse de thé ! »

« Un télégramme pour vous, monsieur », dit la voix d'un chasseur derrière mon épaule.

Je m'effaçai, pensant qu'il s'adressait à l'un de mes compagnons. Mais non : c'était dans ma direction qu'il tendait le plateau d'argent. Il n'y avait pas à s'y tromper. Sur l'enveloppe, je lus mon nom.

« Aha ! s'exclama Mr van Hoorn. Votre petite amie s'impatiente, et veut que vous retourniez auprès d'elle. »

Je déchirai l'enveloppe et dépliai le papier. Le message ne comportait que trois mots :

« Prière revenir immédiatement »

Ces trois mots, je les lus et les relus. Je souris.

« En fait, dis-je à Mr van Hoorn, vous avez mis dans le mille : ma petite amie s'impatiente et veut que je retourne auprès d'elle. »

Le télégramme était signé Ludwig.

XIV

Quelque chose était arrivé à Arthur. Cela, du moins, était évident. Autrement, s'il avait désiré mon retour, il m'aurait prévenu lui-même. Et le pétrin dans lequel il était, quel qu'il fût, devait avoir un certain rapport avec le Parti puisque Bayer avait signé le télégramme. Ici mon raisonnement s'arrêtait, se perdant parmi des suppositions et des éventualités aussi vagues, aussi peu délimitées que l'obscurité qui emprisonnait le train. Étendu sur ma couchette, j'essayais de dormir et ne le pouvais pas. Le balancement du wagon, le cliquetis des roues rythmaient les battements d'anxieuse excitation de mon cœur. Arthur, Bayer, Margot, Schmidt... J'essayais de disposer les morceaux du puzzle à l'envers, de biais, de toutes les façons possibles, ce qui me fit passer une nuit blanche.

Ce fut des années plus tard, à ce qu'il me sembla, bien qu'en réalité seulement l'après-midi du lendemain, que je tournai ma clé dans la serrure de l'appartement. Sans bruit, je poussai la porte de ma chambre. Au beau milieu Frl. Schroeder était assise, assoupie, dans le meilleur fauteuil. Ayant retiré ses savates, elle reposait ses pieds revêtus de bas sur le petit banc. Quand l'un de ses pensionnaires s'absentait, elle agissait fréquemment de la sorte, se berçant du songe de la plupart des logeuses : que tout lui appartenait.

Si j'avais ressuscité d'entre les morts, il lui aurait été malaisé de pousser un cri plus perçant que celui qu'elle émit en apercevant ma silhouette sur le seuil.

« Herr Bradshaw ! Dieu que vous m'avez fait peur !

– Pardonnez-moi, Frl. Schroeder. Mais non, je vous en prie, restez assise. Où est Herr Norris ?

– Herr Norris ? » Elle était encore un peu étourdie. « Je n'en sais rien, ma parole. Il a dit qu'il rentrerait vers sept heures.

– Il demeure donc toujours ici ?

– Comment ! mais bien sûr, Herr Bradshaw. Quelle idée ! » Frl. Schroeder me considéra avec un étonnement anxieux. « Quelque chose ne va pas ? Pourquoi ne m'avez-vous pas prévenue que vous rentriez plus tôt ? J'avais l'intention de faire à fond, demain, le ménage de votre chambre.

– C'est parfaitement bien comme ça, ne vous inquiétez pas. Herr Norris n'a pas été malade, au moins ?

– Pourquoi ça ? Non. » La perplexité de Frl. Schroeder augmentait d'instant en instant. « C'est-à-dire que, s'il l'a été, il ne m'en a pas soufflé mot, et qu'il a été sur pied, par monts et par vaux, depuis le matin jusqu'à minuit. Vous a-t-il écrit qu'il n'allait pas bien ?

– Oh ! non, absolument pas… seulement… quand je suis parti je le trouvais plutôt pâle. M'a-t-on téléphoné ? A-t-on laissé un message pour moi ?

– Non, Herr Bradshaw. Vous vous rappelez, vous avez dit à tous vos élèves que vous seriez absent jusqu'au nouvel an.

– Oui, naturellement. »

J'allai jusqu'à la fenêtre et regardai vers le bas, dans la rue humide et vide. Que dis-je : vide ? Elle ne l'était pas tout à fait. Là-bas, au coin, se tenait un petit homme en pardessus boutonné et chapeau de feutre. Il faisait tranquillement les cent pas, les mains derrière le dos, comme s'il eût attendu sa petite amie.

« Voulez-vous que j'aille vous chercher de l'eau chaude ? » demanda Frl. Schroeder avec tact.

J'aperçus mon reflet dans le miroir. Je paraissais fatigué, sale et non rasé.

« Non merci, répondis-je en souriant. J'ai quelque chose à faire auparavant. Je serai de retour dans une heure environ. Peut-être auriez-vous l'amabilité de me faire chauffer un bain ? »

« Mais oui, Ludwig est là, me dirent les employées du premier bureau de la Wilhelmstrasse. Vous pouvez entrer immédiatement. »

Bayer ne parut pas le moins du monde surpris de me voir. Il leva les yeux de ses papiers avec un sourire.

« Vous voici donc, Mr Bradshaw ! Asseyez-vous, je vous en prie. J'espère que vous avez passé de bonnes vacances ? »

Je souris à mon tour.

« Mon Dieu, je commençais tout juste à m'amuser...

– Quand vous avez reçu mon télégramme ? Je vous prie de m'excuser, mais c'était nécessaire, comprenez-vous ? »

Bayer fit une pause ; me considéra pensivement ; reprit :

« Je crains que ce que j'ai à vous dire ne vous soit désagréable, Mr Bradshaw. Mais il n'est pas bon que vous soyez maintenu plus longtemps dans l'ignorance de la vérité. »

Je pouvais entendre, quelque part dans la pièce, un tic-tac de pendule ; tout paraissait devenu très tranquille.

Le cœur me cognait inconfortablement contre les côtes. Je suppose que je devinais à demi ce que Bayer allait m'apprendre.

« Vous êtes allé en Suisse, continua-t-il, avec un certain baron Pregnitz ?

– Oui, c'est exact. »

Je me passai la langue sur les lèvres.

« Et maintenant je vais vous poser une question qui pourrait donner à penser que je me mêle de vos affaires privées. Je vous prie de ne pas vous en offenser. Si vous ne le désirez pas, vous n'y répondrez pas, comprenez-vous ? »

Ma gorge était devenue sèche. Essayant de me l'éclaircir, j'émis un son grinçant, absurdement fort.

« Je répondrai à toutes les questions qu'il vous plaira de me poser », répondis-je, d'une voix plutôt voilée.

Les yeux de Bayer s'éclairèrent en signe d'approbation. Il se pencha dans ma direction à travers la table.

« Je suis content que vous adoptiez cette attitude, Mr Bradshaw… Vous souhaitez nous aider. C'est bien… Et maintenant voulez-vous me dire, je vous prie, quelle était la raison que Norris vous a donnée du voyage que vous deviez faire en Suisse avec ce baron Pregnitz ? »

À nouveau j'entendis cette pendule. Bayer, les coudes sur le bureau, m'examinait avec une attention bienveillante, encourageante. Pour la deuxième fois je m'éclaircis la gorge.

« Eh bien, commençai-je, d'abord, voyez-vous… »

Ce fut une longue et stupide histoire qui me sembla durer des heures à raconter. Je ne m'étais pas rendu compte du côté fou, méprisable de certains de ses détails. J'avais affreusement honte de moi, rougissais, tentais de faire de l'humour, échouais piteusement, ébauchais la défense, puis le procès de mes motifs, évitais certains épisodes, mais pour les mieux laisser échapper un instant plus tard sous l'interrogation neutre de ses yeux amicaux. Cette histoire paraissait impliquer la confession de toutes mes faiblesses devant cet homme attentif et silencieux. De ma vie je ne me suis jamais senti si humilié.

Lorsque enfin j'eus terminé, Bayer fit un léger mouvement.

« Je vous remercie, Mr Bradshaw. Tout cela, voyez-vous, ressemble beaucoup à ce que nous avions supposé. Nos camarades parisiens connaissent déjà fort bien ce M. van Hoorn. C'est un homme habile, et qui nous a donné beaucoup de fil à retordre.

– Vous voulez dire... que c'est un agent de la police ?

– Officieusement, oui. Il récolte des informations de toutes sortes, et les vend à qui veut bien les payer. Ils sont nombreux à faire cela ; mais la plupart sont tout à fait stupides et ne constituent pas le moindre danger...

– Je vois... Et van Hoorn s'est servi de Norris pour recueillir des informations ?

– C'est cela, oui.

– Mais comment diable a-t-il fait pour obtenir l'aide de Norris ? Quelle histoire a-t-il bien pu lui raconter ? Je m'étonne que Norris n'ait pas été plus soupçonneux. »

En dépit de sa gravité, les yeux de Bayer étincelèrent d'amusement.

« Il est possible que Norris, au contraire, ait été très soupçonneux. Non. Vous m'avez mal compris, Mr Bradshaw. Je n'ai pas dit qu'il ait été trompé par van Hoorn. Ce n'était nullement nécessaire.

– Nullement nécessaire ? répétai-je en écho stupidement.

– Nullement nécessaire. Non... Norris était parfaitement conscient, voyez-vous, de ce que désirait van

Hoorn. Tous deux se comprenaient à merveille. Depuis le retour en Allemagne de Norris il a reçu régulièrement des sommes d'argent, par l'intermédiaire de van Hoorn, des agents secrets du gouvernement français.

– Je ne peux croire une chose pareille !

– C'est pourtant la vérité. Je suis en mesure de vous le prouver, si vous voulez. Norris a reçu de l'argent pour nous surveiller, pour communiquer des renseignements sur nos projets et sur notre action. » Bayer sourit et leva la main comme afin de prévenir une protestation. « Oh ! ce n'est pas aussi terrible que ça en a l'air. Les renseignements qu'il était en mesure de communiquer ne présentaient guère d'intérêt. Dans un mouvement pareil au nôtre il n'est pas nécessaire de tramer de vastes intrigues, ainsi qu'on nous en attribue dans la presse capitaliste et dans les romans policiers. Nous agissons au grand jour. N'importe qui peut savoir ce que nous faisons. Il est possible que Norris ait pu révéler à ses amis les noms de certains de nos messagers qui font fréquemment la navette entre Berlin et Paris. Et peut-être également certaines adresses. Mais cela n'a pu se produire que dans les débuts.

– Alors, vous êtes au courant de ses activités depuis déjà longtemps ? »

J'avais peine à reconnaître le son de ma propre voix.

Bayer eut un rayonnant sourire.

« Depuis très longtemps, oui. » Le ton de sa voix était apaisant. « Norris nous a même été fort utile, bien qu'involontairement. Nous sommes en mesure, à l'occasion, de faire parvenir à nos adversaires bien des fausses nouvelles par son entremise. »

Avec une vitesse ahurissante, les fragments du puzzle s'emboîtaient dans mon esprit les uns dans les autres. En un éclair, un autre morceau s'ajouta au reste. Je me souvins du lendemain matin des élections ; Bayer dans cette même pièce, en train de tendre à Norris le paquet cacheté qu'il avait extrait du tiroir de son bureau.

« Oui… Je comprends maintenant…

— Mon cher Mr Bradshaw… » Le ton de Bayer était bienveillant, presque paternel. « … je vous en prie, ne vous désolez pas outre mesure. Norris est votre ami, je le sais. Comprenez-moi bien : ce que j'ai dit ne le visait pas en tant qu'homme, et la vie privée des gens ne nous regarde pas. Nous sommes tous persuadés que vous ne pouvez avoir été au courant de l'affaire. Vous avez agi d'un bout à l'autre avec à notre égard une entière bonne foi. J'aurais aimé pouvoir vous garder dans l'ignorance.

— Ce que je ne comprends toujours pas, c'est comment Pregnitz…

— Ah ! j'y arrive… Norris, voyez-vous, s'est trouvé bientôt incapable de donner plus longtemps satisfaction à ses amis parisiens grâce à ses rapports : ils étaient si souvent insuffisants ou faux ! C'est pourquoi il soumit à van Hoorn l'idée d'une rencontre avec Pregnitz.

— Et la verrerie ?

— Elle n'existe que dans l'imagination de Norris. Ici, il a tiré parti de votre manque d'expérience. Ce n'est pas pour cela que van Hoorn vous a offert un voyage en Suisse. Le baron Pregnitz est un politicien, non un financier.

— Vous ne voulez pas dire ?…

— Si, c'est là précisément ce que je désirais vous dire. Pregnitz est au courant d'un grand nombre de secrets du gouvernement allemand. Il lui est possible d'obtenir copie de cartes, plans et documents confidentiels dont les employeurs de van Hoorn seraient disposés à payer très cher la communication. Peut-être Pregnitz se laissera-t-il tenter. Mais cela ne nous concerne pas. Nous ne

souhaitons qu'une chose : vous mettre en garde personnellement afin que vous ne vous retrouviez pas, bien
qu'innocent, en prison pour haute trahison.

– Grand Dieu !... Mais comment diable avez-vous
fait pour apprendre tout ça ? »

Bayer sourit.

« Vous pensez que nous avons aussi nos espions ? Eh
bien non, ce n'est pas nécessaire. Tous les renseignements de cet ordre, on peut si facilement les obtenir de la
police !

– Alors, la police est au courant ?

– Je ne crois pas qu'elle soit encore sûre de tout. Mais
elle est très soupçonneuse. Deux de ses agents sont venus
ici nous poser des questions à propos de Norris, de
Pregnitz et de vous-même. Ces questions permettaient
d'en deviner long. Je pense que nous les avons persuadés
que vous n'étiez pas un dangereux conspirateur... »
Bayer sourit. « ... Néanmoins, nous avons cru devoir
vous télégraphier aussitôt, afin que vous n'aggraviez pas
votre cas.

– C'était très aimable à vous de vous inquiéter de mon
sort.

– Nous nous efforçons toujours d'aider qui nous aide ;
bien qu'hélas ! quelquefois ce soit impossible. Vous
n'avez pas encore vu Norris ?

– Non. Il était sorti quand je suis arrivé.

– Vraiment ? C'est parfait. Mieux vaut que vous lui
disiez personnellement ces choses. Depuis une semaine
il était absent. Assurez-le, je vous prie, que nous ne lui
voulons aucun mal ; mais il ferait mieux, dans son propre
intérêt, de quitter l'Allemagne sans délai. Prévenez-le, en
outre, que la police le surveille. Elle ouvre toutes les
lettres qu'il reçoit ou qu'il expédie ; de cela je suis sûr.

– Très bien, répondis-je, je le lui dirai.

– Je peux compter sur vous ? C'est bien. » Bayer se leva. « Et maintenant, Mr Bradshaw, je vous en prie, ne vous reprochez rien. Vous avez été léger, peut-être. Ne vous inquiétez pas ; nous sommes tous, à nos heures, très, très légers. Mais vous n'avez rien fait dont vous ayez à rougir. Je pense que désormais vous serez plus attentif au choix de vos amis, non ?

– Si, je vous le certifie. »

Bayer sourit et me donna sur l'épaule une tape encourageante.

« Et maintenant nous allons oublier cette histoire désagréable. Vous aimeriez faire d'autres travaux pour nous, bientôt ? Parfait... Vous répéterez ce que je vous ai dit à Norris, hein ? Au revoir.

– Au revoir. »

Je lui serrai la main, je suppose, et quittai les lieux comme à l'accoutumée. Je dois m'être conduit tout à fait normalement, étant donné que personne, dans le premier bureau, n'ouvrit de grands yeux en me regardant. Ce ne fut qu'une fois redescendu dans la rue que je me mis à courir. J'étais soudain la proie d'une impatience extrême ; je voulais en finir, et vite.

Un taxi passa ; je fus dedans avant même que le chauffeur ait eu le temps de ralentir.

« Allez aussi vite que vous le pourrez », lui commandai-je.

Nous dérapions ; il avait plu ; la boue rendait la chaussée gluante. Déjà les lampes étaient allumées ; la nuit tombait. J'allumai une cigarette et la jetai après deux bouffées. Mes mains tremblaient ; autrement je me sentais parfaitement calme, sans colère, sans dégoût même ; rien. Le puzzle était entièrement résolu ; je pouvais le voir dans sa totalité, si tant est que je souhaitasse le regarder, image dense et colorée, d'un seul coup d'œil. « Mais ce que je veux, pensai-je, c'est en finir. Et tout de suite. »

Arthur était déjà rentré. Il jeta un coup d'œil hors de sa chambre au moment où j'ouvris la porte de l'appartement.

« Entrez donc, cher enfant ! Mais entrez, voyons ! En voilà une bonne surprise ! Quand Frl. Schroeder m'a annoncé votre retour, je n'en croyais pas mes oreilles. Qu'est-ce qui vous a poussé à rentrer si tôt ? Berlin vous manquait-il, ou bien était-ce après ma compagnie que vous languissiez ? Je vous en prie, dites-moi que ce dernier motif était le bon ! Vous nous avez beaucoup manqué à tous, ici. Sans vous, le réveillon de Noël a été vraiment fade. Oui... Je dois dire que vous n'avez pas aussi bonne mine que je l'avais espéré ; peut-être êtes-vous fatigué du voyage ? Asseyez-vous ici. Avez-vous pris le thé ? Laissez-moi vous offrir un verre de quelque chose afin de vous rafraîchir.

— Non, merci, Arthur.

— Vous ne voulez pas ? Bon, bon... Peut-être changerez-vous d'avis tout à l'heure... Comment allait notre ami Pregnitz quand vous l'avez quitté ? À merveille, j'espère ?

— Oui. Il va bien.

— Je suis content de l'apprendre. Très content. Et maintenant, William, je dois vraiment vous féliciter de l'adresse et du tact admirables avec lesquels vous avez rempli votre petite mission. Margot s'en est montré plus que satisfait. Et il est très difficile, vous savez ; très peu commode à contenter...

— Vous avez donc de ses nouvelles ?

— Oh ! oui. J'ai reçu un long télégramme ce matin. L'argent arrivera demain. Je dois reconnaître au crédit de

Margot que, pour ces questions, il est parfaitement ponctuel et correct ; on peut toujours se fier à lui.

— Voulez-vous dire par là que Kuno est d'accord ?

— Non, pas cela, malheureusement. Du moins pas encore. Ce genre de chose ne se conclut pas en un jour. Mais Margot est manifestement plein d'espoir. Il semble que Pregnitz ait été d'abord un peu difficile à convaincre ; il ne voyait pas clairement les avantages que sa firme pouvait tirer de la transaction. Mais maintenant, il se montre nettement intéressé. Il demande, et cela va de soi, le temps de réfléchir. D'ici là, je touche la moitié de ma part ainsi que nous étions convenus. Je suis heureux de vous dire que c'est déjà plus que suffisant pour couvrir mes frais de voyage ; me voilà donc un poids de moins sur la conscience. Quant au reste, je suis personnellement convaincu que Pregnitz finira par accepter.

— Oui... Je suppose qu'ils y viennent tous.

— Presque tous, oui... », admit distraitement Arthur.

Mais, l'instant d'après, il prit conscience d'une certaine étrangeté dans le ton de ma voix.

« Il me semble, William, que je n'ai pas bien compris ce que vous vouliez dire.

— Vraiment ? Je serai donc plus clair : je suppose que van Hoorn a l'habitude de réussir à obtenir des gens qu'ils lui vendent tout ce qu'il veut acheter ?

— Mon Dieu... euh... je ne sais si, dans le cas présent, le mot de vente est le mot qui convient. Ainsi que je crois vous l'avoir dit...

— Arthur, interrompis-je avec lassitude, vous pouvez maintenant cesser de mentir. Je sais tout.

— Oh !... » commença-t-il.

Puis il se tut. On eût dit que le choc lui avait coupé la respiration. S'étant laissé tomber pesamment dans un fauteuil, il s'examina les ongles avec une expression de détresse non dissimulée.

« Je ne dois, je pense, m'en prendre qu'à moi, dis-je. J'étais fou de vous faire confiance en quoi que ce fût. Je dois vous rendre cette justice, c'est que vous m'avez vous-même assez souvent mis en garde. » Arthur leva rapidement les yeux dans ma direction comme un épagneul sur le point de recevoir le fouet. Ses lèvres remuèrent, mais aucun son n'en sortit. La fossette profonde apparut un instant dans son menton effondré. À la dérobée, il se gratta la mâchoire, retirant aussitôt la main comme s'il avait peur que ce geste pût me déplaire. « J'aurais dû prévoir que vous trouveriez moyen de vous servir de moi tôt ou tard ; ne serait-ce qu'en qualité de vulgaire appât. Vous trouvez toujours moyen de vous servir des gens, n'est-ce pas ? Si je m'étais retrouvé en prison, ç'aurait été drôlement bien fait pour moi.

— William, je vous en donne ma parole d'honneur, jamais je…

— Je ne prétendrai pas, continuai-je, que je me soucie le moins du monde de ce qui peut arriver à Kuno. S'il est assez fou pour se laisser entortiller, c'est en pleine connaissance de cause… Mais je dois vous dire une chose, Arthur : si n'importe qui d'autre que Bayer m'avait raconté que vous feriez jamais des crasses au Parti, je l'aurais traité de sale menteur. Vous trouvez ça bien sentimental de ma part, j'imagine ? »

Arthur avait manifestement sursauté au nom que j'avais prononcé.

« Ainsi, Bayer est au courant, n'est-ce pas ?

— Bien sûr.

— Mon Dieu, mon Dieu… »

Il avait l'air de s'être tassé sur lui-même, comme un épouvantail sous l'averse. Ses joues molles, où la barbe apparaissait, étaient tachetées et pâles ; ses lèvres s'entrouvraient en une grimace de détresse hébétée.

« Je n'ai jamais rien dit à van Hoorn qui eût vraiment de l'importance, William. Je vous le jure.

— Je sais. Vous n'en avez jamais eu la possibilité. Vous ne m'avez pas l'air bon à grand-chose, même à la filouterie.

— Ne m'en veuillez pas, cher enfant. Je ne puis le supporter.

— Je ne vous en veux pas ; c'est à moi que j'en veux d'être un pareil idiot. Je vous croyais mon ami, comprenez-vous ?

— Je ne vous demande pas de me pardonner, dit Arthur avec humilité. Vous ne me pardonnerez jamais, bien sûr. Mais ne me jugez pas trop sévèrement. Vous êtes jeune. Vos principes sont tellement intransigeants ! Quand vous en arriverez à mon âge, vous envisagerez les choses différemment, peut-être. Il est très facile de condamner quand on n'est pas tenté soi-même, souvenez-vous-en.

— Je ne vous condamne pas. Quant à mes principes, si j'en ai jamais eu, vous les avez brouillés complètement. Je suppose que vous avez raison. À votre place, j'aurais probablement fait tout comme vous.

— Vous voyez ? » Arthur poursuivit son avantage avec avidité. « Je savais bien que vous en viendriez à considérer les choses sous cet angle.

— Je ne veux les considérer sous aucun angle. Toute cette histoire ignoble me dégoûte trop... Bon Dieu ! je souhaite que vous partiez quelque part où je ne vous revoie jamais ! »

Arthur soupira.

« Que vous êtes dur, William ! Je ne l'aurais jamais cru. Vous m'avez toujours paru si compatissant !

– Et c'était là-dessus que vous comptiez, j'imagine ? Eh bien, je pense que vous vous apercevrez que les tendres aiment encore moins être dupés que les autres. Ils y sont d'autant plus sensibles qu'ils sentent bien qu'ils n'ont à s'en prendre qu'à eux-mêmes.

– Vous avez parfaitement raison, bien sûr, et je mérite toutes les paroles désagréables que vous me dites. Ne m'épargnez pas. Mais, je vous en fais solennellement le serment, la pensée que je vous impliquais dans un délit quelconque ne m'est pas une seule fois passée par la tête. Voyez-vous, tout s'est déroulé très exactement comme nous l'avions prévu. Après tout, où se trouvait le risque ?

– Le risque était plus grand que vous ne pensez. La police connaissait tout de notre petite expédition avant même qu'elle n'eût commencé.

– La police ? William, vous ne parlez pas sérieusement ?

– Vous ne croyez pas que je suis en train de plaisanter, non ? Bayer m'a chargé de vous mettre en garde. Ils sont allés faire un tour chez lui pour enquêter.

– Juste ciel !... » Il n'existait plus chez Arthur la moindre trace de raideur. Il était assis là, pareil à un sac de papier froissé, ses yeux bleus brillant de terreur. « Mais il est impossible qu'ils... »

Je me rendis à la fenêtre.

« Venez voir, si vous ne me croyez pas. Il est encore là.

– Qui est encore là ?

– Le détective qui surveille cette maison. »

Sans un mot, Arthur se hâta de me rejoindre à la fenêtre et risqua un coup d'œil en direction de l'homme au pardessus boutonné.

Puis il regagna lentement son siège. Il avait soudain l'air beaucoup plus calme.

« Que faire ? »

Il semblait penser tout haut plutôt que s'adresser à moi.

« Filer, naturellement ; à l'instant même où vous aurez touché l'argent.

— Mais ils m'arrêteront, William !

— Oh ! non, ils ne vous arrêteront pas. Ils l'auraient déjà fait s'ils avaient dû le faire. Bayer dit qu'ils ont lu toutes vos lettres... D'autre part, ils ne sont pas encore absolument sûrs de tout, à son avis. »

Arthur médita quelque temps en silence. Puis il leva les yeux vers moi en une espèce d'appel nerveux.

« Alors, vous n'allez pas ?... »

Il s'arrêta.

« Je ne vais pas quoi ?

— Leur dire... eh bien... euh... tout ?

— Mon Dieu, Arthur ! » Je suffoquais littéralement. « Pour qui me prenez-vous au juste ?

— Non, bien sûr, cher enfant... Pardonnez-moi. J'aurais dû savoir... » Il eut une toux d'excuse. « ... Seulement, le temps d'un éclair, j'ai eu peur. La récompense pourrait être assez élevée, voyez-vous... »

Pendant plusieurs secondes, je restai absolument sans voix. Rarement avais-je reçu pareil choc. Bouche bée, je contemplai Arthur avec un mélange d'indignation et d'amusement, de dégoût et de curiosité. Timidement, ses yeux rencontrèrent les miens. Cela ne pouvait faire aucun doute : en son âme et conscience, il n'avait pas le sentiment d'avoir dit quoi que ce fût de surprenant ni d'offensant. Je retrouvai enfin la voix.

« Eh bien, de tous les... »

Mais mon éclat fut coupé net par une furieuse volée de coups frappés contre la porte de la chambre.

« Herr Bradshaw ! Herr Bradshaw ! » Frl. Schroeder était dans une agitation frénétique. « L'eau bout et je ne peux pas ouvrir le robinet ! Venez immédiatement, ou nous allons tous être pulvérisés !

– Nous discuterons de ça plus tard », dis-je à Arthur, et je me précipitai hors de la pièce.

XV

Trois quarts d'heure après, lavé, rasé, je retournai dans la chambre d'Arthur. Je le trouvai en train de jeter des regards précautionneux en bas, dans la rue, de derrière l'écran du rideau de dentelle.

« Il y en a un autre maintenant, William, me dit-il. Il a relevé le premier voilà cinq minutes environ. »

Le ton de sa voix était allègre ; il avait positivement l'air de jouir de la situation. Je le rejoignis à la fenêtre. C'était la vérité pure : un homme de haute taille, en chapeau melon, avait remplacé son collègue dans la tâche ingrate consistant à attendre la petite amie invisible.

« Pauvre type, ricanait Arthur, il paraît gelé, ne trouvez-vous pas ? Pensez-vous qu'il s'offenserait si je lui faisais descendre un thermos plein de brandy, accompagné de ma carte ?

– Il pourrait n'être pas sensible à la plaisanterie. »

Chose assez étrange, c'était moi qui me sentais embarrassé. Avec une indécente facilité, Arthur semblait avoir oublié toutes les paroles désagréables que je lui avais dites moins d'une heure auparavant. Son attitude à mon égard était aussi naturelle que si rien ne s'était produit. Je me sentis me durcir à nouveau contre lui. Dans mon bain je m'étais radouci, j'avais regretté certains mots cruels, j'en avais condamné d'autres comme malveillants ou suffisants ; j'avais répété une scène de réconciliation partielle où je me donnais un rôle plein de magnanimité ; mais c'était Arthur, bien entendu, qui devait faire les premiers pas. Au lieu de quoi je le retrouvais devant moi, en train d'ouvrir avec affabilité sa cave à liqueurs, arborant son expression coutumière d'hospitalité.

« En tout cas, William, vous-même ne m'en refuserez pas un verre ? Cela vous mettra en appétit pour le dîner.

– Non, merci. »

J'essayai de prendre un ton sévère ; mais il ne parut que boudeur. Aussitôt le masque d'Arthur tomba. L'aisance de ses manières, maintenant je m'en rendais compte, n'avait été qu'une expérience. Il émit un profond soupir, résigné à plus ample pénitence, adoptant une expression qui ressemblait à un haut-de-forme d'enterrement, lugubre, hypocrite et discret. Cela lui convenait si mal que je ne pus m'empêcher de sourire.

« Inutile, Arthur ; je ne peux continuer dans ce style ! »

Il était trop prudent pour répondre, sinon par un sourire timide et cauteleux. Cette fois, il entendait ne pas risquer une réponse prématurée.

« J'imagine, continuai-je du ton de la réflexion, qu'aucun d'eux ne vous a jamais vraiment gardé rancune, n'est-ce pas ? »

Arthur ne fit pas semblant de ne point comprendre. D'un air de sainte nitouche, il inspecta ses ongles.

« Hélas ! tout le monde n'a pas votre nature généreuse », William.

C'était à y renoncer ; nous étions retournés à notre jeu de cartes verbal. La minute de vérité, laquelle aurait pu racheter tant de choses, avait été esquivée avec élégance.

L'âme d'Arthur, dont la sensibilité était tout orientale, renâclait devant la foire d'empoigne brutale, saine, moderne, des quatre vérités et des confessions ; à la place, il m'offrait un compliment. Nous nous tenions là, ainsi que tant de fois déjà, au bord de cette frontière délicate, presque invisible, qui séparait nos deux univers. Désormais, nous n'avions plus aucune chance de la traverser jamais. Je n'étais ni assez vieux ni assez subtil pour en découvrir le moyen. Il y eut un silence décevant pendant lequel Arthur farfouilla dans le placard.

« Êtes-vous vraiment *tout à fait* certain de ne pas vouloir une goutte de brandy ? »

Je soupirai. Je renonçai à lui. Je souris.

« Bon. Merci. Une goutte. »

Nous bûmes cérémonieusement après avoir heurté nos verres. Arthur claqua les lèvres avec une satisfaction non dissimulée. Il avait l'air de s'imaginer que c'était là le symbole de quelque chose : d'une réconciliation, ou tout au moins d'une trêve. Mais non, je n'étais pas d'accord. Le fait hideux et sale était là toujours, devant notre nez, et nulle quantité de brandy ne parviendrait jamais à le laver.

Arthur avait l'air, pour l'instant, absolument inconscient de son existence. J'étais content. Je me sentais soudain vivement désireux de lui éviter de se rendre compte de ce qu'il avait fait. Le remords ne sied pas aux personnes âgées. Quand il s'empare d'elles, il n'est ni purifiant ni exaltant mais seulement dégradant et misérable, comme une maladie de vessie. Arthur ne devait jamais se repentir. Et de fait, il paraissait improbable qu'il le fît jamais.

« Descendons dîner », dis-je, sentant que le plus tôt nous quitterions cette chambre porte-malheur, mieux cela vaudrait.

Arthur lança un coup d'œil involontaire en direction de la fenêtre.

« Ne pensez-vous pas, William, que Frl. Schroeder pourrait aussi bien nous faire des œufs brouillés ? Je ne me sens guère le courage de m'aventurer au-dehors en ce moment.

– Bien sûr que nous devons descendre, Arthur. Ne soyez pas stupide. Vous devez vous conduire aussi normalement que possible, ou bien ils croiront que vous êtes en train de comploter quelque intrigue. De plus, songer à ce malheureux, là-bas. Comme il doit s'ennuyer ! Peut-être que, si nous sortons, il pourra prendre quelque chose lui aussi.

– Mon Dieu, je dois avouer, admit Arthur avec incertitude, que je n'avais pas considéré les choses sous cet angle. Très bien, donc, si vous êtes tout à fait certain que c'est sage… »

C'est une sensation curieuse que de se savoir suivi par un détective ; et surtout quand, ainsi que c'était le cas, l'on tient effectivement à ne pas lui échapper. Au moment où je sortis dans la rue aux côtés d'Arthur, je me sentis pareil au ministre de l'Intérieur en train de quitter la Chambre des Communes en compagnie du Premier ministre. L'homme au chapeau melon était soit un novice dans son métier, soit excessivement ennuyé par lui. Il ne fit pas la moindre tentative pour se cacher ; il se tenait là, à nous regarder fixement, au beau milieu d'une flaque de lampadaire. Une espèce de sens perverti de la courtoisie m'empêcha de regarder par-dessus mon épaule afin de voir s'il nous suivait ; en ce qui concernait Arthur, son embarras n'était que trop clairement visible ; son cou semblait se télescoper à l'intérieur de son corps, de sorte que les trois quarts de sa face étaient dissimulés par son col de pardessus ; son allure était celle d'un meurtrier fuyant le lieu de son crime. Je m'aperçus bientôt que je veillais subconsciemment à la régularité de mon pas ; je passais mon temps à me précipiter en avant dans le désir instinctif d'échapper à notre poursuivant, puis à ralentir afin de ne pas le semer purement et simplement. Durant cette marche vers le restaurant, Arthur et moi n'échangeâmes pas un mot.

À peine avions-nous pris place que le détective entra. Sans un regard dans notre direction, il s'élança vers le bar à grandes enjambées et se trouva bientôt tristement attablé devant une saucisse bouillie et un verre de limonade.

« Je suppose, observai-je qu'ils n'ont pas le droit de boire de la bière pendant les heures de service.

– Chhh, William ! dit Arthur en riant sous cape, il va nous entendre !

– Ça m'est égal : il ne peut pas m'arrêter pour le simple fait que je ris de lui. »

Néanmoins, tel est le pouvoir latent de l'éducation que je baissai la voix presque jusqu'au chuchotement :

« J'imagine qu'on lui paie ses dépenses. Savez-vous que ce que nous aurions dû faire, c'était l'emmener au *Montmartre* et lui faire passer une bonne soirée.

– Ou bien à l'opéra.

– Ça serait assez amusant d'aller à l'église. »

Nous ricanions tout bas ensemble, pareils à deux élèves qui se paient la tête du maître. L'homme à la haute taille, si tant est qu'il fût conscient de nos commentaires, se comportait avec une dignité remarquable. Son visage, qui se présentait à nous de profil, était morne, pensif et même philosophique ; il aurait pu tout aussi bien être en train de composer un poème. Ayant fini la saucisse, il commanda une salade niçoise.

La plaisanterie, si j'ose ainsi m'exprimer, dura tout le temps de notre repas. Je la prolongeai, consciemment, autant que je le pus. Il en alla de même, à mon avis, pour Arthur. Tacitement, nous nous y aidions l'un l'autre. Nous avions tous les deux peur d'observer la moindre pause : notre silence eût été trop éloquent. Cependant, il nous restait si peu de sujets de conversation !... Nous quittâmes le restaurant dès que ce fut décemment possible, accompagnés de notre convoyeur qui nous suivit jusque chez nous comme une nourrice désireuse de nous border dans notre lit. Par la fenêtre d'Arthur, nous regardâmes le détective reprendre sa faction première, sous le lampadaire qui faisait face à notre immeuble.

« Combien de temps va-t-il rester là, selon vous ? me demanda anxieusement Arthur.

– Toute la nuit, sans doute.

– Grand Dieu ! j'espère bien que non ; si ce que vous dites est vrai, je serai incapable de fermer l'œil une seconde.

– Peut-être que si vous paraissez à votre fenêtre en pyjama, il s'en ira.

– Vraiment, William, j'ai peine à croire que je pourrais faire une chose aussi immodeste. »

Il étouffa un bâillement.

« Eh bien, déclarai-je avec un peu de gaucherie, je crois que je vais aller me coucher.

– C'est exactement ce que j'étais sur le point de vous proposer, cher enfant. »

Tenant son menton d'un air absent entre le pouce et l'index, Arthur fit vaguement des yeux le tour de la pièce ; puis il ajouta, avec une simplicité qui excluait toute trace d'ironie :

« La journée a été fatigante pour nous deux. »

Le lendemain matin, en tout cas, nous n'eûmes pas le temps de nous sentir embarrassés : nous avions trop à faire. À peine la tête d'Arthur fut-elle libérée des mains du barbier que j'entrai chez lui en robe de chambre afin de tenir conseil. C'était maintenant le tour de garde du plus petit des deux détectives, celui qui portait un pardessus. Arthur dut avouer qu'il n'avait pas la moindre idée si l'un ou l'autre d'entre eux avait passé la nuit devant la maison : après tout, la compassion n'avait pas troublé son sommeil.

Le premier problème, cela va de soi, fut de décider de la destination d'Arthur. Il fallait enquêter auprès de la plus proche agence de voyages au sujet de lignes de paquebots et d'itinéraires possibles. Arthur s'était déjà prononcé sans appel contre l'Europe.

« Je sens que j'ai besoin d'un changement complet d'atmosphère, quelque peine que j'éprouve à l'idée de m'arracher à Berlin. Ici l'on se sent tellement confiné, tellement limité !... Plus vous grandirez en âge, William, plus vous éprouverez que le monde rapetisse. Les frontières semblent se rétrécir au point qu'il reste à peine la place de respirer.

— Quelle sensation pénible ce doit être !

— Assurément. » Il soupira. « Assurément. Il est possible que je sois un peu fatigué en ce moment, mais je dois confesser qu'à mes yeux les pays d'Europe ne sont ni plus ni moins qu'une collection de souricières ; à l'intérieur de certaines d'entre elles, le fromage est de qualité supérieure, voilà toute la différence. »

Nous discutâmes ensuite afin de déterminer lequel de nous deux descendrait prendre les renseignements. Arthur avait la plus grande répugnance à le faire.

« Mais, William, si j'y vais moi-même, notre ami d'en bas me suivra plus que certainement.

– N'en doutez pas. Mais c'est tout ce que nous voulons : sitôt que vous aurez fait connaître aux autorités votre intention de vider les lieux, leur esprit sera en repos : je suis persuadé qu'ils ne demandent rien de plus que de voir votre dos.

– Mon Dieu, il est possible que vous ayez raison… »

Mais Arthur n'aimait pas cela : pareille tactique révoltait son goût du mystère.

« Mais cela me paraît littéralement indécent, ajouta-t-il.

– Écoutez-moi bien, lui dis-je avec astuce. J'irai si vous le voulez vraiment. Mais à une condition, c'est que vous annoncerez vous-même la nouvelle à Frl. Schroeder en mon absence.

– Vraiment, cher enfant… non. Cela m'est absolument impossible. Je m'incline : qu'il en soit selon vos désirs… »

De ma propre fenêtre, une demi-heure après, je le regardai sortir dans la rue. Le détective, en apparence, ne prêta pas la moindre attention à sa sortie ; il était absorbé dans la lecture des plaques d'identité du seuil de la maison d'en face. Arthur se mit vivement en route, sans regarder ni à droite ni à gauche ; il me rappelait ce personnage de poème qui craint d'apercevoir le démon marchant à sa suite. Le détective continua d'examiner les plaques avec un extrême intérêt. Puis à la fin, quand je commençai d'être exaspéré littéralement de son apparente cécité, il se redressa, tira sa montre, la consulta avec une évidente surprise, hésita, sembla peser le pour et le contre, et s'éloigna finalement à pas rapides, impatients, comme un homme que l'on a fait trop longtemps attendre. Je vis disparaître sa petite silhouette avec une admiration amusée. C'était un artiste.

Cependant, j'avais ma propre tâche ; elle était pénible. Je trouvai Frl. Schroeder au salon, occupée à se faire une réussite ainsi que tous les matins que Dieu faisait, dans l'intention de découvrir ce qui lui arriverait au cours de la journée. Il était inutile d'y aller par quatre chemins.

« Frl. Schroeder, Herr Norris vient de recevoir de mauvaises nouvelles. Il va devoir quitter Berlin immédiatement. Il m'a chargé de vous l'annoncer... »

Je m'arrêtai, me sentant affreusement gêné, avalai ma salive et repris :

« Il m'a chargé de vous annoncer cela... Il désire payer sa chambre pour le mois de janvier et tout le mois de février... »

Frl. Schroeder gardait le silence. Je conclus, misérablement :

« Étant donné qu'il doit partir avec aussi peu de préavis, comprenez-vous... »

Elle ne relevait pas les yeux. Il y eut un bruit sourd, et une grosse larme tomba sur une des cartes étalées devant elle sur la table. J'avais envie de pleurer moi aussi.

« Peut-être... » J'étais lâche. « ... Peut-être n'est-ce que pour quelques mois. Il est possible qu'il revienne... »

Mais Frl. Schroeder ou bien n'entendit pas ou bien ne me crut pas. Ses sanglots redoublèrent ; elle n'essaya point de les retenir. Peut-être le départ d'Arthur n'était-il que la goutte d'eau qui faisait déborder le vase ; une fois mise en route, elle ne manquait nullement de raisons de pleurer : le loyer, les impôts en retard ; les factures qu'elle ne pouvait régler ; la grossièreté du marchand de charbon ; ses douleurs dans le dos ; ses furoncles ; sa pauvreté ; sa solitude ; sa mort en train d'approcher graduellement. C'était affreux de l'entendre. Je me mis à errer çà et là dans la pièce, tapotant les meubles, au comble du malaise.

« Frl. Schroeder… ne pleurez pas, non, ne pleurez…
non… je vous en prie… »

Elle se remit enfin. S'essuyant les yeux sur un coin de
la nappe, elle soupira profondément. Avec tristesse, ses
yeux rougis parcoururent les rangs de cartes. Elle s'écria,
avec un genre de triomphe morne :

« Dieu, je ne l'aurais jamais cru ! Regardez donc, Herr
Bradshaw : l'as de pique… la tête en bas ! J'aurais dû
prévoir qu'il allait arriver quelque chose comme ça ; les
cartes ne se trompent jamais. »

Arthur rentra de l'agence de voyage en taxi, une heure
plus tard environ. Ses mains étaient pleines de brochures
illustrées, de paperasses. Il avait l'air fatigué, déprimé.

« Ça a marché ? lui demandai-je.

– Laissez-moi le temps d'arriver, William, laissez-
moi le temps d'arriver… Je suis un peu essoufflé… »

S'effondrant lourdement sur un siège, il s'éventa de
son chapeau. Je me rendis à la fenêtre. Le détective
n'était pas à son poste habituel. Tournant la tête vers la
gauche, je le vis toutefois un peu plus bas dans la rue, en
train d'examiner le stock de l'épicerie.

« Est-il déjà de retour ? » s'enquit Arthur.

Je fis de la tête un signe affirmatif.

« Vraiment ? Grâce au diable, ce jeune homme ira loin
dans sa répugnante profession… Savez-vous, William,
qu'il a eu l'effronterie d'entrer droit dans l'agence et de se
tenir à mon côté devant le comptoir ? Je l'ai même entendu
poser des questions à propos d'un voyage dans le Harz.

– Peut-être qu'il voulait y aller réellement ; on ne sait
jamais ; il se peut qu'il prenne ses vacances bientôt.

– Oui, oui… En tout cas, c'était excessivement désagréable… J'ai eu la plus grande difficulté à en arriver à la
décision capitale que j'avais à prendre.

– Et quel est le verdict ?

– J'ai le regret d'avouer… » Arthur considéra d'un air abattu ses boutons de bottine. « … que ce devra être le Mexique.

– Grand Dieu !

– Voyez-vous, mon cher enfant, les possibilités, avec aussi peu de préavis, sont très limitées… J'aurais de beaucoup préféré Rio, bien sûr, ou l'Argentine ; j'ai même caressé l'idée de la Chine. Mais partout, de nos jours, tant d'absurdes formalités sont nécessaires ! Toutes sortes de questions impertinentes et stupides vous sont posées. Dans ma jeunesse, il en allait bien autrement… Un gentleman anglais se trouvait le bienvenu partout, en particulier s'il avait un ticket de première classe.

– Et quand partez-vous ?

– Il y a un bateau demain à midi. Je crois que je prendrai le train de ce soir à destination de Hambourg ; c'est plus confortable et peut-être, somme toute, plus sage ; êtes-vous d'accord ?

– Je pense que oui… Ça paraît une extraordinaire décision à prendre, d'un seul coup. Avez-vous des amis au Mexique ? »

Arthur eut un ricanement.

« J'ai des amis partout, William, à moins que je ne doive dire plutôt : des complices.

– Et que ferez-vous, une fois arrivé ?

– J'irai droit à Mexico (un trou des plus déprimants, bien que je m'attende à beaucoup de changements, étant donné que je m'y trouvais en dix-neuf cent onze). Là, je prendrai un appartement dans le meilleur hôtel afin d'attendre une inspiration… Je ne crois pas que j'y mourrai de faim.

– Non, Arthur, dis-je en riant, je ne vous vois certainement pas mourant de faim ! »

Nous nous déridâmes, bûmes plusieurs verres et retrouvâmes tout notre entrain.

Frl. Schroeder fut appelée, car il fallait commencer les bagages d'Arthur. Elle se montra mélancolique au début, encline aux reproches, mais un verre de cognac accomplit des miracles. Elle avait sa propre explication des raisons du brusque départ d'Arthur :

« Ah ! Herr Norris, Herr Norris ! Vous auriez dû faire plus attention. Un monsieur de votre âge devrait avoir assez l'expérience de ces choses... » Elle m'adressa derrière son dos un clin d'œil d'ivrognesse. « Pourquoi ne vous êtes-vous pas fié à votre vieille Schroeder ? Elle vous aurait aidé ; elle a tout deviné depuis le début ! »

Arthur, perplexe et vaguement embarrassé, me lança un regard interrogateur. J'affectai la plus complète ignorance. Bientôt les malles arrivèrent, descendues par le concierge et son fils des greniers de l'immeuble. Frl. Schroeder, en faisant les bagages, s'extasia sur la magnificence des vêtements d'Arthur, lequel, généreux et gai, se mit à distribuer avec largesse. Le concierge eut un costume, sa femme une bouteille de xérès, leur fils une paire de souliers en peau de serpent beaucoup trop petits pour lui, mais dans lesquels il affirma avec insistance qu'il arriverait bien à entrer d'une manière ou d'une autre. Les piles de journaux et de périodiques devaient être envoyées dans un hôpital. Certes, Arthur avait de l'allure en jetant ses affaires par les fenêtres ; il savait jouer les grands seigneurs. La famille du concierge sortit reconnaissante et profondément impressionnée ; je devinai que je venais d'assister à la naissance d'une légende.

Quant à Frl. Schroeder elle-même, elle fut littéralement accablée de présents : en plus de l'écran japonais et des gravures, Arthur lui donna trois flacons de parfum, de la lotion capillaire, une houppe à poudre, tout le contenu de sa cave à liqueurs, deux splendides écharpes, et, accueillie par bien des rougissements, une paire de ses sous-vêtements de soie tant convoités.

« Je souhaiterais tellement, William, que vous acceptiez vous aussi quelque chose ; rien qu'une bagatelle...

— Très bien, Arthur, je vous remercie beaucoup... Je vais vous dire quoi : avez-vous encore *la Chambre des tortures de Miss Smith* ? C'est celui de vos livres que j'ai toujours préféré.

— Non ? Vraiment ? » Arthur rosit de plaisir. « Que c'est charmant à vous de me le dire ! Savez-vous, William ? Je crois réellement qu'il faut que je vous confie un secret ; le dernier de mes secrets... J'ai moi-même écrit ce livre !

— Arthur, ce n'est pas vrai !

— Si, c'est vrai, je vous l'affirme ! » Il eut un petit rire enchanté. « Cela fait maintenant des années... C'est un péché de jeunesse dont j'ai eu depuis plutôt honte... Ce fut imprimé clandestinement à Paris. L'on me dit que certains des plus fameux collectionneurs d'Europe en ont des exemplaires dans leur bibliothèque. C'est excessivement rare.

— Et vous n'avez jamais rien écrit d'autre ?

— Jamais, hélas !... J'ai mis mon génie dans ma vie, non dans mon art ; la remarque n'est pas originale, mais tant pis. À propos, savez-vous que je n'ai pas dit au revoir à ma chère Anni ? Je crois vraiment que je pourrais la prier de venir ici cet après-midi ; qu'en pensez-vous ? Après tout, je ne pars qu'après le thé.

– Il vaut mieux l'éviter, Arthur : vous allez avoir besoin de toutes vos forces pour le voyage.

– Eh bien... Ha ! ha !... Vous avez peut-être raison. La *douleur* de la séparation serait sans aucun doute des plus *cruelles...* »

Après déjeuner, Arthur s'étendit pour la sieste. Je portai en taxi ses malles à la gare Lehrter et les déposai à la consigne ; il était vivement désireux d'éviter que se prolongeât la cérémonie du départ de la maison. Le grand détective assurait à ce moment la surveillance ; il observa le chargement du taxi avec intérêt, mais n'essaya pas de le filer.

Au thé, Arthur se montra nerveux et déprimé. Nous étions tous deux assis dans sa chambre en désordre, les portes des placards vidés béantes, le matelas replié au pied du lit. J'éprouvais une appréhension déraisonnable. Avec lassitude, Arthur se frotta le menton en soupirant.

« Je me sens pareil à l'année finissante, William ; je n'en ai plus pour bien longtemps. »

Je souris.

« Dans une semaine d'ici vous serez assis sur le pont, au soleil, pendant que nous continuerons à geler ou à être trempés dans cette maudite ville ; je vous envie, je l'avoue.

– Vraiment, cher enfant ? Je me prends quelquefois à souhaiter de n'avoir pas tant à voyager ; ma nature est foncièrement sédentaire, et je ne demande rien de plus que de me fixer.

– Eh bien, qu'est-ce qui vous en empêche ?

– Telle est la question que je me pose si souvent à moi-même... Quelque chose paraît toujours s'y opposer. »

Enfin ce fut l'heure de partir.

Avec mille embarras, Arthur mit son pardessus, perdit et retrouva ses gants, donna la dernière touche à sa perruque. Je pris sa valise et nous passâmes dans l'antichambre. Il ne nous restait plus à faire que le pire : les adieux à Frl. Schroeder. Elle sortit du living-room, les yeux humides.

« Eh bien, Herr Norris... »

La sonnette de l'entrée retentit bruyamment, et deux coups ébranlèrent la porte. Cette interruption fit bondir Arthur.

« Ciel ! Qui diable cela peut-il bien être ?

– C'est le facteur, j'imagine, dit Frl. Schroeder. Excusez-moi, Herr Bradshaw... »

À peine eut-elle ouvert la porte que l'homme qui se tenait de l'autre côté la repoussa pour entrer dans le vestibule. C'était Schmidt.

Qu'il fût ivre était évident, même avant qu'il eût ouvert la bouche ; en équilibre incertain, nu-tête, la cravate par-dessus l'épaule, le col de travers, il avait la face tellement enflammée, tellement gonflée que ses yeux n'étaient plus que des fentes. L'entrée était un endroit exigu pour quatre personnes ; nous nous tenions si près les uns des autres que je pouvais sentir son haleine ; elle puait abominablement.

Arthur, à côté de moi, émit un son inarticulé de détresse ; moi-même, je ne pus que rester bouche bée ; aussi étrange que cela puisse paraître, j'étais pris entièrement au dépourvu par cette apparition : durant les vingt-quatre heures précédentes, j'avais totalement oublié l'existence de Schmidt.

Il était donc le maître de la situation et ne l'ignorait pas. Son visage rayonnait littéralement de malignité. Fermant d'un coup de pied la porte d'entrée derrière lui, il nous observait tous deux ; surtout le manteau d'Arthur et la valise que j'avais à la main.

« Comme ça, on est en train de filer, hein ? » Il parlait aussi fort que s'il s'était adressé d'assez loin à un nombreux auditoire. « Je vois... avez cru me filer entre les doigts, hein ? » Il avança d'un pas, regarda sous le nez un Arthur tremblant et désemparé. « J'ai bien fait de venir, vous ne trouvez pas ? Mais pour vous j'ai mal fait... »

Arthur fit entendre un autre son, cette fois une sorte de cri de terreur. Cela parut exciter chez Schmidt une véritable frénésie de rage ; serrant les poings, il hurla avec une stupéfiante violence :

« Espèce de salaud ! »

Il leva le bras. Était-il effectivement sur le point de frapper Arthur ? En ce cas, je n'aurais pas eu le temps de l'en empêcher : tout ce que je pus faire, sur le moment, fut de laisser tomber la valise à terre. Mais Frl. Schroeder eut des réactions plus rapides et plus efficaces. Elle n'avait pas la moindre idée de la raison de toute cette histoire, et ne s'en souciait guère. Elle ne voyait qu'une chose : Herr Norris était insulté par un inconnu ivre. Poussant un cri de guerre indigné, perçant, elle chargea. Ses paumes tendues en avant rencontrèrent le milieu du dos de Schmidt et le propulsèrent, comme une locomotive tamponne un wagon de marchandises. Incertain sur ses jambes et pris complètement par surprise, il trébucha la tête la première à travers la porte ouverte du living-room où il s'étala de tout son long sur le tapis. Frl. Schroeder tourna promptement la clef dans la serrure. La manœuvre entière n'avait pas duré plus de cinq secondes.

« Ce toupet !... s'écria Frl. Schroeder, dont l'effort avait fait virer les joues au vermillon. Entrer ici en bousculant tout sur son passage, comme si la maison lui appartenait !... Et saoul par-dessus le marché... *pfui !*... le cochon !... »

Elle ne semblait rien trouver de spécialement mysté-rieux à l'incident ; peut-être, d'une manière ou d'une autre, établissait-elle un rapport entre Schmidt, Margot et le malheureux bébé ; s'il en était ainsi, elle avait trop de tact pour en souffler mot. Une effrayante volée de coups frappés contre la porte du living-room me dispensa de toute tentative pour inventer des explications.

« Ne peut-il sortir par la cour ? s'enquit nerveusement Arthur.

– Vous pouvez être tranquille, Herr Norris : la porte de la cuisine est fermée à clef. »

Frl. Schroeder se retourna d'un air menaçant vers l'invisible Schmidt :

« Silence, coquin ! Je vais m'occuper de vous dans une minute !

– Quoi qu'il en soit... » Arthur était sur des charbons ardents. « ... je crois qu'il est temps de nous en aller...

– Comment ferez-vous pour vous débarrasser de lui ? demandai-je à Frl. Schroeder.

– Oh ! ne vous en faites pas pour ça, Herr Bradshaw : dès que vous serez parti, je ferai monter le fils du concierge, et ce personnage filera sans demander son reste, je vous le garantis ; sinon, il s'en mordra les doigts... »

Nous précipitâmes les adieux. Frl. Schroeder était trop excitée, trop triomphante pour se montrer sentimentale. Arthur lui donna un baiser sur chaque joue. Elle se tint en haut de l'escalier pour nous faire des signes de la main. Une nouvelle salve de coups assourdis se fit entendre derrière elle.

Nous étions dans le taxi, à mi-chemin de la gare, avant qu'Arthur eût suffisamment repris ses esprits pour être en mesure de parler.

« Mon Dieu, mon Dieu !... J'ai rarement quitté une ville dans des conditions aussi épouvantables, je pense...

– On pourrait appeler ça un départ avec tambours et trompettes. »

Je lançai un coup d'œil par-dessus mon épaule afin de m'assurer que l'autre taxi, celui qui contenait le grand détective, nous suivait toujours.

« Que pensez-vous qu'il va faire, William ? Peut-être ira-t-il droit à la police ?

– Je suis bien certain qu'il n'en fera rien. Tant qu'il sera ivre, ils refuseront de l'écouter, et quand il sera revenu à son état normal il s'apercevra lui-même que c'est inutile. D'ailleurs, il n'a pas la moindre idée de l'endroit où vous allez ; il ne sait qu'une chose, c'est que vous aurez quitté le pays ce soir.

– Peut-être avez-vous raison, cher enfant. Je l'espère, bien sûr. Je dois avouer que je répugne à vous laisser en butte à sa malice. Vous serez bien prudent, n'est-ce pas ?

– Oh ! Schmidt ne me fera pas d'ennuis : de son point de vue, je n'en vaux pas la peine. Il lui sera sans doute assez facile de trouver une autre victime ; j'ose dire qu'il en a des listes pleines.

– Pendant qu'il était à mon service, il a certainement rencontré bien des occasions, acquiesça pensivement Arthur. Et je ne doute pas qu'il en ait tiré tout le parti possible ; cet individu avait des talents – des talents pervers, certes, mais des talents... Oh ! indiscutablement... oui... »

Enfin tout fut terminé : les malentendus avec l'employé de la consigne, les complications au sujet des

bagages, la recherche d'un coin, le pourboire. Arthur
était penché à la fenêtre du wagon ; moi je me tenais sur
le quai. Nous avions devant nous cinq minutes.

« Vous me rappellerez au bon souvenir d'Otto,
n'est-ce pas ?

— Je n'y manquerai pas.

— Et vous embrasserez Anni pour moi ?

— Bien entendu.

— Je regrette qu'ils n'aient pas pu venir.

— Oui, c'est dommage, n'est-ce pas ?

— Mais c'eût été imprudent, étant donné les circonstances ; n'est-ce pas votre avis ?

— Si. »

J'étais impatient de voir le train démarrer ; nous
n'avions plus rien à nous dire, semblait-il, à l'exception
de ce qu'il ne fallait plus jamais dire désormais, car il
était trop tard. Arthur avait l'air également conscient de
ce vide entre nous, et se démenait comme il pouvait dans
son stock de phrases.

« Je regrette que vous ne m'accompagniez pas,
William... Savez-vous que vous allez me manquer terriblement ?

— Vraiment ? »

Je souris avec embarras, me sentant atrocement gêné.

« Mais oui... Vous avez toujours été pour moi d'un tel
réconfort... Dès notre toute première rencontre... »

Je rougis ; c'était étonnant comme il pouvait me
donner le sentiment que j'étais un pleutre ; après tout, ne
m'étais-je pas trompé sur lui ? Ne l'avais-je pas sous-
estimé ? Ne m'étais-je pas, en quelque façon mysté-
rieuse, très mal conduit à son égard ? Afin de détourner
la conversation, je lui demandai :

« Vous vous souvenez de ce voyage ? Je n'arrivais
pas à comprendre pourquoi ils faisaient tant d'histoires à

la frontière. Je suppose que déjà ils vous avaient à l'œil ? »

Mais Arthur ne se souciait guère d'évoquer de pareils souvenirs.

« Je le suppose... oui. »

Encore un silence. Je jetai à la pendule un coup d'œil désespéré ; dans une minute... Arthur se remit à fouiller dans ses phrases :

« Essayez de ne pas penser à moi trop sévèrement, William... L'idée m'en ferait horreur...

— Quelle blague, Arthur !... » Je fis de mon mieux pour glisser. « ... Que vous êtes absurde !

— La vie est si compliquée !... Si ma conduite n'a pas toujours été parfaitement cohérente, je puis déclarer sans mentir que je suis et resterai toujours loyal envers le Parti, dans le fond de mon cœur... Je vous en prie, dites que vous le croyez ? »

Il était indigne, grotesque, absolument éhonté. Mais que devais-je répondre ? À ce moment, s'il me l'avait demandé, j'aurais juré que deux et deux faisaient cinq.

« Oui, je le crois, Arthur.

— Merci, William... Mon Dieu ! maintenant nous partons vraiment ! Fasse le ciel que toutes mes malles soient bien dans le fourgon ! Que Dieu vous bénisse, mon cher enfant. Jamais je ne vous oublierai... Où donc est mon imperméable ? Ah ! il est là. Mon chapeau est-il droit ? Au revoir. Écrivez-moi souvent, n'est-ce pas ? Au revoir.

— Au revoir, Arthur. »

Le train, qui prenait de la vitesse, retira de ma main sa main manucurée. J'avançai quelque peu le long du quai, faisant des signaux jusqu'à ce que le dernier wagon eût disparu.

Au moment où je me retournais pour sortir de la gare, je faillis heurter un homme qui s'était tenu juste derrière moi. C'était le détective.

« Excusez-moi, *Herr Kommissar* », murmurai-je.

Mais il n'eut pas même un sourire.

XVI

Au début de mars, après les élections, il fit brusquement doux et chaud.

« C'est Hitler qui nous apporte le beau temps », dit la concierge.

Et son fils nous fit observer en plaisantant que nous devrions être reconnaissants à Van Der Lubbe de ce que l'incendie du Reichstag eût fait fondre la neige.

« Un si beau garçon !… remarqua Frl. Schroeder avec un soupir. Comment, grand Dieu, a-t-il pu faire une chose aussi affreuse ? »

La concierge eut un reniflement de mépris.

Notre rue avait un aspect tout à fait gai lorsqu'en y débouchant l'on voyait les drapeaux noir-blanc-rouge pendre immobiles aux fenêtres contre le ciel bleu du printemps. Sur la Nollendorfplatz, les gens étaient assis à la terrasse du café, en pardessus, et lisaient les articles concernant le coup d'État de Bavière. Goering s'exprimait à travers le haut-parleur de radio du coin.

« L'Allemagne est réveillée ! » déclarait-il.

Un marchand de glace était ouvert. Des nazis en uniforme marchaient à grandes enjambées çà et là, le visage sérieux et composé, comme s'ils avaient été chargés de missions importantes. Les lecteurs de journaux du café tournaient la tête afin de les regarder passer, souriaient et semblaient contents.

Ils souriaient d'un air approbateur à ces jeunes gens aux grandes bottes conquérantes, qui allaient bouleverser le Traité de Versailles. Ils étaient contents parce que ce serait bientôt l'été, parce que Hitler avait promis de protéger les petits commerçants, parce que leurs journaux annonçaient des temps meilleurs. Ils étaient soudain fiers d'être blonds, et frémissaient d'un plaisir furtif, sensuel, comme des écoliers, parce que les juifs, leurs rivaux en affaires, et les marxistes, minorité vaguement définie de gens dont ils ne se souciaient guère, avaient été jugés, de manière bien satisfaisante, responsables de la défaite, de l'inflation, et qu'ils allaient le sentir passer.

La ville était pleine de chuchotements qui parlaient d'arrestations illégales à minuit, de prisonniers torturés dans les baraques du *Sturmabteilung*, forcés à cracher sur le portrait de Lénine, à boire de l'huile de ricin, à manger de vieilles chaussettes. Mais ces bruits étaient couverts par la voix puissante, irritée du gouvernement, dont les mille bouches démentaient. Mais Goering lui-même ne parvenait pas à réduire Helen Pratt au silence. Elle avait résolu d'enquêter sur les atrocités pour son propre compte. Matin, midi et soir, elle allait fourrer son nez aux quatre coins de la ville, dénichant les victimes ou leurs relations, les mettant sur la sellette à propos de détails. Ces malheureux étaient réticents, bien sûr, et mortellement effrayés ; ils se souciaient peu d'une nouvelle expérience. Mais Helen était aussi acharnée que leurs tortionnaires. Elle trompait, cajolait, tempêtait ; quelquefois, perdant patience, elle allait jusqu'à menacer. Ce qu'ensuite il adviendrait d'eux ne l'intéressait franchement pas. Des faits : voilà ce qu'elle était venue chercher.

Ce fut Helen qui la première m'apprit la mort de Bayer. Elle avait des preuves absolument irréfutables. L'un des employés du bureau de Bayer, relâché depuis, avait vu son cadavre dans les baraques de Spandau.

« C'est curieux, ajouta-t-elle : il avait l'oreille gauche arrachée entièrement... Dieu sait pourquoi. Si tu veux mon avis : certains des gars de cette bande ne sont que des cinglés. Eh, Bill, qu'est-ce qui t'arrive ? Tu es vert !

– Il y a de quoi », répondis-je.

Une aventure étrange était advenue à Fritz Wendel. Quelques jours auparavant, il avait été victime d'un accident d'automobile ; il s'était foulé le poignet et arraché la peau de la joue. Ces blessures n'avaient pas la moindre gravité, mais il devait porter un gros morceau de taffetas gommé et garder le bras en écharpe. Et maintenant, malgré le beau temps, il refusait de s'aventurer au-dehors. Quels qu'ils fussent, les pansements provoquaient des malentendus, surtout quand, ainsi que Fritz, vous aviez le teint sombre et les cheveux d'un noir de charbon ; les passants vous faisaient alors des remarques désobligeantes, vous lançaient des menaces. Mais Fritz, bien entendu, ne voulait pas l'admettre.

« Bon Dieu, ce que je veux dire, c'est qu'on se sent tellement idiot ! »

Il était devenu excessivement prudent, refusant absolument de parler politique, même quand nous nous trouvions tous les deux seuls.

« Ça devait bien finir par arriver. »

Tel était son commentaire unique en ce qui concernait le nouveau régime. Et, disant ces mots, il évitait mon regard.

La ville entière était en proie à une épidémie de frayeur discrète, infectieuse. Je pouvais la sentir, pareille

262 CHRISTOPHER ISHERWOOD

à la grippe espagnole, jusque dans mes os. Quand les premiers bruits parlant de perquisitions à domicile avaient commencé de circuler, je m'étais consulté avec Frl. Schroeder au sujet des papiers que Bayer m'avait confiés. Nous les avions cachés, ainsi que mon exemplaire du *Manifeste communiste*, sous la pile de bois de la cuisine. Défaire et refaire la pile en question nous avait pris une demi-heure et avant même qu'elle ne fût achevée, nos précautions avaient commencé de me paraître assez puériles ; j'avais un peu honte de moi, et par conséquent exagérai l'importance et le danger de ma situation vis-à-vis de Frl. Schroeder, qui m'écoutait respectueusement, avec une indignation croissante.

« Vous voulez dire qu'ils viendraient dans *mon* appartement, Herr Bradshaw ? Eh bien, mais ils ont donc tous les toupets ? Qu'ils essaient seulement, et je leur frotterai les oreilles, c'est moi qui vous le dis ! »

Une nuit ou deux plus tard, je fus réveillé par des coups épouvantables frappés contre la porte d'entrée. Je m'assis dans mon lit, allumai la lumière. Il était trois heures juste. « Cette fois-ci, mon compte est bon », pensai-je, et je me demandai si l'on me permettrait de téléphoner à l'ambassade. Mettant de la main quelque ordre dans ma chevelure, je tentai, sans grand succès, d'aborer une expression de mépris hautain. Mais quand, à la fin, Frl. Schroeder, en traînant la savate, eut été voir ce qui se passait, il se révéla que ce n'était qu'un voisin qui s'était trompé d'appartement parce qu'il était ivre.

Après cette alerte, je souffris d'insomnie. Je me figurais sans cesse entendre de pesants cars de police stopper devant la porte de l'immeuble. Couché, j'attendais dans l'obscurité la sonnerie de la porte d'entrée. Une minute. Cinq minutes. Dix. Un matin, tandis que je contemplais fixement, dans un demi-sommeil, le papier mural

au-dessus de mon lit, le dessin se mit à figurer brusquement une guirlande de petites croix gammées. Qui pis est,
je m'aperçus que tout dans la pièce était brun d'une
manière ou d'une autre : brun-vert, brun-noir, brun-jaune
ou brun-rouge ; mais brun, indiscutablement brun. Quand
j'eus pris mon breakfast et un purgatif, je me sentis mieux.

Un matin, je reçus la visite d'Otto.

Il devait être environ six heures et demie lorsqu'il
sonna à notre porte. Frl. Schroeder n'était pas encore
levée ; j'allai moi-même lui ouvrir. Il était dans un état
dégoûtant, les cheveux emmêlés, hirsutes, une tache de
sang sali descendant le long de sa joue depuis une égrati-
gnure à la tempe.

« *Servus, Willi* », murmura-t-il.

Il tendit subitement la main et me saisit le bras. J'eus
du mal à l'empêcher de tomber. Mais il n'était pas saoul,
ainsi que je l'avais d'abord imaginé ; tout simplement
épuisé. Il se laissa mollement choir au fond d'un fauteuil
de ma chambre. Quand je revins de fermer la porte
d'entrée, il était déjà endormi.

C'était un vrai problème de savoir ce que je devais en
faire. J'avais un élève qui venait tôt. Finalement,
Frl. Schroeder et moi parvînmes, en réunissant nos
forces, à le traîner toujours à moitié endormi jusqu'à
l'ancienne chambre d'Arthur, et à l'étendre sur le lit ; il
était incroyablement lourd. À peine eut-il été couché sur
le dos qu'il se mit à ronfler. Ses ronflements étaient tellement sonores qu'on pouvait les entendre de ma chambre,
même quand la porte était fermée ; ils se succédèrent,
distincts, du début à la fin de ma leçon. Cependant mon
élève, un très gentil jeune homme qui espérait devenir
bientôt maître d'école, m'adjurait passionnément de ne
pas ajouter foi aux histoires, « inventées par des

immigrants juifs », que l'on racontait sur les persécu-
tions politiques.

« En réalité, m'affirma-t-il, ces prétendus communistes ne sont qu'une poignée de bandits, la lie du peuple.
Et pour la plupart ils ne sont même pas allemands.

— Je croyais, questionnai-je avec politesse, que vous
veniez de me dire qu'ils avaient rédigé la Constitution de
Weimar ? »

Cette remarque le déconcerta sur le moment, mais il
s'en remit fort bien.

« Non, mille pardons, la Constitution de Weimar était
l'œuvre des juifs marxistes.

— Ah ! les juifs… mais où avais-je la tête ? »

Mon élève eut un sourire. Ma stupidité le faisait se
sentir un peu supérieur. Je crois que c'était même pour
cela qu'il m'aimait bien. Un ronflement particulièrement
bruyant nous parvint de la pièce voisine.

« Pour un étranger, concéda-t-il poliment, la politique
allemande est bien compliquée.

— Oui, bien compliquée », répondis-je.

Otto se réveilla vers l'heure du thé, en proie à un
appétit d'ogre. Je descendis acheter des œufs et des
saucisses ; Frl. Schroeder lui prépara son repas tandis
qu'il se lavait. Ensuite, nous nous réunîmes dans ma
chambre. Otto fumait cigarette sur cigarette ; il était très
nerveux et ne pouvait tenir en place. Ses vêtements
tombaient en lambeaux et le col de son sweater était
élimé. Il avait les traits creusés et paraissait un homme
fait maintenant : on lui aurait donné cinq ans de plus au
moins.

Frl. Schroeder lui fit retirer son veston qu'elle raccom-
moda pendant que nous parlions, lançant de temps
en temps des : « Est-ce possible ?… Quelle idée !…

Comment osent-ils faire une chose pareille ?... C'est précisément ce que j'aimerais savoir... »

Cela faisait une quinzaine de jours qu'Otto n'avait pas eu le moindre répit, à ce qu'il nous raconta. Deux nuits après l'incendie du Reichstag, son vieil ennemi Werner Baldow s'était présenté, accompagné de six camarades des troupes d'assaut, dans l'intention de l'« arrêter ». Otto prononçait le mot sans ironie, paraissant le trouver tout naturel.

« Il y a beaucoup de vieux comptes qui se règlent ces temps-ci », ajouta-t-il avec simplicité.

Cependant, Otto s'était échappé par un vitrage après avoir lancé des coups de pied dans la figure d'un des nazis. Ils lui avaient tiré dessus à deux reprises, mais l'avaient manqué. Depuis lors il avait erré dans Berlin, ne dormant que le jour, marchant la nuit à travers les rues par crainte de descentes à domicile. La première semaine, ça n'avait pas été si terrible : des camarades l'avaient hébergé, se le repassant l'un à l'autre. Mais maintenant, cela devenait trop risqué. Un si grand nombre d'entre eux étaient morts ou dans les camps de concentration ! Il avait donc dormi quand il le pouvait, faisant de petits sommes sur les bancs des parcs ; mais il lui était impossible de jamais se reposer convenablement : il lui fallait rester constamment sur ses gardes. Ça ne pouvait pas continuer comme ça. Il allait quitter Berlin le lendemain. Il essaierait, travaillant à droite et à gauche, de gagner la Sarre : quelqu'un lui avait dit que c'était la frontière la plus facile à passer ; c'était dangereux, bien sûr, mais ça valait mieux que d'être enfermé dans ce piège à rats.

Je lui demandai ce qu'Anni était devenue. Otto l'ignorait. Il avait entendu dire qu'elle était avec Werner Baldow à nouveau. Que pouvait-on espérer d'autre ?

Otto n'était même pas amer ; ça lui était tout bonnement égal. Et Olga ? Oh ! Olga s'en tirait à merveille : cette remarquable femme d'affaires avait échappé à l'épuration grâce à l'influence d'un de ses clients, personnalité nazie importante que d'autres commençaient à suivre chez elle ; son avenir était assuré.

En ce qui concernait Bayer, Otto connaissait la nouvelle.

« On dit que Thälmann est mort, lui aussi. Et Renn. *Junge, Junge...* »

Nous échangeâmes des rumeurs à propos d'autres noms bien connus. Frl. Schroeder hochait la tête et murmurait à chacun d'eux ; elle était bouleversée avec une telle sincérité que personne n'aurait cru qu'elle entendait la majorité d'entre eux pour la première fois de sa vie.

Nous en vînmes naturellement à parler d'Arthur, et montrâmes à Otto les cartes postales de Tampico qui étaient arrivées, à nos deux noms, il y avait seulement une semaine. Il les examina avec admiration.

« Je suppose qu'il continue le travail là-bas ?

– Quel travail ?

– Le travail pour le Parti, voyons !

– Oh ! oui, me hâtai-je de répondre. Bien sûr.

– C'est un coup de chance d'être parti au moment où il est parti, vous ne trouvez pas ?

– Oui... un vrai coup de chance. »

Les yeux d'Otto brillaient.

« Nous aurions eu besoin de plus d'hommes comme ce vieil Arthur dans le Parti. En voilà un qui savait parler ! Pardon ! »

Son enthousiasme réchauffait le cœur de Frl. Schroeder. Elle en avait les larmes aux yeux.

« Je soutiendrai toujours que Herr Norris était un des messieurs les meilleurs, les plus distingués et les plus droits que j'aie jamais connus. »

Nous restâmes tous trois silencieux. Dans la chambre éclairée par le crépuscule, nous dédiâmes quelques instants de reconnaissance respectueuse à la mémoire d'Arthur. Puis Otto reprit d'un ton de conviction profonde :

« Vous voulez savoir ce que je pense ? Eh bien, il est en train de travailler pour nous là-bas ; il fait de la propagande et se procure de l'argent ; un beau jour – vous verrez ce que je vous dis – il reviendra ; ce jour-là, Hitler et les autres gars de sa bande feront bien d'ouvrir l'œil... »

La nuit tombait au-dehors. Frl. Schroeder se leva pour allumer. Otto dit qu'il devait partir. Il avait résolu de sauter le pas dès ce soir, où il se sentait reposé. Au lever du jour, il aurait définitivement quitté Berlin. Frl. Schroeder protesta vigoureusement ; elle l'avait pris en grande affection.

« Jamais de la vie, Herr Otto. Cette nuit vous allez dormir ici. Vous avez besoin d'un repos complet. Vos nazis ne viendront jamais vous chercher ici, et, d'ailleurs, il faudrait d'abord qu'ils me coupent en petits morceaux. »

Otto sourit et la remercia chaleureusement, mais il était impossible de le convaincre ; nous fûmes contraints de le laisser partir. Frl. Schroeder lui bourra les poches de sandwiches. Quant à moi, je lui donnai trois mouchoirs, un vieux canif et une carte d'Allemagne imprimée sur une carte postale qu'on avait glissée dans notre boîte aux lettres à titre de publicité pour une fabrique de bicyclettes ; même cela vaudrait mieux que rien, les notions d'Otto en matière de géographie étant d'une pauvreté alarmante ; livré à lui-même, il se serait probablement retrouvé en route vers la Pologne ; je voulus aussi lui donner de l'argent. D'abord il refusa d'en entendre parler, ce qui m'obligea de recourir à l'argument de mauvaise foi selon lequel nous étions frères de Parti.

« Et puis, ajoutai-je astucieusement, vous pourrez me rembourser. »

Là-dessus, nous échangeâmes une poignée de main solennelle.

Au moment où nous nous séparâmes, sa bonne humeur était étonnante. D'après son comportement, l'on aurait pu supposer que c'étaient nous qui avions besoin d'être encouragés, non lui.

« Allons, du courage, Willi ! Ne vous en faites pas… Notre heure sonnera.

– Bien sûr qu'elle sonnera. Au revoir, Otto. Bonne chance.

– Au revoir. »

De ma fenêtre, nous le regardâmes s'en aller. Frl. Schroeder s'était mise à renifler.

« Pauvre garçon… Croyez-vous qu'il ait une chance, Herr Bradshaw ? Je suis certaine de ne pas fermer l'œil de la nuit, tellement je penserai à lui. C'est comme s'il s'agissait de mon propre fils. »

Otto se retourna une fois pour lever les yeux vers nous, agita la main d'un air désinvolte et sourit. Puis il enfonça les mains dans ses poches, roula des épaules et s'éloigna à grandes foulées rapides, de l'allure à la fois agile et pesante du boxeur, descendant la longue rue obscure en direction de la place illuminée, pour se perdre au sein de la foule déambulante de ses ennemis.

Jamais plus je ne devais le revoir ni entendre parler de lui.

Trois semaines plus tard je repartis pour l'Angleterre.

Cela faisait près d'un mois que j'étais à Londres, quand Helen Pratt passa me voir. Elle était rentrée de Berlin depuis la veille, ayant triomphalement réussi, grâce à une série d'articles au vitriol, à faire interdire dans toute l'Allemagne la vente de son périodique. Elle avait déjà reçu l'offre d'une situation bien supérieure en Amérique, et prenait le bateau dans la quinzaine afin de s'attaquer à New York.

Elle explosait de vitalité, de succès, de nouvelles. La révolution nazie l'avait fait littéralement renaître. À l'entendre, on aurait pu croire qu'elle avait passé les deux derniers mois cachée dans le bureau du docteur Goebbels ou sous le lit d'Hitler : elle connaissait le détail de toutes les conversations privées et avait des tuyaux sur tous les scandales, savait ce que Schacht avait dit à Norman, ce que von Papen avait dit à Meissner, ce que Schleicher dirait vraisemblablement bientôt au *Kronprinz* ; elle connaissait le montant des chèques de Thyssen, racontait des anecdotes inédites sur Roehm, sur Heines, sur Goering et ses uniformes.

« Bon Dieu, Bill, quel gang ! »

Elle parla durant des heures.

Épuisée enfin par tous les méfaits des grands, elle se lança sur la petite friture.

« Je suppose que tu sais tout sur l'affaire Pregnitz, non ?

– Non. Absolument rien.

– Bigre ! Tu retardes drôlement ! » Helen s'épanouit à la perspective d'une histoire de plus. « Et pourtant, ça ne peut pas avoir eu lieu plus d'une semaine après ton départ. Naturellement, on a plutôt étouffé la chose dans les journaux, mais un de mes copains du *New York Herald* m'a passé toute la came. »

Néanmoins, en l'occurrence, la « came » n'était pas tout entière du côté de Helen, car il allait de soi qu'elle ne savait pas tout à propos de van Hoorn. La tentation de combler les lacunes de son récit, ou du moins de laisser percer la connaissance que j'en avais, était considérable. Dieu merci, j'y résistai : l'on ne pouvait pas plus lui confier les nouvelles qu'à une chatte une soucoupe de lait. Et, de fait, je fus étonné par tout ce que son ingénieux collègue avait découvert pour son propre compte.

La police devait avoir surveillé Kuno dès notre voyage en Suisse, et sa patience avait été certainement bien remarquable étant donné que, pendant trois mois entiers, il n'avait absolument rien fait qui pût éveiller les soupçons. Puis, tout à fait brusquement, au début d'avril, il était entré en communication avec Paris, prêt, disait-il, à reconsidérer l'affaire qui avait déjà été discutée. Sa première lettre était brève et prudemment vague ; une semaine après, sous la pression de van Hoorn, il en écrivit une beaucoup plus longue, donnant des détails explicites sur ce qu'il se proposait de vendre ; cette dernière lettre, il l'expédia par l'entremise d'un messager particulier, prenant toutes les précautions qui s'imposaient, et même utilisant un code. Au bout de quelques heures, la police avait déchiffré chaque mot.

On passa l'après-midi même à son appartement afin de l'arrêter. Kuno était sorti prendre le thé chez un ami. Son valet de chambre eut tout juste le temps de le prévenir par téléphone à mots couverts avant que les détectives ne prissent possession des lieux. Il semble qu'alors Kuno perdit complètement la tête. Il fit ce qu'il pouvait faire de pire : ayant sauté dans un taxi, il se fit mener droit à la gare du Zoo. Les policiers en civil qui s'y trouvaient le reconnurent aussitôt ; on leur avait communiqué son signalement le matin même, et qui se serait trompé sur

Kuno ? Assez cruellement, ils lui laissèrent prendre un ticket pour le premier train en partance, qui se trouvait aller à Francfort-sur-l'Oder. Tandis qu'il montait l'escalier conduisant au quai, deux détectives s'avancèrent dans l'intention de l'arrêter ; mais il s'y était attendu, et redescendit comme une flèche. Toutes les issues étaient gardées, bien entendu. Les poursuivants de Kuno le perdirent parmi la foule, puis l'aperçurent à nouveau qui se précipitait à travers les portes en va-et-vient des lavabos. Le temps qu'ils se fussent frayé des coudes un chemin au milieu des voyageurs, Kuno s'était enfermé dans l'un des cabinets. (« Les journaux, dit Helen avec mépris, appelaient ça une cabine téléphonique. ») Les détectives le sommèrent de sortir. Il refusa de répondre. Finalement, ils durent faire évacuer les lieux et s'apprêter à forcer la porte. C'est à ce moment que Kuno se tira une balle de revolver.

« Et il ne réussit même pas à faire du travail propre, ajouta Helen. Il avait visé de travers. S'était presque fait sauter l'œil ; saignait comme un porc. Il a fallu l'emmener à l'hôpital pour l'achever.

– Pauvre type ! »

Helen me considéra avec curiosité.

« *Moi*, je dirais plutôt : "Bon débarras que la mort d'une pareille ordure."

– Tu sais, confessai-je en m'excusant, je le connaissais… un peu…

– Non ! Je n'en reviens pas ! C'est vrai ? En ce cas pardonne-moi. Je dois dire, Bill, que tu es un gentil petit gars, mais que tu as vraiment de drôles d'amis. Eh bien, je vais te raconter maintenant quelque chose qui va t'intéresser. Tu savais, naturellement, que Pregnitz était une tante ?

– Je dois avouer que j'avais deviné quelque chose de ce genre.

– Eh bien, mon copain a su la raison secrète qui a poussé Pregnitz à entrer dans cette histoire de trahison. Il avait besoin d'argent liquide en vitesse, comprends-tu, parce qu'on le faisait chanter. Et qui, je te le donne en mille, était le maître chanteur ? Le secrétaire d'un autre de tes bons vieux amis, Harris.

– Norris ?

– C'est ça. Eh bien, il semble que ce précieux secrétaire... à propos, qu'est-ce que c'était que son nom, *à lui* ?

– Schmidt.

– Vraiment ? Je dois dire... Ça lui convient à merveille... Schmidt avait mis la main sur une quantité de lettres que Pregnitz avait écrites à un éphèbe quelconque. Dieu seul sait comment il s'y était pris. Elles doivent avoir été drôlement croustillantes, puisque Pregnitz était prêt à risquer sa peau pour les payer. À mon avis, le jeu n'en valait pas la chandelle ; plutôt faire face à la bagarre ; mais ces gens-là n'ont jamais de tripes...

– Ton ami a-t-il appris ce qu'était devenu Schmidt ensuite ? demandai-je.

– Crois pas, non. Et à quoi bon ? Que deviennent *jamais* des individus pareils ? Il est probablement quelque part à l'étranger, en train de croquer le magot ; il avait déjà tiré de Pregnitz une somme rondelette, à ce qu'il paraît ; en ce qui me concerne, je trouve qu'il a bien fait ; quelle importance ?...

– Je connais quelqu'un, dis-je, que ça pourrait intéresser. »

Peu de jours après, je reçus d'Arthur une lettre. Il était alors à Mexico, qu'il détestait.

Permettez-moi de vous donner un conseil, mon cher enfant, avec toute la solennité dont je suis capable : ne mettez jamais *les pieds dans cette ville odieuse. Sur le plan matériel, il est vrai, je parviens à me procurer la plupart des petits bien-être à quoi je suis accoutumé. Mais l'absence totale d'une société intelligente – du moins de ce que* moi *j'entends par ce terme – m'afflige profondément…*

Arthur ne me disait pas grand-chose de ses affaires ; il était plus sur ses gardes qu'autrefois.

Les temps sont très difficiles, mais dans l'ensemble, je ne saurais me plaindre : voilà tout ce qu'il me confiait. Néanmoins, en ce qui concernait l'Allemagne, il se laissait davantage aller :

Cela me fait littéralement trembler *d'indignation de penser aux travailleurs livrés pieds et poings liés à ces hommes qui, quoi qu'on puisse en dire, ne sont rien de plus ni de moins que des* criminels.

Et un peu plus bas sur la même page :

Il est véritablement tragique de voir comment, fût-ce de nos jours, un menteur habile et sans scrupules, *est capable de tromper des millions d'êtres.*

En conclusion, il adressait un bel hommage à Bayer :

Un homme que j'ai toujours admiré, respecté. J'ai la fierté de pouvoir déclarer que j'étais son ami.

Les nouvelles suivantes que je reçus d'Arthur dataient de juin, et figuraient sur une carte postale de Californie.

Je me chauffe au soleil de Santa Monica. Après le Mexique, c'est un vrai paradis. J'ai mis sur pied une petite entreprise qui n'est pas sans rapport avec l'industrie cinématographique ; je pense et j'espère qu'elle se révélera tout à fait profitable. Vous récrirai bientôt.

Ce qu'il fit, et plus tôt, sans aucun doute, qu'il n'en avait d'abord eu l'intention ; au courrier suivant je reçus une autre carte postale, datée du lendemain.

Il s'est produit ce qui pouvait m'arriver de pire. Je pars ce soir pour le Costa Rica. Vous enverrai de là-bas tous les détails.

Cette fois j'eus droit à une courte lettre.

Si le Mexique était le Purgatoire, *c'est ici l'*Inferno *lui-même.*

Mon idylle californienne a été brutalement interrompue par l'apparition de SCHMIDT !!! L'ingéniosité de cet individu est littéralement surhumaine. *Non seulement il m'avait suivi jusque-là, mais il était parvenu à découvrir la nature exacte de la petite affaire que j'espérais mener à bien. Je me trouvais entièrement à sa merci, contraint de lui donner la plus grande part de mes économies si difficilement amassées, et de partir sur-le-champ.*

Je vous le donne en mille : il a même eu l'insolence de suggérer *que je le prenne à mon service, comme autrefois !!*

Je ne sais encore si j'ai réussi à lui faire perdre ma trace ; je n'ose l'espérer.

Du moins, Arthur ne fut pas laissé longtemps dans le doute. Une carte postale suivit de près la lettre.

Le Monstre est arrivé !!! Peut-être essaierai-je le Pérou.

D'autres aperçus sur ce curieux voyage m'atteignirent de temps en temps. Arthur n'eut pas de chance à Lima : Schmidt arriva dans la semaine. De là, la chasse à courre passa au Chili.

*Une tentative d'*exterminer *le reptile a lamentablement échoué,* m'écrivit Arthur de Valparaiso. *Je ne suis parvenu qu'à le rendre plus venimeux.*

Je suppose qu'il s'agit d'une manière ornée pour dire qu'Arthur avait essayé de faire assassiner Schmidt.

À Valparaiso, néanmoins, il semble qu'un armistice ait été finalement déclaré ; la carte suivante, en effet, laquelle annonce un voyage en chemin de fer à destination de l'Argentine, révèle un changement dans la situation.

Nous partons ensemble, *cet après-midi, pour Buenos Aires. Suis trop déprimé pour vous en écrire davantage en ce moment.*

Pour l'instant, ils sont à Rio ; du moins s'y trouvaient-ils aux dernières nouvelles ; leurs allées et venues sont impossibles à prévoir : à n'importe quel moment Schmidt peut mettre le cap sur de vierges terrains de chasse, traînant Arthur après lui, employeur enchaîné, malgré ses protestations. Leur association nouvelle ne sera pas aussi facile à rompre que l'ancienne. Il s'ensuit que les voici condamnés à parcourir ensemble la terre entière. Souvent je pense à eux, me demandant ce que je ferais si, par malchance, nous devions nous rencontrer de nouveau. Je ne plains pas spécialement Arthur : après tout, il lui passe probablement par les mains de coquettes sommes d'argent. Mais, en revanche, lui se plaint beaucoup.

Voulez-vous me dire, William, concluait sa dernière lettre, *ce que j'ai bien pu faire au ciel pour mériter tout cela ?*

Dans la collection Les Cahiers Rouges

Jules Barbey d'Aurevilly *Les Quarante médaillons de l'Académie*
Bayon *Haut fonctionnaire*
Hervé Bazin *Vipère au poing*
Béatrix Beck *La Décharge* ■ *Josée dite Nancy* ■ *L'enfant chat*
André Brincourt *La Parole dérobée*
Charles Bukowski *Au sud de nulle part* ■ *Factotum* ■ *L'amour est un chien de l'enfer* ■ *Contes de la folie ordinaire* ■ *Journal d'un vieux dégueulasse* ■ *Le Postier* ■ *Souvenirs d'un pas grand-chose* ■ *Women*
Jacques Chardonne *Ce que je voulais vous dire aujourd'hui* ■ *Claire* ■ *Lettres à Roger Nimier* ■ *Propos comme ça* ■ *Les Varais* ■ *Vivre à Madère*
Pierre Combescot *Les Filles du Calvaire*
Dominique Fernandez *Porporino ou les mystères de Naples* ■ *L'Étoile rose*
Ramon Fernandez *Messages* ■ *Molière ou l'essence du génie comique* ■ *Philippe Sauveur* ■ *Proust*
A. Ferreira de Castro *Forêt vierge* ■ *La Mission* ■ *Terre froide*
Francis Scott Fitzgerald *Gatsby le Magnifique* ■ *Un légume*
Georges Fourest *La Négresse blonde suivie de Le Géranium Ovipare*
Bernard Frank *Le Dernier des Mohicans*
Jean Giraudoux *Adorable Clio* ■ *Bella* ■ *Eglantine* ■ *Lectures pour une ombre* ■ *La Menteuse* ■ *Siegfried et le Limousin* ■ *Supplément au voyage de Cook* ■ *La guerre de Troie n'aura pas lieu*
Nadine Gordimer *Le Conservateur*
Benoîte Groult *Ainsi soit-elle*, précédé de *Ainsi soient-elles au xxie siècle*
Daniel Halévy *Pays parisiens*
Louis Hémon *Maria Chapdelaine*
Ingres *Ecrits sur l'art*
Alfred Jarry *Les Minutes de Sable mémorial*
Philippe Jullian, Bernard Minoret *Les Morot-Chandonneur*
Comte Kessler *Cahiers 1918-1937*
Jean de La Ville de Mirmont *L'Horizon chimérique*
G. Lenotre *Napoléon – Croquis de l'épopée* ■ *La Révolution française* ■ *Versailles au temps des rois*
Malcolm Lowry *Sous le volcan*
Maurice Maeterlinck *Le Trésor des humbles*
Luigi Malerba *Saut de la mort* ■ *Le Serpent cannibale*

Cet ouvrage a été imprimé en France
par CPI Bussière
à Saint-Amand-Montrond (Cher)
en février 2014

*Ce volume a été composé
par FACOMPO à Lisieux (Calvados)*

N° d'Édition : 18166. — N° d'Impression : 2006057.
Dépôt légal : février 2014.